海這邊，海那邊
世界華文女作家掠影

進入豐富曲折的女性文學殿堂

何與懷・著

本書作者和陳若曦攝於澳門世界華文作家協會第六屆會員代表大
會期間（2006年3月16日）。

2003年8月海外華文作家應中國僑辦邀請訪華。圖為全體成員在北
京釣魚臺國賓館合隔（前左四為胡仄佳，前左三為本書作者）。

本書作者與郁風（左）、黃苗子攝於悉尼名人楊雪峰（右）組織的
1999年悉尼書畫精藏展覽會上。

本書作者2004年到深圳時與劉虹見面（攝於9月18日）。

2010年2月，本書作者離開紐西蘭後第二次回到奧克蘭參加大洋洲華文作家協會年會暨國際研討會，會後見到孟芳竹（攝於2010年3月2日）。

2011年1月30日，澳大利亞中國書法協會創會會長梁小萍女史在「何與懷博士新書發佈暨作品研討會」會上向何博士贈送書法作品草書《醉》字。上書對聯：「與汝同銷萬古愁，今夕何妨共醉；懷才獨著一新典，此生豈可無癡。」

遲子建與本書作者合照（2004年5月21日）。

蕭虹序

　　何與懷博士的新著《海這邊，海那邊：世界華文女作家掠影》將要出版了，也許他知道我開過多年女作家作品選讀的課程，或我的研究著重女性研究，他囑我寫序。但我却是懷著惶恐的心情把任務接下來的，因為他所寫的女作家之中有不少是我不熟悉的。

　　何與懷以一個男性作家、評論家甚為關注女作家——他對世界華文文學的關注使他的視角也擴大到世界華文女作家的範圍。他的這些文章是從個人的認知出發，除較早去世的戴厚英外，每個女作家都和他起碼有一面之緣並有書信來往，所以他從自己的印象開始，到介紹和分析作品，給予讀者一種親切感，不是乾燥的文學評論。我也就從他的文字中認識了更多的女作家。

　　有關女作家的結集、評論或課程，往往首先被問起的就是：為甚麼沒有或不做男作家的結集、評論或課程？我的簡單答案是：因為大多數結集、評論或課程都是為男作家而設，因此沒有專門為他們做的必要。但是，到了二十一世紀，顯然這個回答是不夠的。深一層說，問題遠非如此簡單。

　　過去，對女性文學有一種看法。認為女性手底的作品，非吟風弄月就是相思離別，內容比較貧乏，但詞藻美麗，感情豐富。如果有女性的作品超越這個範圍，就被大大地讚賞，說是盡脫脂粉氣，有大丈夫的風範。好像是說，女性要能寫得男性一樣，才是好的作品。那麼，當代的女作家又該有甚麼樣的寫作呢？現在男女漸漸趨向平等，女性可以自由活動、旅行，生活範圍與男作家並無二致。

女作家是否寫出來的東西和男作家沒有兩樣呢？如果果真如此，那為她們結集、開課的確是多餘的。然而，女性作家寫出來作品畢竟還是不同於男作家的！自從女性主義的文學批評理論的產生和繁衍，對女作家的評論，有了形形色色的新標準。我且用女性主體意識和身體書寫來分析何著的女作家們。

女性主體意識簡單地說，就是從女性的本位出發所寫的作品：用女性的眼光來解讀世界，以女性的心來感悟人生。男女作家可以寫同樣的題材，但會有不同的寫法。比如寫戰爭，女作家不會寫戰爭的經過或勝敗，而會寫戰爭給一般人帶來的苦痛和對婦女的蹂躪。寫革命，女作家更會從細微的事件寫革命對個人的意義與感受。在何與懷所寫的女作家中，陳若曦和戴厚英是最「中性」的作家，也就是最脫離女作家慣寫的題材，她們關注政治，但是她們寫政治仍是由一個女性的角度出發。女性關心的是人性。戴厚英的《人啊，人》揭示的正是人性，而《詩人之死》更是一個女人為她所愛的人蒙冤而死從內心流淌而出的刻骨銘心的回憶。而陳若曦一系列文革的小說幾乎處處反映出女性的主體意識：只有做父母的才能體會到通過無知的孩子所能帶來的政治災害，而從細微的事故傳達出政治的恐怖無所不在。只有做主婦的人，才會深深地體會到不准晾衣服對一個家庭造成的困難，才能以此來形象地反映出尼克松訪華時當局的死愛面子而不顧人民死活的醜態。又如遲子建對她寫《偽滿洲國》所做的說明，「戰爭是一場意外事故，它對政治人物而言或許有特殊意義，芸芸眾生只能默默承受。日本佔領東三省期間，老百姓還是得按部就班地生活，其中就蘊含著歷史的傷痛和人生的悲劇。」何與懷評價道：「她以她的文學筆法觸摸歷史，以小人物寫大歷史──這是《偽滿洲國》的獨到之處。」正證實女作家

以細微的事為出發點和從人道主義角度看世界的特性。

　　身體書寫在我看來，不一定要如女性主義者主張的寫傳統與夫權加之於女性身體的種種禁錮與扼殺，也可以是寫女性生理上與男性不同的感受。懷孕、生產、哺乳是只有女性才能有的經驗，歷來是文學中的一個盲點或不成文的禁忌，甚至月經前後的抑鬱心情，雖然西方電視喜劇偶有表現，但是却總是以揶揄女性的口吻出之。這些經驗不但是人類一半的女人的共同經驗，寫出來可以使女性同胞的感情得以宣泄，更可以讓全人類瞭解與體會作為女性和母親生理和心理上的一切感受。直到現在為止，這種題材女作家仍然太少涉及，即使有，也是輕輕帶過。劉虹的〈致乳房〉是她被懷疑患乳癌而必須做乳腺切除手術前寫的詩。對於女性來說，乳腺的切除與肢體的切除有完全不同的意義，因為乳房是女性的性特徵和性器官，殘缺的乳房無異於性的閹割，對其心理有莫大的震撼。身體的書寫可以超越對夫權的反抗或者自憐和自戀的境界。劉虹的〈致乳房〉能從感性超脫出來而升華到哲理的高度，對眾多與她有共同經驗或將要與她有共同經驗的女人，應有一定療傷的效能。

　　女作家傳統有著她們自己的靈秀或婉約的風格。何與懷寫的女作家當然不例外。她們不管是寫情寫景，寫詩還是寫散文，都散發出一種女性的清新和敏感的特質。我們絕不因為這種符合傳統的風格而貶低這種風格。女人寫作像女人並沒有錯，如果女人寫出來的東西都不像女人才糟糕。為了保持文學的多樣性，清新婉約的風格是文學必不可少的。只要女性不是只會寫清新婉約的文字就可以了。我們欣喜這些女作家在清新婉約之外還有個人世界以外的觀察和人生的感悟。即使是寫最傳統的回文詩的梁小萍也寫出了頗為慷慨的四言古詩。

何與懷的前言說：「這些女作家無論從年齡、國籍、身世背景以及文學成就、知名度都各不相同。」她們在為世界華人的一半發聲，尤有進者，我們希望她們也為另一半發聲；與男作家協力發展世界華文文學成為一個更包容、更複雜的文學。

蕭虹，博士。曾任教於澳大利亞悉尼大學中文系。特別專注婦女問題研究，撰寫及主編中國歷代婦女大辭典多部。出版《陰之德──中國婦女研究論文集》、《世說新語整體研究》及《長征婦女的歸宿》（合著）。退休後仍致力於各種文化文學活動。現為澳大利亞南溟出版基金創辦人和主持人。

前言

　　本書篇什的組成並非預先設計。正因為不是預先有意而為，其「隨意性」也許更能說明問題，更能反映出當今世界華文文學五光十色的多元性。當然，這還只是其中極少量的女作者的掠影。

　　非常明顯，這些女作家女詩人無論從年齡、國籍、身世背景以及文學成就、知名度都各不相同，甚至差別很大。例如，以九十一歲高齡於2007年謝世的郁風對於現在只有二十多歲的張鳴真來說就完全是不同世紀的人。至於國籍，他們有中國大陸的有臺灣的，有些已經移民加入別的國籍的，如澳大利亞、新西蘭或加拿大。陳若曦是一個很有趣的例子。她在台灣出生，在美國留學，文化大革命時回中國大陸工作，1973年離開大陸到香港，次年到加拿大，取得加拿大國籍，又在美國定居，現在又回歸台灣。她在香港發表成名作小說〈尹縣長〉和其他關於文革題材的作品，被稱為中國大陸傷痕文學的先行者。臺灣文壇當然把她定位為臺灣作家，但她又和美國、加拿大以及香港文壇扯上關係；美國華人會把她看作美華作家；中國大陸文史家寫文學史也可能乾脆把她寫成中國作家。

　　書中十多位作家詩人，大多並非文學科班出身，如張鳴真是悉尼大學傳媒學碩士，曾凡是北京清華大學建築系的高材生，胡仄佳年輕時學畫學美術設計；現在她們大多更不專事文學寫作不以此為生，如梁小萍是著名書法家，郁風生前是著名畫家，劉虹是報紙編輯，孟芳竹從事電臺主持之類的文化工作，而作為澳大利亞前總理陸克文的中文老師，張典姊則在大學任教幾十年直到現在退休。

　　梁小萍是一個奇特的個案。有人說，談梁小萍的人生，沒有

書法便顯得蒼白。但更應該說，談梁小萍書法藝術，不可不談她的詩詞。書藝之於她的詩詞，是養料、色彩、天空，以滿足她詩詞方面的超人的想像力和創作力。而詩藝，則使她的書法藝術更具個性和靈性，使其洋溢著一種古典式的凝重莊嚴卻又變幻新奇的浪漫情調。可以說，是詩詞賦予梁小萍書法藝術的獨特和高雅，進而構成她藝術意義的全部。而梁小萍的詩藝，尤以她的回文詩聯堪稱一絕。

這些女性有些已經享譽中國大陸、臺灣乃至世界華文文學，如陳若曦、戴厚英、遲子建、劉虹等人。她們都是女作家女詩人，具有強烈的女性意識是自然不過的。例如中國大陸深圳女詩人劉虹，一貫重視作品的人文關懷，歷來還特別反感從太生物學的角度談兩性寫作的差異。她說，無論是他人評判還是女詩人的自我觀照，都應該首先把自己當作一個「人」，然後才能做女人。要跳出「小女人」的圈子，首先追求活成一個大寫的人，寫出真正的人話，以促進社會的更加人化。她還反復強調：一生反抗「被看」意識，是成為真正的現代女詩人的一個重要前提條件。劉虹看來佔據了一個詩寫理論——或者擴大一點說——文學理論的高地，但這個高地在當今中國社會的經濟大潮的包圍、沖擊下，周邊已出現許多流失；而站在這個高地上的劉虹不免顯得煢煢孑立，形單影隻。

這些女作家女詩人中一些同時具有強烈的政治意識，很為文壇矚目。戴厚英在長篇小說《人啊人！》她這部代表作品中，以「人」為主題，寫人的血跡和淚痕，寫被扭曲了的靈魂的痛苦的呻吟，寫在黑暗中爆出的心靈的火花。今天的文學史家一般都把《人啊人！》看作是中國大陸「新時期文學」的經典作品之一。大多論者都同意，戴厚英在剛剛結束「文革」噩夢的初期，以自身的血淚

經歷，對人道主義的高聲呼喚，不啻為當時整個中國大陸文壇的晴空霹靂，可謂振聾發聵！按與時俱進的說法，她的作品可稱為「以人為本」在「新時期文學」中最早的先聲。

陳若曦的《尹縣長》和《慧心蓮》前後獲中山文藝獎，她成了該獎唯一的兩次獲獎者，恰巧她自己也偏愛這兩部作品。筆者認為，《尹縣長》和《慧心蓮》分別是陳若曦強烈的政治意識與強烈的女性意識的代表作，共同參與構建她的文學世界。陳若曦當年和夫婿毅然投身到「文革」惡浪滔天的中國大陸，後又以親身經歷寫出《尹縣長》《老人》等「文革」系列小說，顯示出她和政治的不解之緣。陳若曦也自認是「政治動物」。她為「美麗島事件」領頭簽名致函時為臺灣中華民國總統蔣經國並親自從美國返台求見蔣先生陳述臺灣旅美知識份子的共同政見，就是其中一次了不起的行動。她這大半生就是稟著知識份子良知良能行事。她發揚中國文人的傳統，不是只能坐而言，應該起而行。她指出，而且以自己的大半生證明：知識份子就是天生可以關心時事，批評政治，擁抱社會；知識份子沒有退休的權力，永遠關懷這個社會愛自己生長的土地。這是她恆久不變的精神。她堅持理想，一生無悔。陳若曦老師在本書交付出版社之際榮獲「民國一百年國家文藝獎」，實在當之無愧，可喜可賀！

本書中最後一篇是關於中國大陸著名女作家遲子建的雜談。評論界普遍認為，遲子建是當代中國文壇為數不多的卓具民間色彩特色的作家之一。她生於上世紀六十年代，開始發表作品於上世紀八十年代，此後在短短十餘年的時間裏，在當代中國文壇迅速崛起，長驅直入，完成了從一名文壇新秀到小說名家的身份轉換。這可稱之為「遲子建現象」，特別是比照與她同時成名的一些作家目前創

作的「漸成頹勢」；事實上這個現象已經為當代中國文壇的女性寫作提供了一個不容或缺的注解並引起了超越國界的注意。遲子建多次榮獲中國大陸最重要的文學獎項。但她說她不要把一次次的獲獎當成樓梯，假若順著這些樓梯走上去，就會束之高閣成為空中樓閣。她特別深有哲理地這樣比喻：「世上的路有兩種，一種有形地橫著供人前行、徘徊或者倒退；一種無形地豎著，供靈魂入天堂或者下地獄。在橫著的路上踏遍荊棘而無怨無悔，才能在豎著的路上與雲霞為伍。」

今年十一月，世界華文作家協會將在臺灣高雄市舉行第八屆會員代表大會，而且又與中國世界華文文學學會在廣州共同舉辦全球華文作家研討會，兩個機構各自出席一百五十名代表，一起商議如何建構華文文學世界應有地位。這肯定將在世界華文文學歷史上留下重要的一頁。筆者將出席這兩個會議，並代表澳洲華文作家向大會提交論文：〈從「世界華文文學」到「華文世界文學」──關於建構華文文學世界應有地位之拙見〉。此文作為附錄收進本書。而本書亦算是筆者對大會的一個獻禮。

何與懷2011年6月26日於澳洲悉尼

CONTENTS

附錄

陳若曦：堅持信念，一生無悔
——從她的名著《尹縣長》談起

　　說明：作為紀念辛亥革命一百周年的一項活動，陳若曦老師於2011年4月18日至24日應邀訪問澳大利亞，本文為此訪問而作，完成於她到達悉尼之日。全文得到她親自審閱校正，筆者深為感謝。本書交付出版社之際，陳老師榮獲「民國一百年國家文藝獎」，筆者熱烈祝賀！

《尹縣長》：「傷痕文學」的開山之作

　　……被判決後，他老婆想沖上臺去，嘴裏直嚷著：「講政策，你們講政策呀！」她當場就被架走……尹縣長被綁在一根預先插在石堆裏的木樁上。當舉槍對準他時，他又仰頭高呼：「共產黨萬歲！毛主席萬歲！」眼睛鼓得大大的，眼球好像要爆裂開來似的，嘴唇也咬出血來……

臺灣九歌出版社有限公司
出版的《尹縣長》封面。

　　這是陳若曦的短篇小說〈尹縣長〉的尾聲。作品寫的是文革初期發生在陝西興安縣的一個悲劇。冤死者名叫尹飛龍，原型為一位雷姓人物，經歷幾乎未作改動。他是在國共內戰中率部投共的國民

黨上校，為共產黨努力工作了十多年，到「文革」時只是個小小的掛名的縣長。這也罷了，他仍然難逃厄運，終因「歷史問題」而被槍斃……

這篇作品發表於香港《明報月刊》1974年11月號（第107期）。當時，陳若曦和他的夫婿段世堯離開中國大陸不久，暫住在香港。她回想起在大陸七年生活（北京兩年，南京五年），不勝感慨。她開始寫〈尹縣長〉，而這竟然成了她文學創作中斷十二年的再出發。此作發表後，她就一發而不可收，緊接著便有〈耿爾在北京〉、〈值夜〉、〈晶晶的生日〉、〈查戶口〉、〈任秀蘭〉等篇什陸續發表，後集結成《尹縣長》一書，於1976年3月在臺灣出版，至1979年4月，三年間竟印刷了二十一版。1976年至1978年，陳若曦又在加拿大寫作在臺灣發表了〈老人〉等七個短篇小說，1978年4月，以《老人》為書名也結集出版了。此外陳若曦還寫了長篇小說《歸》以及其他一些作品。陳若曦這段創作可看為她文學創作的第二個高潮。從整個中國當代文學來說，陳若曦這個文學創作第二個高潮的意義非同小可。

關於這一點，筆者於二十世紀八十年代早期在紐西蘭奧克蘭大學開始撰寫的博士論文中也作了說明。論文題目為《緊縮與放鬆的循環：1976至1989年間中國大陸文學政治事件研究》（CYCLES OF REPRESSION AND RELAXATION: POLITICO-LITERARY EVENTS IN CHINA 1976-1989），它的第二章是論述中國大陸文壇關於「傷痕文學」的經年不斷的論爭，其導言的注釋指出：陳若曦於1974至1976年在香港發表的「文革」小說，標誌「新時期文學」早期的「傷痕文學」的誕生。（CYCLES OF REPRESSION AND RELAXATION: POLITICO-LITERARY EVENTS IN CHINA 1976-

1989, Brockmeyer, Bochum, Germany, 1992, p 73。）

　　七十年代末八十年代初的中國大陸，雖然「四人幫」已經倒臺，但還是非常封閉，文學批評家文史家一般都不知道陳若曦在香港發表的作品，即使知道了也不敢評論，都把盧新華的〈傷痕〉和劉心武的〈班主任〉這兩篇短篇小說看作「傷痕文學」的代表作。〈班主任〉能夠發表，多虧當時《人民文學》主編張光年講了「不要怕尖銳，但是要準確」這樣一句話，最終登在《人民文學》1977年11月號小說欄的頭條位置。〈傷痕〉最初問世的園地，是上海復旦大學中文系的壁報欄上，時間是1978年4月上旬，但要正式發表卻命途多舛，周轉於《文匯報》、《上海文學》、《人民文學》等刊物好幾個月，連發表過〈班主任〉的《人民文學》也不敢發表。慶幸的是，《文匯報》最後同意採用，1978年8月11日，〈傷痕〉在其「筆會」副刊發表。不管怎樣，從時間來說，這兩篇作品都比陳若曦的《尹縣長》裏的篇什特別是其首篇〈尹縣長〉晚了好幾年。

陳若曦2011年4月20日到達悉尼時在旅館和澳洲文友合照。左起：心水、何與懷、陳若曦、張奧列、婉冰。

煉獄：沒有在中國大陸的七年，就沒有後來的陳若曦

　　就當時中國大陸的政治環境來說，盧新華和劉心武能夠率先於整個中國大陸文壇，寫出〈傷痕〉和〈班主任〉，是非常了不起的。但也正是因為當時的時代侷限環境侷限，這兩部作品可以說渾身都被打上傷痕。就說〈傷痕〉吧，根據披露的資料，盧新華這位剛考上大學的小青年，為了求得發表，不得不按領導意圖對稿子作修改，而修改意見竟有十六條之多。比如，小說一開頭說除夕夜裏，窗外「墨一般漆黑」，就這麼簡單的一句話也不行，說是有「影射」之嫌，要改成「遠的近的，紅的白的，五彩繽紛的燈火在窗外時隱時現」。還有，車上「一對回滬探親的青年男女，一路上極興奮地侃侃而談」，遵囑改成「極興奮地談著工作和學習，談著抓綱治國一年來的形勢」。在小說中一直關心主人公王曉華的「大伯大娘」，要改成「貧下中農」。小說的結尾，被認為太壓抑，需要點亮色，於是最後一句改成了主人公「朝著燈火通明的南京路大踏步地走去」。

　　至於〈班主任〉，當時比較敏銳先進的文學批評家如陳思和就指出，劉心武害怕他的作品被戴上「暴露黑暗」的帽子（這是毛澤東在延安文藝座談會上禦製的可毀人一生的帽子），儘量掩蓋他的「解剖刀」，有意讓他的人物「安全可靠」（陳思和，〈思考，生活，概念化〉，《光明日報》，1979年4月3日）。時隔二十八年之後，劉心武在他的《心靈體操》一書中說：現在看來，在當時的背景下，〈班主任〉的要害在於寫了個謝慧敏，作為一種訴求的載體，她的存在非同小可，但以今天的文學標準來看，她的文學形象卻極為蒼白。劉心武還無可奈何地說，〈班主任〉遮蔽了他此後幾

乎所有的創作成就，成了他此生最大的心病。他對自己這部作品毫無興趣，懶得再說。劉心武這個意思，其實早在上世紀八十年代就已經流露出來。

即使這樣，盧新華和劉心武這兩部作品發表之後，各種攻擊源源不斷，整個文學界掀起了一場關於「傷痕文學」關於「社會主義悲劇」的大辯論，直到1984年末1985年初在中國作家協會第四次代表大會上，「傷痕文學」才得到官方正式的認可（見張光年，〈新時期社會主義文學在闊步前進〉，《人民文學》，1985年第1期，頁6）。

這樣一比照，陳若曦的確「有福」——她在香港可以享受完全自由的另外一種寫作和發表作品的環境。

說她「有福」，應該還有更深一層的意思。

陳若曦和段世堯自離開臺灣在美國求學，多年來可謂是「偉大領袖」毛主席的狂熱崇拜者。陳若曦仔細讀完《毛澤東選集》四卷後，覺得很能接受。而段世堯在枕頭下面放著一本《毛主席詩詞》，每晚睡前必定搖頭晃腦地朗誦兩首，念得津津有味。他們堅決要回中國大陸工作，實現多年追求的美好夢想。1966年10月18日，他們終於從巴黎轉折飛到上海，回到祖國懷抱。當時，「文革」的種種悲劇無日不在發生，民眾已處在痛苦與恐懼的深淵之中，但他們兩個，正可謂不見棺材不流淚，雖然在巴黎時已從報上得知老舍被政治迫害而投湖自盡，但居然能夠不為所動。就這樣，他們在大陸生活了七年，剛好經歷了「文革」的瘋狂、殘酷和荒誕。最後，他們覺得實在無法生活下去了，於1973年11月16日，帶著兩個出生不久的兒子黯然離開了原要滿腔熱情來報效的祖國。陳若曦這七年可以說是受罪，但作為一個作家，這又是煉獄，是達至

思想升華的一種特別方式，猶如孫悟空在太上老君的煉丹爐裏煉成金睛火眼。完全可以這樣說：沒有這七年，就沒有後來的陳若曦。

　　因為經過煉獄，陳若曦能夠頑強不屈地堅持她以巨大的代價而獲得的信念。〈尹縣長〉等作品問世後，反響很大，讚美與誹謗並起，勸告與引誘齊來。特別因為她回歸大陸複又出走，再寫小說「揭大陸的短處」，這給一些左派人士很大打擊，也使他們無法容忍。他們施加壓力，要陳若曦「不忘祖國」「不當漢奸」。段世堯也勸她說要寫就寫些風花雪月一類的東西，甚至威脅說如果她再寫下去就分手。陳若曦連這也不怕，準備到加拿大後便離婚。幸好到加之後，段世堯的觀點也改變了，特別1976年第一次天安門事件發生後，他不僅不反對，而且支持陳若曦寫作了。

　　陳若曦的信念是：「正因為我太愛中國，看到她的缺點，我就要把它寫出來，希望得到改正。」（湯淑敏，《陳若曦：自願背十

蕭虹博士和李崇厚先生伉儷為陳若曦設宴接風（2011年4月20日晚於唐人街新富麗宮酒樓）。

字架的人》，作家出版社，2006年7月，頁57。）她完全站在歷史正義的一邊！而這也是古今中外所有青史留名的優秀作家應有的基本見識基本立場。

深邃的思想與高明的藝術表達：選入「二十世紀中文小說一百強」的《尹縣長》

　　陳若曦能夠生發出她這個文學創作第二個高潮，當然也因為她有很不錯的文學修養，能夠以精確的藝術手法駕馭她要表達的思想內容。

　　陳若曦1957年考入臺灣大學外文系後，二十歲左右的年紀已盡顯創作才能，並和白先勇等幾位級友創辦和編輯《現代文學》。她那時先後發表〈欽之舅舅〉、〈灰眼黑貓〉、〈巴裏的旅程〉、〈收魂〉、〈喬琪〉、〈最後夜戲〉、〈婦人桃花〉……等短篇小說。在大多這些早期的作品中，她的民族情結，以及對貧苦弱者的同情和人生的渴望，精心包裝在西方現代派的抽象和晦澀裏，帶著一種激動的情緒宣泄。那個時期，西方現代派手法正在臺灣流行，陳若曦也深受影響。

　　可是，到了《尹縣長》集中的篇什，陳若曦的小說風格完全改變了，代之而起的是現實主義，使用近乎完全客觀的角度，基調是冷漠內斂，在一種沉潛的狀態下，小說裏的人物自己在思考亂世中的人生得失生命價值。陳若曦這樣改變自己的藝術風格，正是她高明之處。

　　例如，〈尹縣長〉運用不動聲色的回憶來編織故事的架構，而且特意安排一個沒有立場的「我」，以讓所述之事更合理和真實。

這令葉維廉拍案叫絕，禁不住說，「這篇小說最獨特的地方是敘述者的身份與立場的不確定。」（見葉維廉，〈陳若曦的旅程〉；黃嘉麗，〈論《尹縣長》的藝術特色〉，網絡。）其他幾篇也是處理得極其冷靜理性節制，欲語還休，點到為止，所有譏諷、怨懟都拐了好幾個彎，但這樣一來，正好營造了一種無可奈何的氣氛，正好讓讀者自己充分去感受去判斷故事裏的人物那種壓抑的情感扭曲的心態。

　　也許因為陳若曦既生活其中但又是一個「外來者」，她對當時反映人們內心世界的細節非常敏感。在〈晶晶的生日〉裏，晶晶的媽媽在聽聞喊反動口號的不是自家的小孩時，竟是松了一口氣；裏面還有向四歲大的小孩逼供的叫人難以置信的細節。在〈查戶口〉裏，鄰居們彼此窺探監視，深怕被對方揪住可以上綱上線的辮子。〈任秀蘭〉中的任秀蘭跳到糞坑自殺，形狀極其噁心可怖，人們並不以為意，死後還要追加批判。〈值夜〉和〈尹縣長〉中主要敘述

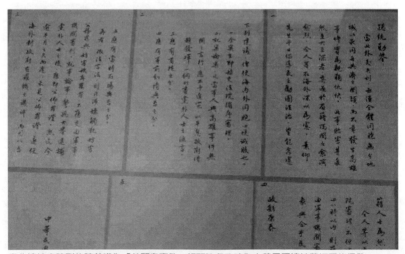

臺北總統府陳列的陳若曦為「美麗島事件」領頭簽名致時為中華民國總統蔣經國的信件。

者都是冷眼旁觀。在〈耿爾在北京〉裏，耿爾只在回憶中過活，種種細節活現了他的心灰意懶、早衰麻木、凡事毫不關心的冷漠。這些細節編織出文革中那些極其扭曲的心靈。

　　還有一個細節很有意思。正如許多論者都發現，在《尹縣長》小說集裏，故事高潮幾乎都發生在夜晚——夜色深沉，人物的思維和活動，都籠罩在一種濃重的壓抑和悲涼中。這樣烘托出故事發展的情節氛圍，和整個淒冷色調極其相配，讓人印象非常深刻。

　　筆者敢說陳若曦寫《尹縣長》時並沒有意識到這些篇什對一個「偉大」的領袖所進行的一項「偉大」事業完全否定的巨大的顛覆意義。也沒有必要。她要反映人生，而不是宣講個人的政治主張。她只把自己定位為一個大時代的見證人。她知道她不必大動肝火而只要以平實的手法寫出真實就足夠了。這些小說中的人物和事件，其實都沒有也不需要太多的虛構，尹縣長和他的雷姓原型的遭遇幾乎一樣，任秀蘭連名字也沒有改。其實，陳若曦的冷漠內斂的寫實，是另一種更深層的控訴。這比過後幾年在中國大陸出現的訴諸以人悲人喜的「傷痕文學」作品，顯然更具藝術感力更震撼人心。正如白先勇說：「若曦是一位優秀的小說家，她以小說家敏銳的觀察，及寫實的技巧，將「文革」悲慘恐怖的經驗，提煉升華，化成了藝術。《尹縣長》集中最成功的幾篇如〈尹縣長〉、〈耿爾在北京〉，已經超越了政治報導的範圍，變成闡釋普遍人性的文學作品。」（見白先勇，〈烏托邦的追尋與幻滅〉，網絡。）

　　1999年6月，陳若曦的《尹縣長》光榮地被《亞洲周刊》與來自全球各地的學者作家聯合評選為「二十世紀中文小說一百強」中的一部。

作家與社會擔當：作為「政治動物」的陳若曦

　　陳若曦當年和夫婿毅然投身到「文革」惡浪滔天的中國大陸，後又以親身經歷寫出《尹縣長》《老人》等「文革」系列小說，顯示出她和政治的不解之緣。古希臘哲人亞裏斯多德斷言：「人是天生的政治動物。」又說：「政治的目標是追求至善。」陳若曦也自認是「政治動物」，她在其長篇小說《遠見》的〈自序〉中就是這麼說的。當然，她不是一個政治家或政治理論家。她是一位既希望避免大惡又追求至善的「政治動物」，把努力消除具體的罪惡、苦難，化解人類生活中的矛盾和衝突，建立一個美好的社會，人人能夠各得其所，相得益彰，都視作人類美好政治生活的根本要義，也成了自己以具體行動追求的目標。

　　陳若曦為「美麗島事件」領頭簽名致函時為臺灣中華民國總統蔣經國並親自從美國返台求見蔣先生陳述臺灣旅美知識份子的共同政見，就是其中一次為世矚目的行動。2006年4月，筆者在臺北「總統府」見到陳列的這封日期為民國69年（1980年）元月5日的信件，不禁為之肅然起敬。

　　本來，在1978年，陳若曦的《尹縣長》獲吳三連文藝獎後就被邀請返台領獎，但她怕見到她認定為「特務頭子」的蔣經國，只好忍痛拒絕。1979年12月，高雄發生了震驚世界的「美麗島事件」，在美國的臺灣知識份子群情激動，決意出手相救。但當時什麼人可以把一封信或一個訊息帶到蔣經國那裏？只有一個人，就是陳若曦。他們覺得，陳若曦的背景充滿社會主義色彩，兩個人的經歷有一點像。當時蔣經國還推薦每個人都應該要看陳若曦的《尹縣長》這本書。所以大家認為，如果陳若曦返台，蔣

經國一定會召見，這樣陳若曦便可以直接向他表達海外華人的關切。於是，陳若曦同意代表臺灣旅美知識份子回台伸張正義。為了加重此行的份量，她發動美國知名華人共署一封陳情信，結果這封信得到二十七人簽署，包括余英時、許倬雲、杜維明、張系國、於梨華、莊因……等人。蔣經國在和陳若曦見面時，開始只提《尹縣長》一書，陳便很不客氣地岔到「美麗島事件」，把陳情信交給蔣，明白地對他說，事件是未暴先鎮、鎮而後暴，現在人心惶惶，希望他手下留情，不要軍法審判，不要擴大打擊面。陳若曦甚至像警告地說，不要搞成第二次「二二八事件」。幾天之後，在第二次見面時，蔣經國告訴陳若曦，他很重視這封陳情信，以及陳等人的海外的意見，他會慎重處理。

　　陳若曦返美時，著名學者沈君山博士一路作陪，頭一件事便是告訴陳若曦，在她和蔣經國見面時，國民黨秘書長蔣彥士當場和事後如何憤怒。蔣彥士說，「陳若曦欺人太甚，竟逼得總統要用人格來保證自己說的話！」（見陳若曦，〈三見蔣經國的印

陳若曦於2011年4月21日在悉尼唐人街國民黨黨部舉行的《尋找桃花源》演講會上。

象〉，網絡。）蔣彥士這句話也證明了陳若曦仗義執言，不畏強權，不負眾望。

「美麗島事件」為臺灣自「二二八事件」後規模最大的一場官民衝突，臺灣政府起先非常嚴厲，大肆逮捕和審判許多重要民主人士，甚至一度以叛亂罪問死，最後逼於壓力皆以徒刑論處。事件的處理雖然在陳若曦等人看來還是非常不當，但是這竟然也成了臺灣政局發展變化的契機。自此之後，蔣經國領導下的國民黨和臺灣政府順應世界民主潮流，逐漸放棄一黨專政的路線，乃至於解除實施了三十八年的戒嚴，開放黨禁報禁，臺灣社會因而得以成功轉型。這一切當然首先得益於蔣經國了不起的政治家的眼光與胸懷，以及臺灣民眾多年來為爭取民主自由所作的奮鬥與犧牲，其中也有像陳若曦這樣敢於社會擔當的知識份子的貢獻。

很有意思的是，陳若曦的《尹縣長》《老人》那些「文革」系列小說，也受到胡耀邦的注意。1985年，貴為中國共產黨中央委員會總書記的胡耀邦特別邀請陳若曦來看看改革開放之後的新面貌，於是陳若曦以「加拿大籍華人作家」的身份重訪中國大陸。是年4月30日，胡耀邦在中南海會見陳若曦。胡總書記稱讚陳若曦是一位有才華的作家，歡迎她回來參觀訪問，希望以後還經常回來，加深相互瞭解。他們還談論臺灣和大陸「一國兩制」的可行性。此後，陳若曦為台海兩岸交流做了力所能及的工作。

陳若曦回憶說，胡耀邦是個很熱情、很真誠的人，滔滔不絕。原本安排會見半個小時，但最後談了一個多鐘頭。可惜胡耀邦這位也勇於改革的政治家不久之後即在1987年初卻因「反資產階級自由化不力」的罪名而黯然下臺，兩年之後逝世並引發了「六四」這個驚天動地到現在還未能解結的大事件。

強烈的政治意識與強烈的女性意識：從《尹縣長》到《慧心蓮》

　　當然，作為一名作家，陳若曦主要是以其作品關懷社會，關懷人生。

　　1979年，陳若曦由加拿大遷居美國三藩市，她的文學創作也進入了第三階段。這個階段出版的主要作品有：短篇小說集《城裏城外》（1981）、《貴州女人》（1989）和《走出細雨濛濛》（1993）；長篇《突圍》（1983）、《遠見》（1984）、《二胡》（1985）及《紙婚》（1986）；散文集《文革雜憶》（1979）、《生活隨筆》（1981）、《無聊才讀書》（1983）、《天然生出的花枝》（1987）、《草原行》（1988）、《西藏行》（1989）、《青藏高原的誘惑》（1989）、《柏克萊傳真》（1993）及《柏克萊郵簡》（1993）等。

　　這個時期，陳若曦的寫作在題材上告別了「文革」小說，而以美國華人社會和兩岸三地的人情世故為題材。湯淑敏在她的《陳若曦：自願背十字架的人》書中認為，她這個時期創作的「海外華人小說」，特別是優秀長篇小說《突圍》、《遠見》和《紙婚》，與第二階段的作品相比，它們在描寫廣闊的社會生活畫面、揭示社會問題的深刻程度及塑造血肉豐滿的人物形象等方面，都拓出了新意，取得了新的成就，標誌她的美學風格臻於成熟。趙朕在談陳若曦這些包括《突圍》、《遠見》的小說的美學風格時指出，陳若曦敏感的政治嗅覺和勇於涉筆社會問題的思想特質，決定了她的文學創作選取題材和提煉主題的特點，而這種選材、立意的特點，又強化了她的小說以憂國憂民的憂患意識為底蘊的悲劇性效果，從而奠

定了冷峻沉鬱的風格基礎（見趙朕，〈論臺灣作家陳若曦小說的美學風格〉，網絡）。

1995年，陳若曦返台定居。其後直到今天，她的創作又發生一個主要的變化。她對小說這種原來她最喜歡寫作的文學體裁，興趣大大減弱了，而對「短平快」的專欄寫作情有獨鐘。她認為現今社會變化太快，以小說反映現實實在太不及時也太無力了，而且讀者人數不多，遠不如專欄文章有大量的讀者群。她現在覺得，作為一個作家，不一定要創作鴻篇巨製作為傳世之作才有價值；她要以專欄短文，與眼前現實息息相關，以「叩應」的方式與讀者進行互動──她要以解決現實問題為己任。論者都覺得，這倒頗有點像魯迅當年寫雜文的味道。

不過，陳若曦在世紀之交還是出版了一些小說。短篇小說集有：《女兒的家》（1998）、《清水嬸回家》（1999）、《完美丈夫的秘密》（2000）等；長篇小說有《慧心蓮》（2000）和《重返桃花源》（2001）。

這些小說都以反映臺灣社會的婦女問題為主。代表陳若曦後期的小說特色的《慧心蓮》和《重返桃花源》是兩部佛教小說，同時表現對女性命運的關注。其實，陳若曦幾十年來一直是一位具有強烈女性意識、極其關注女性命運的作家。論者如丁敏就指出，把陳若曦只當成一個政治意識強烈的作家是不夠的，她同時也是一個關注女性命運、生存現狀和生活方式的女作家。誠如有學者指出她的小說向來亦步亦趨地隨著她所身處的現實政治社會局面而發展，反映出身處每一個階段的各種人物正在醞釀或已展現的生命型態，她的女性意識也不例外，貫穿著以她個人生命歷程、時空環境的變遷而分作的四個創作時期。例如在她的「海外華人小說」中，雖然出

現各種政治、社會、文化背景的人物，但這其中對女人主體性的省思仍是一個主要的關懷點。儘管小說涉及各式題材如離婚、外遇、婆媳之爭，以及單親家庭，乍看似乎不脫八十年代婦女問題範疇，但陳若曦涉及到新舊價值間的掙扎，一再指向女人主體性的省思，通過破碎婚姻或不美好的愛情，完成女性的成長、女性意識的覺醒、女性的獨立自主（見丁敏，〈陳若曦佛教小說中女性形象與主題意識——以《慧心蓮》、《重返桃花源》為探討〉，網絡）。錢虹認為，陳若曦在二十世紀五十年代末至二十一世紀初長達四十餘年的小說創作中，所塑造的女性形象基本上可歸結為「不幸的夏娃」、「落難的尤物」、「自立的主婦」和「自覺的信女」四種典型，其中蘊涵了作者的女性意識和女性關懷（錢虹，〈從「不幸的夏娃」到「自覺的信女」——論中國臺灣女作家陳若曦小說中的女性形象〉，《南開學報（哲學社會科學版）》，2010年第6期）。至於2000年出版的《慧心蓮》這部主要探討佛教與女性關係的長篇小說，更允分表現了陳若曦的「女性意識」——一種尋求宗教解脫的的女性意識。作品以杜美慧、杜美心姊妹，和他們的母親杜阿春，以及杜美慧的女兒王慧蓮四位女性主角，展開她們祖女孫、老中青三代的心路歷程及她們和佛教相關的生命故事。這裏顯然有相當深刻的困惑需要解答：「她」為何要走入佛門？出家是否為女性的生命出口？小說揭示：四位女性互相扶持，在人生路上各自走過坎坷破碎的愛情、婚姻之路，而終在佛教的修行路上，共同開出慧心蓮（見丁敏，同上，網絡）。

　　陳若曦最近說，她自1995年返台定居以來，一直關心環保和婦女問題，也關注和研究佛教，因此寫了《慧心蓮》和《重返桃花源》兩部佛教小說。她不無欣喜地說，「《尹縣長》和《慧心蓮》

前後獲中山文藝獎，我是該獎唯一的兩次獲獎者，恰巧我自己也偏愛它們。」（見張曦娜 報導，〈臺灣作家陳若曦：艾蓓事件是我今生最倒楣的事〉，《聯合早報》（現在・人物），2011年4月16日。）

　　筆者認為，《尹縣長》和《慧心蓮》分別是陳若曦強烈的政治意識與強烈的女性意識的代表作，共同參與構建她的文學世界。

堅持理想無怨無悔：陳若曦從尋找到打造她的桃花源

　　2006年3月，在澳門舉行的世界華文作家協會第六屆會員代表大會期間，筆者和陳若曦見面時獲贈她一部《打造桃花源》的隨筆集。這本書是她在《中國時報》《人間》副刊「三老四壯」專欄和《自由時報》「大島小調」專欄文章的結集。內容廣泛，大到國家大事、國際時政，小到保健養生書法等等，其中有關宗教和環保的

陳若曦（前左三）和參加澳門世華第六屆會員代表大會的大洋洲代表合照（攝於2006年3月18日）。

文章占了較多篇章。文章寫得簡潔明快，直抒胸臆，一針見血，讀起來痛快淋漓。

2008年，剛滿七十歲的陳若曦，出版了首部自傳《堅持‧無悔——陳若曦七十自述》。歲月如流水一般逝去，數十年往事仍然歷歷在目。陳若曦既平和質樸，又坦誠直率，目光犀利，文筆潑辣，敢怒敢言，仗義執言，知無不言、言無不盡。她的筆下，沒有沉湎、耽溺或長籲短嘆，大半生一幕幕躍上紙頁，節奏明快，情節清晰。這是一部深入瞭解陳若曦的重要著作。不過，據陳若曦向筆者透露，此書出版時，因為內容涉及某些當事人的緣故，被刪去了五萬多字。筆者覺得非常可惜。

而最新一部隨筆集是本月（2011年4月）繼自傳《堅持‧無悔》後的《我鄉與她鄉》。這次陳若曦應邀訪澳，4月20號一到悉尼見面她便送了我一本。在此書中，陳若曦再一次表明，她的創作「是在反映那一刻的社會現實」。「要我關起門來寫一些脫離現實的故事，非我所願，也非常不喜歡。」（見陳若曦，《我鄉與她鄉》，臺北九歌出版社，2011年4月，封底文字。）她這部作品，一如以往，充滿現實色彩和感時憂民的情懷，言之有物，切中問題核心，令人感動，更令人深思。

陳若曦似乎在為她的大半生作總結了。最近這些年她一再談論「桃花源」。

「欲窮其林。林盡水源，便得一山。山有小口，彷彿若有光……初極狹，才通人，複行數十步，豁然開朗。」這是陶潛在他的名篇〈桃花源記〉中所描寫的桃花源入口處。在真實世上，不要說桃花源，就是尋找這個桃花源的入口處，也非易事。

陳若曦窮她大半生，就一直在苦苦尋找她的桃花源。

　　本名陳秀美的陳若曦，1938年出生於臺北，小時候在鄉下，家裏來往的親友不是務工便是務農，樸實無華。那時臺灣流行一句話：「來來來，來台大；去去去，去美國。」自己因為家貧，原本不打算出國留學。但她看到雷震被捕，台人哲學系教授殷海光也受二十四小時監控，對國民黨沒有好感，為了體驗自由世界，結果在一位前美國在台新聞處長的推薦下，申請到全額獎學金到美國念書。陳若曦念美國文學，原本計畫學成歸國在台大開課，但學成後卻做了一個震驚朋友的行動──和第一任丈夫段世堯到了「文革」惡浪滔天的中國大陸。結果，七年之後，原先對社會主義的期待只好以幻滅告終。1995年閏八月（某預言說臺灣有難甚囂塵上的時候），在加拿大和美國飄泊了二十年之後，已經五十七歲的陳若曦，又作出了人生中的第二個重大決定──回歸臺灣，報效家鄉，以圓渴望已久的返鄉夢。她尋尋覓覓了一個甲子，繞了大半個地球，還是「九九歸一」，回到了原始地點。她終於這樣說：「此時方悟世上沒有現成的桃花源，自己的桃花源只有靠自己打造，而它的原型就是自己的家鄉。」（陳若曦，《打造桃花源》（作者序），台明文化事業有限公司，2000年10月，頁2。）

　　陳若曦這大半生與政治牽扯，連婚姻都彷彿中了政治魔咒，其實她父親很早就告誡她「不要碰政治」，她卻完全反其言而行之，或者是要避也避不開，這是很奇特的事。

　　陳若曦留美時認識的第一任丈夫段世堯狂熱信仰毛澤東，碰上對社會主義也懷抱幻想的陳若曦，於是兩人政治志趣相投攜手共赴中國大陸。三十年過去，到1995年，她興沖沖回歸臺灣，然而老段卻無法適應臺灣的政治氣氛與生活條件，最後，一對三十

多年的夫妻終於分手。這是1998年秋天的事，離婚手續還是做律師的兒子辦的！第二任丈夫是陳若曦在台大外文系的同班同學陳明和，一聽到陳離了婚，馬上捧了一大束玫瑰花來看她。他們拍拖一年多以後，在2001年8月辦理了結婚登記。不料兩任丈夫剛好站在政治光譜的兩端。第二任丈夫主張臺灣獨立，陳若曦則覺得不台獨，臺灣人會安全幸福得多，兩人愈吵愈凶，結果兩年之後又走上離婚一途。為了政治理念兩次離婚，陳若曦的確創下臺灣紀錄了！

　　陳若曦的宗教信仰變化，也是一個有趣的話題。她小時候家裏信佛教，自己在中學時代卻跑去聽「基督福音」，在浸信會接受洗禮。她十三歲時花三個月就把《聖經》讀完，但心裏有很多疑問，和牧師又難以溝通，逐漸信心減弱，對基督耶穌失去了信仰。她在大陸接受馬克思主義教育，成了無神論者。七年之後，她離開大陸時，身心俱疲，但覺浮生若夢。被問到離開中國大陸的原因時，她回答是：「像一種宗教一樣，我對馬克思主義失去了信仰。」（見白先勇，〈烏托邦的追尋與幻滅〉，網絡。）陳若曦在「文革」中，幸而是回歸的台籍海外學人，並未受到更慘烈的遭遇，但已夠刻骨銘心了。她深有體會地說，「蔣介石時代的白色恐怖是很可怕，若與文革比較，則小巫見大巫。」（陳若曦，〈三見蔣經國的印象〉，網絡。）

　　1976年，陳若曦隔了十二年之後與白先勇相聚，有一天下午，在海濱聊天，陳若曦突然提到佛家哲學，有一切皆空的感覺。她黯然道：「我現在才了悟，佛家的大慈大悲，實在是很有道理的。」（見白先勇，〈烏托邦的追尋與幻滅〉，網絡。）她需要安撫心靈，很快又萌生了宗教信仰，再到美國後又開始上教堂，後來又

開始想到佛教。她在八十年代曾兩度去青藏高原，想探究「原始佛教」，但許多問題仍迷惑難解。她一直想著「什麼宗教適合我呢？」以前是上帝選她，現在是她選上帝。回到臺灣後，很多事情她都看淡看破，發覺提倡關懷社會、很現代化的「人間佛教」，符合她「先入世再出世」的想法。她提倡「宗教融合」，希望各種宗教不要太分界線，大家融合在一起，彼此尊重。至於今天陳若曦的宗教信仰是什麼？她顯然為了更正一些論者的猜測和誤傳，親自在本文草稿上修改加上這樣幾句話：「最近這些年，陳若曦對基督教的信仰又重新燃起了興趣，顯然又回歸了當年受洗的信念。晚年的她，在基督教的『博愛』中獲得心靈的安息，堪稱殊途同歸。」把她定位為一個自願背十字架的人，的確很恰當。

陳若曦這個尋尋覓覓的大半生，生命足跡和生活內容色彩斑斕，潮起潮落，幾度改變，令人嘆為觀止。

那麼，她最大的人生收穫是什麼呢？就是她自己說的兩個詞：「堅持」與「無悔」。她因為堅持著自己的理想，所以無怨無悔。

她這大半生就是稟著知識份子良知良能行事。她知道她應該發揚中國文人的傳統，不是只能坐而言，應該起而行。她指出，而且以自己的大半生證明了：知識份子就是天生可以關心時事，批評政治，擁抱社會；知識份子沒有退休的權力，永遠關懷這個社會愛自己生長的土地。這是她恒久不變的精神。

2005年3月，陳若曦為臺北九歌出版社以「新典藏版」於此年4月1日出版的《尹縣長》寫下一個自序，其中說了如下這些話，證明她的社會責任感她的知識份子良知永不泯滅：

毛澤東發動文化大革命，轉眼將滿四十年。隨著時光流逝，人們對這場幾乎革掉中華文化的政治運動，可能記憶淡忘了，甚或全然陌生。無論如何都是可惜的事，因為忽略歷史的經驗和教訓，悲劇可能一演再演。《尹縣長》寫作不夠完美，卻是那個荒謬、動亂時代的見證。讀者若能從中有所體會，譬如一個民族不追求民主進步並自我反省的話，會有集體瘋狂而墮落、淪亡之虞，作者將會感恩戴德，不虛此生矣。

讀了這一段話，筆者不禁覺得，我們每一個華人作家，都應該像陳若曦一樣，堅持一個知識份子的理想，秉著知識份子良知良能行事，參與民族反思，推動民族進步；都應該像陳若曦一樣感悟到：桃花源就在腳下，自己的桃花源只有靠自己打造！

（本文發表於中國世界華文文學會刊《華文文學》2011年第4期，28至34頁。）

春秋作管雙揮腕，日月吟歌獨步天
——澳華著名書法家梁小萍女史回文詩聯欣賞

中國傳統藝術中，詩、書、畫並稱三絕。它們貌似獨立，但從內在的藝術屬性看，實為一個整體。一張完整的畫必須用書法題款；學養深厚的畫家則題上與畫面相和的自撰詩文；而體現書法用筆化境的作品，看起來是一幅畫；若體現書法修養精深者，無疑也是書寫能表達自己情懷的自撰詩文。優秀的詩聯，本身應是一幅圖畫，加以書法書之，就更具價值。

作為一個非常罕見的個案，梁小萍女史身上表現出這種中國傳統藝術的高度的統一。

2010年4月10日，澳大利亞悉尼音樂學院和悉尼大學孔子學院聯合舉辦《線條旋律：梁小萍書法藝術大觀》。圖為梁女史與本書作者及友人合照。

梁女史在《線條旋律：梁小萍書法藝術大觀》會上演示書法。

2006年12月19日，梁小萍一幀巨型書法作品《虹》莊嚴地懸挂上新南威爾士州議會的大廳中。梁小萍與友人張志力、賴建華、陳裕炘、何與懷等在作品前合照。《虹》上書對聯：「颸影依濤歌浪漫，天虹駕霧領風流。」

　　梁小萍小時曾經學畫，她的一些看似不經意的習作曾讓頗有名氣的畫家哥哥甚為驚嘆。後來梁小萍主攻書法，現在為世人所熟識並讚佩的也是她的書法藝術。所以有人說，談梁小萍的人生，沒有書法便顯得蒼白。但他們有所不知，談梁小萍書法藝術，不可不談她的詩詞。書藝之於她的詩詞，是養料、色彩、天空，以滿足她詩詞方面的超人的想像力和創作力。而詩藝，則使她的書法藝術更具個性和靈性，使其洋溢著一種古典式的凝重莊嚴卻又變幻新奇的浪漫情調。可以說，是詩詞賦予梁小萍書法藝術的獨特和高雅，進而構成她藝術意義的全部。

　　本文只談她的詩聯，而且著重談她的堪稱一絕的回文詩聯。

瑰瓊彩見歡攀岳：以回文詩作日記的奇才

　　梁小萍第一次比較有規模地公開她的詩作是2006年8月26日在筆者主編的《澳洲新報》文學副刊《澳華新文苑》上發表二十首總題目為《冬去夏來》的回文七絕。二十首作品驟然出現，悉尼文化界許多人頓覺眼前一亮，甚至大感意外，又不能不佩服之至。城北文豪陳耀南教授即時在《澳洲新報》的週刊上寫了題為「奇才」的專欄文章，便是他看了梁詩後有感而發。

　　如《冬去夏來》發表時的「題記」所言，梁小萍2005年12月27日乘鐵行郵輪太陽號，自悉尼港駛往南太平洋群島，行程十三日，「聊作回文詩以為旅途日記」。事實上，二十首回文七絕只不過是她這次別人覺得奇特而她自視平常的「旅途日記」——一共七十四首回文詩——的一部份而已。記得筆者第一次翻閱她這部「旅途日記」，心頭著實經歷了一次震撼。

　　筆者後來在梁小萍家裏的電腦中，發現她所有的日記竟然都是以詩詞聯語寫成的。如果真的要找尋梁小萍生命的足跡，只要在她的電腦中點擊文件「diary」（日記），從中開啟的一千多副對聯、回文對聯和幾百首詩、回文詩、詞裏，便幾可一覽無遺。對於一個書法家來說，這真是一個稀罕離奇的現象：詩聯作品居然比書法作品還要多得多！

　　例如，梁小萍讀了陳耀南教授專欄文章「奇才」之後，感激其嘉獎，有點意外，又自覺受之有愧，於是便在日記中寫了這首詩：

> 何如愧受稱奇才，
> 綠酒新嘗試舉杯。
> 柯發喜逢新雨露，
> 岳攀歡見彩瓊瑰。
> 過帆逸鳥三星幻，
> 闊海晴天九夢回。
> 荷蝶弄妍窺步慢，
> 稚毫初染寫風雷。

而這首詩從結尾倒讀回頭則是：

> 雷風寫染初毫稚，
> 慢步窺妍弄蝶荷。
> 回夢九天晴海闊，
> 幻星三鳥逸帆過。

瑰瓊彩見歡攀岳，
露雨新逢喜發柯。
杯舉試嘗新酒綠，
才奇稱受愧如何。

　　新式武俠小說開山鼻祖梁羽生大師生前是梁小萍在悉尼相識多年的朋友，常常見面。「漱石小築」就是生公（悉尼文化人多以此尊稱梁先生）多年前在梁小萍家中作客時，看到園中天然石鐘乳石而特為梁齋起的名字。生公有兩聯贈梁：「小謫留塵夢，萍蹤結翰緣」；「漱石談詩歌小築，枕流洗筆寫蘭亭」，而梁小萍在日記中有一首七律回文是寫生公的：

星流野牧伴潛龍，
逸放毫端注趣濃。
鳴鏑逝風雲漫際，
絮煙彌漠塞傳烽。
京華鬥虎征新域，
草莽馳雄躍酷冬。
靈劍舞旗輝幻變，
驚雷挾俠逐萍蹤。

回文則為：

蹤萍逐俠挾雷驚，
變幻輝旗舞劍靈。

　　　　冬酷躍雄馳莽草，

　　　　域新征虎鬥華京。

　　　　烽傳塞漠彌煙絮，

　　　　際漫雲風逝鏑鳴。

　　　　濃趣注端毫放逸，

　　　　龍潛伴牧野流星。

這首回文詩（反向回文部份之詩韻選自「當代新韻府」）題為〈觀生公書大字感發其它〉。緣因梁小萍有一次在生公府上，看到他捲起衣袖，大筆揮毫的樣子，不禁感慨：一位年逾八旬的學者竟如此精進，到家便忍不住用詩記下自己的感懷。此詩原是日記，況且，梁小萍向來少以詩詞示人，此次公開，生公也應是第一次看到。詩中八句分別嵌了生公八部武俠小說書名或部份書名。其中首句「潛龍」指從書壇上隱退的生公，同時指其武俠小說《飛鳳潛龍》。「星流野牧」指生公退休後移居的澳洲，而在回文即反向詩中第八句為其武俠小說《牧野流星》。第三、四、五、六、七、八句分別指《鳴鏑風雲錄》、《絕塞傳烽錄》、《龍虎鬥京華》、《草莽龍蛇傳》、《幻劍靈旗》和《萍蹤俠影錄》。其中《龍虎鬥京華》為生公處女作，正是該書的問世，開創了現代武俠小說的新天地。此詩概括性很大，且又能回讀，而梁小萍幾乎不經意間便作成了。

　　日記日記，寫得多了，熟能生巧，越寫越順，亦算解釋。不過筆者總覺得，梁小萍詩藝（還有書藝）表現出的天賦靈性，大大超乎常人。有一次梁小萍教課，學員集體來遲。她無奈之餘，提筆入靜，靜聽自然。十分鐘後，代替責斥聲的卻是一首悠閑的七絕回文詩（可笑的是，當學員們聽完這首詩後，都高興得拍手說：以後為

了老師多作詩，我們多些遲到）。詩曰：

> 何曾幾度靜閒悠，
> 盡斂煩思百罷休。
> 過鳥探班空寂寂，
> 呵呵笑遠逐輕舟。

回文則為：

> 舟輕逐遠笑呵呵，
> 寂寂空班探鳥過。
> 休罷百思煩斂盡，
> 悠閒靜度幾曾何。

　　梁小萍只要興之所至，凡事皆可入詩。聽朋友說，有一次，路過悉尼一停車場轉角，見一掛滿枯葉的澳洲蕨了無生息，便笑問：「可以此詩否？」梁欣然以一首〈吟澳洲病蕨〉作答：

> 一樹苦凋零，
> 夜寒孤伴星。
> 悲愁稀嘆息，
> 枯弱盡流形。
> 志遠祈年壯，
> 情深托夢馨。
> 來年秋氣至，

綠翠拍天庭。

對於梁小萍，書法是感情對外的表白，而詩文則是對自己的表白，是一種game（游戲），是生活的調劑。奇怪的是，工作越忙，詩就越多。其實，梁小萍許多詩作，都是寫在火車上、堵車途中、交通紅燈前甚至是用餐之時。有一次，是星期六，她從早忙至下午四點，覺得應該慰勞自己，便坐下寫詩。除了用餐外，一直寫到淩晨兩點，終於完成了一首千字詠史詩：〈霸王悲歌〉。這是眾所周知的歷史故事，在舞臺銀幕戲曲屢見屢聞不鮮，但以長詩形式出現，這樣刻劃楚霸王項羽，大概還屬創舉：

> 悲歌一曲逝硝煙，
> 下相英雄出少年。
> 少年名享楚將子，
> 青春鼎力可擎天。
> 學書學劍非成器，
> 學敵萬人著霸鞭。
> 八尺長成男兒膽，
> 八鬥雄強鑄鐵肩。
> 八丈風華媲日燦，
> 八千高志上雲巔。
> ……
> 星稀一野寒天外，
> 沈沈寂寂山河移。
> 垓下楚軍幾寥寂，

神傷氣弱伴疲肌。
敵兵兵重重重厚，
項營營岌岌岌危。
夜聽楚歌起四面，
夜餐清月起鄉思。
夜懷惆悵吞悲憤，
夜縈慷慨唱悲詩：
「力拔山兮氣蓋世，
時不利兮騅不逝。
騅不逝兮可奈何，
虞兮虞兮奈若何？」
美人揮淚起劍舞，
淒淒戚戚和相之。
「漢兵已略地，
四方楚歌聲。
大王意氣盡，
賤妾何聊生。」
歌罷舞罷音聲絕，
揚劍刎頸棄嬌儀。
英雄淚灑蒼茫雨，
雨敲天地天地悲。
悲心驅馳絕塵去，
去即一行緊相隨。

楚兵八百圖南突，

漢士五千續後追。
一途奔命復奔命，
一途狼狽東城池。
僅存二十八騎士，
何對數千精勇兒。
慨兮悲兮難自禁，
一聲長嘆送泣辭：
「七十餘回逐戰地，
八年羈旅血濺旗。
千軍橫掃如掀席，
佔霸天下享名時。
一身傲骨英雄氣，
何曾敗北似斯危？」
狂嘯奔馳闖敵陣，
星飛盔甲敵披靡。
「天之亡我非戰罪！」
咆哮曠野如怒獅。
騎將緊迫項王馬，
項王瞋目猛叱之。
人馬一時俱震懾，
辟易數裏騰空離。

幾縷輕風撫戰地，
幾群鴉雀啼空枝。
幾許蒼涼棲落照，

幾圍丘野疊冰尸。

殘戟殘旗穆穆喋殘血，

戰途戰馬危危步戰姿。

烏江亭長艤船待，

身不趨前步不移。

昔日子弟八千江西渡，

如今無一生還何愴悲！

赫赫顏面何以父老見，

悠悠心愧惟表天地知。

嗚呼！

但見烏風悲泣泣，

但昇烏雲舞遲遲。

但見烏江悽切切，

但昇烏騅哀痴痴。

一劍刎成標偉烈，

一世英名創丕奇。

一敗還定天下勢，

一統霸雄知與誰？

小謫留塵夢，萍蹤結翰緣

　　梁小萍自小便認識不少文化名人，成名之後少不了也和一些文化名人來往，移居澳洲之後更在文化圈內圈外交了不少朋友，而詩詞成了梁小萍和他們心靈交通的媒介。陳裕炘先生多年跟梁小萍學習書法，算是梁的一位學生，但他以其六十餘年的國學修養和為人

忠厚耿率而成為梁在文學上的至交，之間友誼之真摯可以在相互唱詠的詩中看到。梁小萍曾撰寫一首七律贈與陳裕炘：

　　耕耘淡泊伴垂楊，
　　漫領風騷獨舉觴。
　　醉臥煙霞橫翠嶺，
　　笑蹤星日綴霓裳，
　　靈均讀罷思宏宇，
　　梁父吟成嘯莽蒼。
　　春草池塘終托夢，
　　痴情賣盡作疏狂。

陳裕炘則有一首七律〈步原韻奉和小萍師〉：

　　揮毫搦管媲穿楊，
　　墨瀋淋漓醉十觴。
　　三磔橫波宗漢隸，
　　五分華彩狀雲裳。
　　性甘澹泊輕青紫，
　　藝至精純動碧蒼。
　　謝客寡交緣義重，
　　無知濁世議囂狂。

賴健華（Mike Harty）先生是梁小萍另一位朋友。他們的友誼可以追溯到十六年前共同創建澳大利亞書法協會的歲月。是共同對

藝術的熱愛使他們雙方在某一點匯合起來，達成越來越多的共識。
梁小萍曾贈賴先生一首五律回文詩，題為〈情結翰墨〉：

> 結情緣問管，
> 新野拓荒寒。
> 潔誼烹香茗，
> 純箋染彩丹。
> 節堅鍾竹柏，
> 心赤樹椒蘭。
> 絕嶺驚回首，
> 澈空舒錦瀾。

回文則為：

> 瀾錦舒空澈，
> 首回驚嶺絕。
> 蘭椒樹赤心，
> 柏竹鍾堅節。
> 丹彩染箋純，
> 茗香烹誼潔。
> 寒荒拓野新，
> 管問緣情結。

前輩黃苗子和郁風伉儷曾在澳洲住過一段很長的時間。某天
梁小萍翻出一本書《陌上花》。那是兩老1999年3月來悉尼時送

梁小萍的散文集，主要敘述他們兩人的人生桑滄和感懷。這本書淡淡道來，不著痕跡，但可以讓人在笑中流出眼淚，或在流出眼淚的同時笑出來。其特別之處是，該書不可以從一個方向把書讀完，黃苗子和郁風各占一邊，方向相反且上下倒置。在書中，黃苗子和郁風都分別在「自己的領地」上為梁小萍題字。其中郁風那邊的書題很諧趣，她先寫上：「小萍靚女存正」。苗子看後，用廣州話補注上「請注意係人地嘅女」（廣州方言，意為是別人的女兒）。

　　書中，郁風有一篇文章〈張佛千的文字游戲〉寫到：「詩就必須有音韻、意境、思想感情內容，對聯則更要求每一個字都對仗工整，顯然高級多了。這裏面學問很大，不是我的短文能說清楚的。我說文字游戲祇是說對於已經掌握中國文字之妙的文人，有時確是一種游戲，蘇東坡也寫過可以倒著讀的詩」。

　　當梁小萍讀到這裏時，忍不住說了句：「郁風前輩呵，您不該如此挑引我呵。」於是掩卷抒箋，作起這種「蘇東坡也寫過可以倒著讀的詩」──〈讀前輩苗子郁風散文集《陌上花》感懷〉：

> 陌上飛花動婉情，
> 煙塵半紀逐空明。
> 跡留藝海痴雲逸，
> 英落淒風聽雨驚。
> 奕奕文詩凝喜怒，
> 緩緩韻律伴枯榮。
> 碧蘿綠泛幽春夢，
> 夕照萍蹤撫晚晴。

回文則為：

> 晴晚撫蹤萍照夕，
> 夢春幽泛綠蘿碧。
> 榮枯伴律韻緩緩，
> 怒喜凝詩文奕奕。
> 驚雨聽風淒落英，
> 逸雲痴海藝留跡。
> 明空逐紀半塵煙，
> 情婉動花飛上陌。

詩中第一句嵌了書名《陌上花》，典出吳越王妃春天思歸臨安，王以書遺妃曰：「陌上花開，可以緩緩歸矣」。吳人用其語為歌，而苗子郁風兩位作者均喜其含思婉轉的歌詞，於是把「陌上花」摘為書名。第二句是當該書問世時正值作者們的五十年金婚，第三、八句指郁風在該書中的文章分類標題〈藝海探微〉、〈萍蹤萬里〉，第四、七句指苗子在該書中的文章標題〈風雨落花〉和〈碧蘿春夢〉。第六句中的「緩緩韻律」如第一句所解。

　　2007年4月15日，郁風老人逝世，牽動了中國國內國外許多人士的哀思。梁小萍想到八年前兩老在悉尼給她贈送散文集《陌上花》的情景，想到郁風的畫作《落葉盡隨溪雨去》，想到黃老為亡妻所作的〈辭世說明〉——「她一生崎嶇坎坷，但卻慷慨多姿」，便哀思綿綿，無法壓抑。她為郁風前輩寫了兩首悼念律詩：

其一

細雨輕敲陌上花，天憐莽莽失嬌霞。

誰書俊逸賽豐色，孰繪風騷把彩華。

嫋嫋鮮荷還滴夢，淒淒淡月正搖葭。

緩緩歸去仙山閣，問訊清魂幾訪家。

其二

漫若繽紛日歲紅，一生灑脫一如風。

一生優雅傳奇色，半百滄桑自在功。

西暢無崖遊奧渺，東瞰目盡寫龍蔥。

吟成落葉隨溪去，騎鶴翩然逝遠穹。

　　黃苗子和郁風的同齡人兼好友吳祖光先生，是本世紀中國在國際上影響巨大並具傳奇色彩的著名學者、戲劇家和書法家，是香港文化界和電影界的先導者。他亦是梁小萍少年時的偶像。

梁小萍在北京拜會吳祖光先生。

　　梁小萍初識吳祖光先生是在她嫂嫂的娘家閣樓上。其時逢「文革」，無書可讀，而她嫂嫂的父母均為新中國時代的法官，其家藏書甚豐，以梁小萍當年的知識層面，最多也只能閱讀詩歌散文戲曲之類，但那些卻成為她文學啟蒙的其中一個重要源頭。梁小萍出入嫂娘家就像自家一樣，閣樓上有她的鋪蓋，不到吃

飯時是不肯下樓的。在那一疊厚厚的戲劇書籍中，吳祖光的才華和品格給梁的腦海深深地烙上了印。

1998年5月初，趁在中國美術舘舉辦「覺之喚——梁小萍書法藝術展覽」之機，梁小萍專門到吳府拜訪了她的偶像。她去得很不是時候，吳祖光夫人新鳳霞剛在一個月前過世。關於新鳳霞，梁小萍並不陌生。她是中國著名評劇演員和電影演員。她主演的《劉巧兒》紅遍中國，她同時又是齊白石的乾女兒，一並拜師習藝。

顯然，吳先生被巨大的悲痛壓垮了。據說，他自夫人逝去，一直閉門謝客，梁小萍是他第一個客人。梁小萍在新鳳霞的靈前鞠了三躬。坐下後，她不知如何是好，後來把作品集拿了出來，題上請他斧正的字，送給他。他也給了一本他們夫婦的作品集，題了字送給梁小萍。這是集新鳳霞的畫和他的書法一起的作品集。他們的婚姻，在中國一直傳為美談，是標準的男才女貌，相當恩愛。但在中國大陸的政治風波中，嚴遭摧拆。為保存這個婚姻，新鳳霞付出半身殘疾。

由於有了彼此的作品集，梁小萍和這位可敬前輩交談的話題就多了起來。他問起小萍的展覽和海外的情況，小萍則談起吳在書中給她少年時代的印象和影響。幾年之後，吳祖光前輩也於2003年辭世了，梁小萍得知這個噩耗後，為了紀念他，寫了一首五律回文詩〈悼念吳祖光先生〉：

　　風雪夜歸人，
　　品才超世塵。
　　雄文一正氣，

　　驟雨幾良辰。

　　楓烈編悲喜，

　　墨濃書苦辛。

　　穹蒼覓厚愛，

　　侶鳳約仙晨。

回文則為：

　　晨仙約鳳侶，

　　愛厚覓蒼穹。

　　辛苦書濃墨，

　　喜悲編烈楓。

　　辰良幾雨驟，

　　氣正一文雄。

　　塵世超才品，

　　人歸夜雪風。

　　詩中首句指吳年輕時期創作的歷演不衰的戲劇經典《風雪夜歸人》。第三句指吳年輕時期的戲劇作品《正氣歌》及其處世品格。第四句指其美滿姻緣慘遭摧殘。第五、六句分別指吳作為著名戲劇家和書法家的境遇。第七、八句則指的是吳的仙逝。吳在愛侶新鳳霞逝世五年後的同一個月辭世，其女兒吳霜說：「父親是找媽媽去了」。「侶鳳約仙晨」意為與新鳳霞為侶，相約在仙宮的早晨會面。此句的回文「晨仙約鳳侶」則意為早晨眾仙與新鳳霞的侶伴相約見面，即眾仙迎接吳之意。

　　1996年，梁小萍應美國史丹福大學（Stanford University）邀請，到該大學舉行個展、講學和即席揮毫。事後，梁小萍被旅居在此的臺灣書畫藝壇泰斗傅狷夫老先生邀請到府上作客。當被迎進傅府時，梁小萍立即被室內的作品所吸引。那是傅先生的十二尺長五尺寬的整紙畫作，高懸正廳之上。步入會客室，又有另一幅十二尺作品，但卻相應裁窄，寫的是為畫作而自撰的七絕，蒼勁的筆觸把整幅大草作品表現得淋漓暢快，氣勢磅礡。這時，梁小萍才隱約感到某種微妙。眾所周知，無論書法或繪畫，都是作品越大創作難度越高。她接受史丹福大學邀請時，當答應為大學做十二尺整紙的即席揮毫的時候，可以感到聯繫人的興奮。他們說，這樣大型的東方藝術活動，該大學從未有過。為此，梁小萍千里迢迢背上兩張十二尺大紙和一支像掃帚一樣的巨筆，跨洋越海，終於完成了此行的使命。而眼前一個年屆九旬的前輩，家中掛著的竟俱是十二尺作品！

　　梁小萍記得當時傅狷夫老先生說，他一直擔心中國藝術會失傳，但見到梁後，他說放心了。

　　在傅老身上，梁小萍感受到老一代藝術家對民族精粹的強烈使命感，感覺到比其畫藝更重要的一種長者風範。梁小萍一直對傅老懷著深深的敬意。回到悉尼後，他們一直有書信往來。每到臨近新年，梁小萍都會接到他手書的「福」字。直到聽說他身體染恙，為免添麻煩，她才停止了通訊。但是梁小萍沒有停止對傅老他的懷念。某天，梁小萍打開相冊，看到傅老自撰七言絕句〈題萬徑松風圖〉的書法作品。詩曰：

　　松風萬壑起天聲，

千頃波濤撼巨鯨。
峭壁懸巖雲路渺，
渾疑此處即蓬瀛。

梁小萍即〈步原韻奉和前輩傅狷夫先生兼作回文七絕並步其首字為韻〉：

松綠遠峰敲韻聲，
韻聲回轉碧飛鯨。
冬春復計遙天傲，
傲寄潮波作閬瀛。

回文則為：

瀛閬作波潮寄傲，
傲天遙計復春冬。
鯨飛碧轉回聲韻，
聲韻敲峰遠綠松。

步原韻奉和兼作回文七絕並步其首字為韻，這種和詩前所未見，這種文體的稱謂對於許多人也應是陌生的，可說是梁小萍自創。

徐展堂先生是國際著名收藏家，世界六大國家均有以其命名的博物館。在坎培拉國立藝術館，就曾有「徐展堂博物館（T.T.TSUI Museum）」，其中所有珍貴文物皆為徐先生捐贈之物。無疑地，他為在世界宏揚中國國粹作出了重大的貢獻。而徐先生對梁小萍藝

術的關愛也令梁終身心銘感激。1998年，梁小萍在北京的中國美術
館舉辦《覺之喚》個展，徐展堂先生就為此專程從海外飛來參加開
幕典禮，典禮剛一結束，就匆匆乘機離去。梁小萍有一次接徐展堂
先生香港來電之後，禁不住寫下這首詩：

> 歸帆夢海中，
> 獵獵轉飛鴻。
> 夜半聞鈴語，
> 窗前映睡楓。
> 香江猶盛暑，
> 此地正冬風。
> 話至相逢日，
> 霜繁約月朦。

另一首寫於獲徐展堂先生郵來經高僧開光之精美《金剛經》之後：

> 知是海浮萍，
> 迢迢送寶經。
> 韶華人易老，
> 智慧樹恆青。
> 去相明心志，
> 澄懷見性靈。
> 三千迷幻境，
> 人本一飛蜓。

　　梁小萍相交的名人有不少是西方人。其中一位是新南威爾士州立藝術館館長Edmund Capon先生。這位館長被稱之為澳洲的東方文化藝術權威，對中國文化藝術在澳洲的發展起到極其重要的作用。梁小萍與Edmund Capon先生的藝術交往已有十數年了。梁小萍每一次在澳洲的個展，以及由梁小萍負責的重大藝術活動，都是請他開幕主持。而他每次開幕致辭時都不用講稿，但滔滔而來的卻又是道，又是禪，又是唐詩又是宋詞的，足顯其東方學養之深厚。他們深交到可以互相開玩笑。有一次梁小萍到藝術館，與Edmund Capon先生不期而遇。他熱情地問道：這些天你哪裏去了？我許久沒有看見你了。梁小萍笑答道：「我仍舊活在地球上。」那天，由於好長一段時間沒有見面，所以偶然相見，梁小萍便自然想起東方藝術在澳洲的發展軌跡，而由衷地感謝他，故提筆寫下一首題為〈中西墨緣〉的七律回文詩：

　　　　環縈曲水朗星沉，
　　　　染聚春濃撫綠林。
　　　　灣淺載濤風醉取，
　　　　宇寬築道藝痴尋。
　　　　斑霜誌紀逾華歲，
　　　　夜月吟毫伴壯心。
　　　　攀險覓音知遇幸，
　　　　閑悠碧際拂輕琴。

回文則為：

琴輕拂際碧悠閑，
幸遇知音覓險攀。
心壯伴毫吟月夜，
歲華逾紀誌霜斑。
尋痴藝道築寬宇，
取醉風濤載淺灣。
林綠撫濃春聚染，
沉星朗水曲縈環。

又如另一位梁小萍的朋友Laurence Street爵士。這位爵士的家族備受澳洲人敬仰，尊為「澳洲第一家族」。其家三代皆受英女皇嘉封爵士，且皆任新南威爾士州高等法院首席法官及副總督之職。Laurence Street爵士以自己的德威對中國書法藝術在澳洲生根開花的作用，是誰也取代不了的。梁小萍每次在澳洲的重大藝術活動，都可以看到他那典型的英國貴族式的優雅身姿。有一次梁小萍聽說他傷了腰，很懷念他而寫下了一首七律回文詩，感念Laurence Street爵士：

憶曾數歲逝華芳，
情摯緣毫醉遠荒。
極目瑤蒼雲際渺，
遊心皎碧露晨涼。
冀長舞闊天風振，
名重垂尊德誼揚。
力藉洪規承廣宇，

春秋幾度樂飛觴。

回文則為：

觴飛樂度幾秋春，
宇廣承規洪藉力。
揚誼德尊垂重名，
振風天闊舞長翼。
涼晨露碧皎心遊，
渺際雲蒼瑤目極。
荒遠醉毫緣摯情，
芳華逝歲數曾憶。

詩中第二句，指的是梁小萍和Laurence Street爵士的友情起源於一管毛筆；詩中第七句，指的是Laurence Street爵士的家族與澳洲法律的淵源，「洪」為大之意；詩中第八句，指的是梁小萍每次展覽時的開幕典禮酒會。

梁羽生先生贈予梁小萍的鶴頂格對聯曰：「小謫留塵夢，萍蹤結翰緣。」正是如此。

人天共會三山碧，日月齊觀四海澄：驚世之最的奧運回文長聯

梁小萍還是一位讓人嘆為觀止的詩聯創作大家。正如她的書法藝術一樣，梁小萍創作詩聯，才華橫溢，激情噴湧，讓人們目不暇

接，嘆為觀止。

中國對聯的浩瀚歷史，五光十色，絢煥璀璨，是歷代文人精華薈聚，極盡風流的天地。聯語藝術對仗整齊，規範森嚴。若要寫好數字的對聯已非易事，進而論及數十上百字的長聯，其創作之難更可想而知。據有關統計，以被譽為「天下第一長聯」的雲南昆明滇池大觀樓長聯的一百八十字數起計，那些超級長聯在歷史上有案可稽的只不過數十例而已。至於回文長聯，史上似乎從未出現過。

而梁小萍的回文長聯，卻在這當中，開創了屬於自己的一片奪目新天。她那奧林匹克對聯，以其回文的獨特形式，三百八十四字的長度，縱躍上下幾千年，橫跨東西兩大文明，加之嵌典吟史，詠物抒懷，對仗工整，氣魄恢宏，文辭富麗鏗鏘，立意高遠新奇，實可驚嘆為聯史之最！

筆者有幸得以現場目睹梁女史從開始構思到逐步完善一直到最後定稿的整個過程。現在，讓我們來參讀這一奧林匹克運動會帶出來的史詩：

　　人天共會三山碧，

　　犇犇驥躍，

　　緒逐方東，

　　血脈伸張，

　　彤彰焰吐，

　　晝暑銜雍和。

　　烈、烈、烈，

　　熙環絢色，

映爍華京。
豪、豪、豪，
春秋續史，
鑄建宏章。
偉、偉、偉，
動地酣歌，
牽縈志魄。
應律征師護絳旌。
荷香淡淡，
轉蝶旋蜂。
曾幾念，
鐘曉敲蒼覺道遠。
疾履昂昂，
輕軀颯颯，
歡歲長城拓朗昊，
野分箕尾踞幽燕。
臺巍向夕，
黃金重價，
翩翩俊傑騁平原。
慨而慷，
抖抖才雄，
風流盡數，
熱汗揮芳染熱衣。
煌煌紫殿升虛境，
鴻群橫晚照，

翠澤連連。
夏土飛虯，
壇吟健將，
壞閣空川誌夢圓。
威聲振曠穹，
燁燁轟轟，
煦煦紛紛，
年百一生人美壯。

日月齊觀四海澄，
邈邈魂遊，
懷追鬥北，
精輝渙漫，
彩引霓搴，
衢遙入雅典。
高、高、高，
勁步英姿，
騰蹤鶩鵠。
快、快、快，
嶽嶺颶飆，
跨奔廣漠。
強、強、強，
沖霄浩氣，
激蕩星河。
成規聖協商和願。

史話悠悠，

參源溯舊。

問當初，

浪濤餐寂愛琴幽。

濃烽裊裊，

滿目淒淒，

耀光神廟聳崇岩，

潮湧地中通域國。

女妙迎陽，

熾愛純思，

熠熠文明昭早曙。

今並昔，

稜稜意韻，

險絕縱馳，

榮枝著綠炫榮晃。

穆穆古場繚渺煙，

島半蔽朝花，

丹晶爛爛。

西洋鼓柵，

曲譜洪波，

雲清擁際銘情潔。

厚德承深浦，

彬彬濟濟，

蔥蔥鬱鬱，

紀千通宇日寧安。

梁小萍以現代散文詩形式來詮釋這首長聯：

　　在仙人聚集過的神州古國，一支支龐大的隊伍，車馬並馳，精神抖擻，向著東方開來。熱血沸騰，紅光滿天。

　　多麼瑰烈啊！你看迎夏之陽在北京雍和宮上空，正輝映著奧運會旗中的五色彩環，絢麗雍容、熙和豐色。多麼豪邁！古奧運的歷史，由我們續寫；人類文明春秋的樂章，由我們譜奏。多麼雄偉啊！你聽，奧運的會歌動地嘹亮、激揚奮發，縈牽心志、繚動神魂。

　　在北京夏日淡淡的荷香中，在彩蝶妍蜂的飛舞中，一支簇擁著鮮紅旗幟的雄師，正踏著節律走來。曾多少次，在北京覺道寺曉鐘的蒼涼裏，懷思著責任的重大、道路的遙遠。莫嘆息，莫畏懼，用訓練場上昂昂步履，颯颯輕軀，去迎接這歷史的挑戰。

　　長城歡歲，蜿蜒馳遠，拓展著明澄的高天。北京，你這古屬幽州的燕國之都，星分為箕宿和尾宿。戰國之時，燕昭王就曾在你的懷抱中築高臺，置千金於臺上，延請天下賢俊。一時，多少豪傑縱馬翩翩，奔馳在你寬廣的胸膛。

　　激昂感慨啊！你看，才傑雲集，抖抖昂昂，英華盡出，一展風流。熱汗，煥發青春的鬱芳，染透了熱衣。華光煌煌的紫禁城，像是在世間升起虛境，群鴻在晚照的天空中舒展，飛龍在華夏翠澤的土地上遨游。廣闊的疆土和皓朗的河川，將志慶著這一千年的圓夢。

　　雄壯的呼聲威震碧曠的高穹，光焰流瑩，轟轟烈烈，

煦煦熙熙、斑爛紛紛，百年的人生多麼壯美！

日月一齊見証這世界的清澄。讓我們神游於九天之上，心懷追蹤著北斗。精神的光輝煥發散漫，搴引著霓虹的斑爛艷彩。大道遙遙，直入雅典。

多麼高啊！矯健的步履與俊美的身姿，正飛騰而起，追蹤著天空遨翔的鶖鳥和鴻鵠。多麼快啊！像岳嶺上飛揚的颶風，迅速奔向廣闊的漢宇。多麼強啊！凜然浩氣，直沖雲霄，激蕩星河！

這是永恆的成規，神聖的協議，人民的意願。這文明的歷史多麼悠長，讓我們一起追溯著她的源頭，參究她的往昔。我們不禁要問：為什麼當年的浪濤餐飲著孤寂，愛琴海發出咽咽的幽鳴。啊，戰爭吞噬著古希臘的大地，到處濃烽裊裊，到處滿目淒淒。

高聳在奧林匹亞山上的宙斯神廟，煥發出神聖的光輝，照耀著雅典這個通往地中海各國的古城。自始，一群純潔少女，懷著赤子之心，熾熱之愛，在神廟中用太陽之光，點燃起照亮歷史文明曙色的火把。

今日和往昔都一樣啊！你看威嚴方正的意韻，跌宕起伏，縱馳四方。繁茂的橄欖枝編織成長青的榮冠，贈獻給勇猛的英雄。古老的奧林匹亞運動場上，至今仍輕煙繚繞，穆穆生輝。希臘半島的朝花，遮蔽了遍野，紅英片片，晶瑩爛爛。行舟在西方的海洋中，但聞洪波融融，歡歌譜曲；放眼於高天廣宇上，只見際雲澄碧，銘存著純潔的情誼。

這奧林匹亞傳統所給予人類，其厚德就像承載在深浦一樣，廣博渺渺，浩浩湯湯，縱深淵遠，鬱鬱蔥蔥，祝福著

今後一千個世紀的宇宙永保和平與安寧！

這首長聯，竟然也可以反向從結尾回讀到開頭而組成另一長聯：

安寧日宇通千紀，

鬱鬱蔥蔥，

濟濟彬彬，

浦深承德厚。

潔情銘際擁清雲，

洪波譜曲，

枻鼓洋西，

爛爛晶丹，

花朝蔽半島。

煙渺繚場古穆穆，

冕榮炫綠著枝榮。

馳縱絕險，

韻意稜稜，

昔並今，

曙早昭明文熠熠。

思純愛熾，

陽迎妙女，

國域通中地湧潮，

岩崇聳廟神光耀。

淒淒目滿，

裊裊烽濃，

幽琴愛寂餐濤浪。
初當問，
舊溯源參，
悠悠話史，
願和商協聖規成。
河星蕩激，
氣浩霄沖，
強、強、強！
漢廣奔跨，
飆颸嶺嶽，
快、快、快！
鵠鶩蹤騰，
姿英步勁，
高、高、高！
典雅入遙衢，
審霓引彩。
漫渙輝精，
北斗追懷。
遊魂邈邈，
澄海四觀齊月日。

壯美人生一百年，
紛紛煦煦，
轟轟燁燁，
穹曠振聲威。

圓夢誌川空闊壤，

將健吟壇，

虯飛土夏，

連連澤翠，

照晚橫群鴻。

境虛升殿紫煌煌，

衣熱染芳揮汗熱。

數盡流風，

雄才抖抖。

慷而慨，

原平騁傑俊翩翩，

價重金黃，

夕向巍臺。

燕幽踞尾箕分野，

昊朗拓城長歲歡。

颯颯軀軺，

昂昂履疾，

遠道覺蒼敲曉鐘。

念幾曾，

蜂旋蝶轉，

淡淡香荷，

旌絳護師征律應。

魄志縈牽，

歌酣地動，

偉、偉、偉！

章宏建鑄，

史續秋春，

豪、豪、豪！

京華爍映，

色絢環熙，

烈、烈、烈！

和雍銜暑畫，

吐焰彰彤，

張伸脈血，

東方逐緒，

躍驥轔轔，

碧山三會共天人。

　　一般長聯的特點是，一聯因觸景而詠志抒懷，另一聯則發思古之幽情，其間綜述與其相關之天文、地理、歷史，以及典故。此回文長聯則有所不同。其一聯詠北京之奧運和中國的風貌，另一聯則詠古希臘之奧運及西方之文明。所以，在同一聯中，既要詠志抒懷，又詠文典史理。其意圖很明顯：用充滿東方古典文學色彩的長回文對聯，來吟詠充滿西方古典文明光芒的奧林匹克運動會，力圖將中西古典文明精髓中一文一武、一動一靜結合起來。此回文長聯的三百八十四的字數，暗合《易經》的爻數（《易經》共有六十四卦，每卦六爻，合三百八十四爻），使其更具古典東方之神秘色彩。

　　回文長聯盡管在文學史上從未出現過，但僅憑常識，便不難推想：寫長聯難，寫回文長聯更難；長聯中嵌典、嵌天文地理難，在

回文長聯中嵌典、嵌天文地理更難上加難。

　　梁小萍這首回文長聯，一聯嵌了「黃金臺」的中國古典：「臺巍向夕，黃金重價，翩翩俊傑騁平原。」另一聯則嵌了「少女燃炬」的奧運古典：「女妙迎陽，熾愛純思，熠熠文明昭早曙。」一聯嵌了「野分箕尾踞幽燕」的北京星分，另一聯則嵌了「潮湧地中通域國」的奧運發祥地的地理。一聯嵌了「雍和」宮，另一聯則嵌了「雅典」城。奇妙的是，上述這些例子，其對仗正向反向都非常工整。此外，聯中還嵌了北京名勝「覺道寺」、「長城」，以及希臘的「愛琴海」、「宙斯神廟」，並用「紫殿」喻指「紫禁城」，用「古場」喻指「奧林匹克競技場」。

　　這首回文長聯概述了奧運會的起源及歷史，如「成規聖協商和願」指的是奧林匹克的「神聖協議」，「春秋續史」指的是古希臘奧運會中斷一千多年後，再度復興而成為現代奧運。同時，聯中還包括奧運的常識，如奧運會五環旗、奧運會會歌、奧運會桂冠、奧運會格言「更高、更快、更強」。再者，聯中「壞闊空川誌夢圓」表述了華夏兒女千年夢將圓；「紀千通宇日寧安」表達了世界人民期盼宇宙永保和平與安寧的長久願望。

　　這首回文長聯最精彩之處，是兩聯的起句和結句，大氣淋漓，意境高闊：「人天共會三山碧」，「年百一生人美壯」；「日月齊觀四海澄」，「紀千通宇日寧安」。其中，「人」在一聯的起句和結句中重疊使用，而「日」在另一聯起句和結句的相同的位置上也重疊使用。更為重要的是，這四句的反向同樣不同凡響：「安寧日宇通千紀」，「澄海四觀齊月日」；「壯美人生一百年」，「碧山三會共天人」。因而，這四句便形成了一個氣勢磅礡的方陣，使這

首長聯的正向反向均氣貫始終——顯然，梁氏是把書法藝術中氣頭氣尾的布陣方法應用到了對聯中。

奧林匹克運動會是古代西方文明的創舉；奧林匹克運動會在中國舉行是現代中華文明的創舉；無疑地，梁小萍此首回文長聯，在中外文學歷史上也是一個創舉了。

梁小萍女史，以其精深的中國國學學養和超絕的藝術天賦，在海外把中華文化藝術發展到了極致。

回文詩聯：梁小萍詩藝一絕

梁小萍的回文詩聯，的確可謂一絕。

有一次梁小萍大病，適逢母親來電。為免母憂，梁小萍隻字未提。放下電話，忍不住熱淚縱橫。為排解自己，於是寫下一首回文詩：

> 星夜半參風動帆，
> 幾船寒露漂蒼巖。
> 寧思忽接容慈厚，
> 靜緒侵翻味苦鹹。
> 萍遠泛流追偉岸，
> 淚橫垂染濕青衫。
> 齡長伴日兒痴母，
> 母作難為孰聖凡。

奇特的是，此詩正向讀是女兒思念母親，反向讀是母親思念女兒：

凡聖孰為難作母，
母痴兒日伴長齡。
衫青濕染垂橫淚，
岸偉追流泛遠萍。
鹹苦味翻侵緒靜，
厚慈容接忽思寧。
巖蒼漂露寒船幾，
帆動風參半夜星。

世人皆覺得回文詩太難了而多不敢問津，但這種「難」卻讓梁小萍興味盎然。她總喜歡以新意新法寫出一連串回文絕句、回文律詩、回文對聯、和詩回文兼步首字為韻、回文長聯、四向回文塔形詩、對稱篆字回文詩。其後四項均未見於中國詩聯史上，純屬她自己遊戲詩文之創舉。

一、和詩回文兼步首字為韻

如前文所引的梁小萍「步原韻奉和前輩傅狷夫先生兼作回文七絕並步其首字為韻」。又如前文說過，在梁小萍《覺之喚》展覽期間，中國書法家主席沈鵬先生曾贈給梁一幀自撰自書的作品《詠梅》及七絕〈詠梅〉：

迎寒非為百花先，
桃李爭蹊亦可憐。
真玉泥中存異質，

老枝幹上著鮮妍。

梁小萍回贈〈詠梅〉，步原韻奉和沈鵬先生兼作回文七絕並步其首字為韻：

迎晨靜世潔為先，
願托純真與愛憐。
英枕碧蒼同月白，
晶心似雪比清妍。

回文則為：

妍清比雪似心晶，
白月同蒼碧枕英。
憐愛與真純托願，
先為潔世靜晨迎。

二、對稱篆字回文詩

該詩的形式是梁小萍從一個書法家的特殊角度創作而成的回文詩，而詩中所用的字寫成篆書，均左右對稱（正面反面看皆可）。如她一首〈島上野趣〉：

天青半上草中央，
問索空閒樂野桑。
圓日幸高行古塞，

　　田縈壹曲奏幽簧。

回文則為：

　　簧幽奏曲壹縈田，
　　塞古行高幸日圓。
　　桑野樂閑空索問，
　　央中草上半青天。

　三、塔形四向回文詩

　　而所謂塔形四向回文詩，即是一首塔形詩，從上下左右四個不同的方向，回文而成四首塔形／倒塔形的詩。

　　〈詠洋〉就是一首這麼奇特的詩章：

（一）

洋

莽蒼

颺意氣

浩浩湯湯

翔鳥騫虹霓

舞騰片片清霜

涼風勁蕩繁星碎

遍撒英花錦緞波光

檣櫓搖過一舟輕移慢

厚雲徙步迴遲渺渺茫茫

黃玄遠際天低裏嶺幽林秀

暮唱朝歌夏咏冬吟暗轉年芳

狂浪裂空舞宕風煙恨蔽山遙隔

細濤擁岸滌濯塵旅歡欣野曠盈香

長環永世長輝日月長窺幻變浣青史

揚激春秋揚響驚雷揚瀉宏文穆穆流荒

導讀（一）

洋

莽蒼

颮，意氣

浩浩，湯湯

翔鳥，寋虹霓

舞騰，片片清霜

涼風勁蕩，繁星碎

遍撒英花，錦緞波光

檣櫓搖過，一舟輕移慢

厚雪徙步迴邅，渺渺茫茫

黃玄遠際，天低裏嶺，幽林秀

暮唱朝歌，夏咏冬吟，暗轉年芳

狂浪裂空，舞宕風煙，恨，蔽山遙隔

細濤擁岸，滌濯塵旅，歡欣野曠盈香

長環永世，長輝日月，長窺幻變，浣青史

揚激春秋，揚響驚雷，揚瀉宏文，穆穆流荒

（二）

荒流穆穆文宏瀉揚雷驚響揚秋春激揚

史青浣變幻窺長月日輝長世永環長

香盈曠野欣歡旅塵濯滌岸擁濤細

隔遙山蔽恨煙風宕舞空裂浪狂

芳年轉暗吟冬咏夏歌朝唱暮

秀林幽嶺裏低天際遠玄黃

茫茫渺渺遲迴步徙雲厚

慢移輕舟一過搖櫓檣

光波緞錦花英撒遍

碎星繁蕩勁風涼

霜清片片騰舞

霓虹搴鳥翔

湯湯浩浩

氣意颷

蒼莽

洋

導讀（二）

荒流穆穆，文宏瀉揚，雷驚響揚，秋春激揚
史青浣，變幻窺長，月日輝長，世永環長
香盈曠野欣歡，旅塵濯滌，岸擁濤細
隔遙山蔽恨，煙風宕舞，空裂浪狂
芳年轉暗，吟冬咏夏，歌朝唱暮
秀林幽嶺，裏低天際，遠玄黃
茫茫渺渺，遲迴步徙雲厚
慢移輕舟，一過搖櫓檣
光波緞錦，花英撒遍
碎星繁蕩，勁風涼
霜清片片騰舞
霓虹，搴鳥翔
湯湯，浩浩
氣意，颮
蒼莽
洋

（三）

洋

蒼莽

氣意颺

湯湯浩浩

霓虹騫鳥翔

霜清片片騰舞

碎星繁蕩勁風涼

光波緞錦花英撒遍

慢移輕舟一過搖櫓檣

茫茫渺渺遲迴步徒雲厚

秀林幽嶺裏低天際遠玄黃

芳年轉暗吟冬咏夏歌朝唱暮

隔遙山蔽恨煙風宕舞空裂浪狂

香盈曠野欣歡旅塵濯滌岸擁濤細

史青浣變幻窺長月日輝長世永環長

荒流穆穆文宏瀉揚雷驚響揚秋春激揚

導讀（三）

洋

蒼莽

氣意，颺

湯湯，浩浩

霓虹，寒鳥翔

霜清片片騰舞

碎星繁蕩，勁風涼

光波緞錦，花芙撒遍

慢移輕舟，一遍搖櫓檣

茫茫渺渺，遞迴步徙雲厚

秀林幽嶺，裹低天際，遠玄黃

芳年轉暗，吟冬咏夏，歌朝唱暮

隔遙山蔽恨，煙風宕舞，空裂浪狂

香盈曠野欣歡，旅塵濯滌，岸擁濤細

史青浣，變幻窺長，月日輝長，世永環長

荒流穆穆，文宏瀉揚，雷驚響揚，秋春激揚

（四）

揚激春秋揚響驚雷揚瀉宏文穆穆流荒

長環永世長輝日月長窺幻變浣青史

細濤擁岸滌濯塵旅歡欣野曠盈香

狂浪裂空舞宕風煙恨蔽山遙隔

暮唱朝歌夏咏冬吟暗轉年芳

黃玄遠際天低裏嶺幽林秀

厚雲徙步迴遲渺渺茫茫

檣櫓搖過一舟輕移慢

遍撒英花錦緞波光

涼風勁蕩繁星碎

舞騰片片清霜

翔鳥搴虹霓

浩浩湯湯

颺意氣

莽蒼

洋

導讀（四）

揚激春秋，揚響驚雷，揚瀉宏文，穆穆流荒

長環永世，長輝日月，長窺幻變，浣青史

細濤擁岸，滌濯塵旅，歡欣野曠盈香

狂浪裂空，舞宕風煙，恨，蔽山遠隔

暮唱朝歌，夏咏冬吟，暗轉年芳

黃玄遠際，天低裹嶺，幽林秀

厚雲徙步迴遲，渺渺茫茫

檣櫓搖過，一舟輕移慢

遍撒英花，錦緞波光

涼風勁蕩，繁星碎

舞騰，片片清霜

翔鳥，寧虹霓

浩浩，湯湯

颿，意氣

莽蒼

洋

四、回文長聯

如前文所引的奧林匹克回文長聯。

行文至此，筆者想許多讀者都會想到一個問題，就是：今人對古典詩詞創作都覺得不容易，形式束縛很大，音韻平仄不易掌握，梁小萍究竟是如何駕輕就熟的？回文詩又是所有律詩絕句中難度最大的，對於一般人來說，要應付回文詩中的所有規限，已經不易，等確定其句子通順，格律之類沒有出錯時，已詩味全無，或離原來要表達之意相去甚遠，結果這種不能表達感情的詩就衹能當成游戲了。而梁小萍的回文詩聯，如前所述，可謂一絕。這是如何練出來的？有些什麼秘訣？筆者腦海裏長期思索這個有趣的問題。

我想，梁小萍是把對書法傳統基本功的高度重視應用在詩文方面。首先，梁小萍把格律、平仄、詞性等搞得精熟，這就等於把約

中澳兩國奧委會主席為在中國奧委會總部舉行的奧林匹亞回文史詩轉贈儀式揭幕。

束變為自由了。所以，梁小萍祇用了很短的時間，就把回文詩聯的規律搞通了。

其實，平時我們對話有一套對話的系統，而詩詞也有詩詞的一套語言系統，寫詩的人必須掌握和熟練運用這套系統。進行古典詩詞創作，平仄成為現代人很大的障礙。因為國語的四聲不能準確分出平仄。按現在國語籠統的分法是：第一、二聲屬平，第三、四聲屬仄。容易出錯的地方在古仄音混進第一和第二聲，而進入平聲的行列。如果不靠死記硬背，就祇得查書去核實了。如最簡單的「一」字，國語屬第一聲，按其分法屬平，而「一」卻是入聲屬仄。這方面，粵語使用者很有優勢。只要掌握要領，通過準確的讀音，就可分出平仄。然而，通過粵語九聲去確定平仄，這要經過很漫長專注的練習才可達到熟練的程度。梁小萍了不起之處，她使用自己發明的方法──通過音樂去定平仄。只要一發音，梁小萍便可以立即準確地判定其平仄。

這些是從技術層面而言。另一方面則是從心理而言。

對於梁小萍來說，寫詩是一種生活的調劑，不但不是負擔，反而是一種樂趣，於是她習慣了見到什麼就寫什麼，即使是寫回文詩，也是如此，並要求盡量做到不生硬，入情性。這就是為什麼她所有的日記竟然是以詩詞聯語寫成。

書法對梁小萍有著無窮的魅力，很大因素是因為「難」──其變化來自水墨、筆劃、部首、結構、字體和風格，以及情緒、氣候等，按數學的排列組合來計算，這些變化幾近無窮。同樣地，回文詩的「難」也引起梁小萍興味盎然──這是心理的因素。

於是，這種興致便引出梁小萍的一連串回文絕句、回文律詩、回文對聯、和詩回文兼步首字為韻、回文長聯、四向回文塔形詩、

對稱篆字回文詩，等等。現在梁小萍辭去了「澳大利亞書法協會主席」一職，免除了所有社會上的眾多事務和應酬，更有足夠的時間和精力，在詩書藝術中，海闊天空地遨游一番。

澳洲人民送給北京奧運的禮物：梁小萍《奧林匹亞回文史詩書法藝術塔形系列》

2008年4月7日，這天見證了梁小萍又一個事業的高峰。

這天，北京城清風習習，陽光和煦，路旁的樹梢掛滿春色。下午三時，座落在體育路的中國奧林匹克委員會總部，迎來了一個隆重的國際慶典──由中國和澳大利亞兩國奧會在此共同舉行《奧林匹亞回文史詩書法藝術塔型系列》轉贈儀式。

梁小萍向中國奧運會主席贈送《梁小萍奧林匹亞回文史詩書法藝術塔型系列》精美紀念冊。

　　這是非常特別的安排。在一百多個國家中，只有澳大利亞的禮物轉贈儀式是在中國奧會總部舉行——此舉足以顯示其禮物的份量。這天，總部寬敞的大堂兩旁，呈八字形擺放了十六座莊嚴高雅的書法藝術塔型系列；大堂正前方擺滿剛換上的鮮花，巨大的不銹鋼飾製的電子螢幕在鮮花綠卉緊貼的墻壁上，與鋼製的作品系列和灰白相間的大理石地面形成一個異常協調的整體；在中央，用作揭幕的紅布幅蓋著史詩書法系列的說明鋼座，左右兩旁分別插置著澳洲和中國國旗。整個場景，大氣回蕩，肅穆堂皇。

　　這份澳洲官方送給中國奧會的國禮，其內容均由梁小萍女史自撰自書，由有關人員集資並監製。

　　禮物第一部分由十六座塔型體組成，其大小為200mm×70mm×45mm，每八件一組，分成兩組，共計三十二面。每座的兩個斜面分別鑲嵌著尺寸為160mm×68mm的不銹鋼板。在十六座塔形體的同向斜面上，是《奧林匹亞回文長聯》的傳統大草書法，以黑色蝕刻在無光面的鋼板上，每張由多字構成。在十六座塔形體的另一同向斜面上，是《奧林匹亞七言回文對聯》的現代書法，以白色蝕刻在鏡面的鋼板上，其中每張以潑墨狂草書寫一個大字，分別為「春秋醉寫同銘史，日月吟歌共步天」，共計十四張。另一張以爨寶子書體書寫該七言回文對聯作為該組現代書法作品之上款，還有一張以行書書寫題記作為其下款。這組作品通過現代數碼科學技術，把書法準確地蝕刻在不銹鋼板上，既展示中國傳統書法，又展示溶匯了西方審美意識的現代書法。

　　除上述十六座塔形作品外，尚有一座塔形說明鋼座，其形狀成比例稍作縮減，兩面的不銹鋼板上，分別用中文以及英文和法文蝕刻著書法作品的正文及注解。

十七座塔型體總重1.5公噸。

禮物的另一部分為塔形藝術系列的精美紀念冊。冊中包括該禮物的藝術原作照片及注釋；梁小萍女史的〈弢言〉、〈奧林匹亞回文長詩〉、〈奧林匹亞回文詩組〉、〈奧林匹亞組歌〉；以及筆者撰寫的〈序〉及評介梁女史的報告文學〈一道跨越東方和西方的彩虹〉。另外，書中刊登了澳洲總理陸克文、澳洲奧會主席柯茨、中國駐澳大利亞大使章均賽等人的賀辭。紀念冊采用中、英、法三種文字，硬皮精裝，長寬為39cm×27.5cm，144頁，書重3.5公斤。華貴的書盒嵌有一副刻在小木片上的對聯。該小木片產自臺灣，其聯語來自禮物中的爨寶子作品：「春秋醉寫同銘史，日月吟歌共步天。」該書獨特、雅麗和高貴，印製1000本。目前，收藏此紀念冊的有中澳兩國國家高層領導人，包括中國國家主席胡錦濤、澳洲總理陸克文、中澳兩國奧會主席、兩國大使。

這份送給中國奧運的禮物，是一項繁複的工程，是一個集體努力和智慧的結晶，當然，首先是梁小萍女史的巨大貢獻，正如筆者在〈《梁小萍奧林匹亞回文史詩書法藝術塔型系列》序〉中所言：

〈奧林匹亞回文史詩〉為梁小萍女史近期創作之大型回文詩章，以兩副回文對聯組成。梁女史本人又將其創作成大型書法作品，並將此書法作品分別蝕刻在堅硬閃亮的不銹鋼板上，鑲嵌在高兩米寬零點七米的塔形巨座的兩面，一共分成十六座三十二面，稱之為《奧林匹亞回文史詩書法藝術塔形系列》，非常獨特可觀。澳洲奧會將此藝術作品系列贈送給中國奧會，作為澳洲人民送給二零零八年北京奧運之禮物。這無疑是一件值得永紀的澳中文化交流的盛事。

　　〈奧林匹亞回文史詩〉的第一副回文對聯含十四字：「春秋醉寫同銘史，日月吟歌共步天」；其回文則是：「天步共歌吟月日，史銘同寫醉秋春」。此聯可視作一個序曲，為第二副回文對聯所鋪展的恢宏壯麗的敘事抒情鳴鑼開道。

　　第二副回文對聯為〈奧林匹亞回文長聯〉，共計三百八十四字。對聯暗合《易經》的爻數，帶有濃烈的東方古典神秘色彩。其上聯詠北京之奧運和中國之風貌，下聯則詠古希臘之奧運及西方之文明，在詠志抒懷的同時，綜述與其相關之天文、地理、歷史及典故。在歷史時空中，橫向自東方到西方，縱向上下幾千年，長聯通過詠誦奧林匹亞，把東西方兩大古典文明在體育精神和文化精神的相互交融中推向崇高的極致。

　　如前所述，此長聯最妙之處是，它又可以從下聯最後一個字完全反向倒讀過來──即：「安寧日宇通千紀，鬱鬱葱葱，濟濟彬彬，浦深承德厚。潔情銘際擁清雲，洪波譜曲，桃鼓洋西，爛爛晶丹，花朝蔽半島……」，簡直是不可思議！中國古典詩文，是東方文明重要的組成部分，而古詩和格律詩是中國最古老的傳統詩歌形式。由於規範苛嚴，難度極高，回文格律詩在中國文學史上寥寥可數，而回文長詩和回文長聯更是無人敢於嘗試，從未見於史料。因此，梁小萍女史的《奧林匹亞回文長聯》和《奧林匹亞回文長詩》，在中國文學史上可謂書寫了新的一頁。

　　梁女史帶著神聖的使命感，把自己對人類和平進步的良好願望和終極關懷，以及對中國國粹的虔敬、學養和天賦，凝聚在這組大型的詩篇中，乃祈望在獨特歷史條件下，對北京主辦之奧運，成就一種特殊的意義。這又是中西文化交流史上值得書寫的一章。

梁小萍女史為澳大利亞書法協會創會主席。東西方不同的生活經歷，加之四十多年的書法藝術浸淫，造就了梁女史開闊的心胸和高朗的藝術境界。在這組包含多種字體的史詩書法系列中，她凝煉之筆，隨意揮灑，如出入無人之境，形成自成體系卻又多種風格的大家風範：寫傳統，則縱橫數千年，融匯百家；寫現代，則似書似畫，亦書亦畫，似中似西，亦中亦西。其書藝，是才與情之迸發，是古與今之交融，是中與西之合璧，是大與小之並美，達到藝與道之統一，陰與陽之調和，人與天之合一，宇宙萬物之和諧⋯⋯

無論是以回文詩聯吟詠重大的全球性的歷史事件，或是在海外創作如此龐大的書法藝術系列，梁小萍女史的這組作品或許都構成了歷史的唯一性。

筆者作為澳洲民眾中的一員，能通過梁小萍女史這組精美獨特、無與倫比的藝術作品，來參與北京奧運這一世界觸目的盛事，亦深感榮幸和自豪。

壯歲之心，其博也虔；壯歲之志，其遠也堅

梁小萍非常幸運，出生於一個溫暖的、讓她一生依戀的大家庭，父母明智慈愛。她天生麗質，自幼聰慧過人，又養成終身喜歡學習、善於學習的特性。由於家庭的影響，她幼年便喜愛文學、藝術，拿起毛筆或畫筆，就忘情地塗鴉，樂不可支。當家教小有模樣，梁小萍被送去書畫家黃棠門下習藝，從此打下堅實的根基，常常被人稱為「神童」。

記不起是那一年，梁小萍第一次參加書法展覽。作品是四張

四尺整宣紙，每一張一個大字分別用草書寫上「鶯歌燕舞」。沒想到這一下子引起了轟動。此次，梁小萍的名字被寫在該展覽的前言裏，以年齡最小但作品最大且以草書創作而成為整個展覽的一個亮點。

這以後，梁小萍被邀請參與許多與梁小萍年齡不相稱的活動，如各類文化藝術觀摩講解或即席揮毫等等。她還記得，甚至在文革在神州大地進行得如火如荼的年月，當時廣東番禺市僑由於天遠地偏，遠離文革中心，加之其地方富庶，民情酷愛風雅，也能利用一些空隙，巧立名目，經常搞些雅聚。市僑有關單位曾經把當時文化藝術名流集中半月數週，進行各種學術交流，當中有畫家廖冰兄、詩人陳蘆笛、畫家王維寶……梁小萍是他們中年齡最小的一個。那些活動，成為梁小萍最好的課堂，大大開闊了她的視野。

後來，又有一件雅事：番禺師範學院聘請兩名導師教授書法，一名是年過七十的廣東老書法家麥華三，教授楷書和行書；另一名則是十五歲的梁小萍，教授草書。課餘，他倆常被邀請四出即席揮毫。一老一嫩，一男一女，一為紅顏白髮的耆老，一為稚氣未脫的少女，組成一個反差鮮明富有趣味的組合。

萬沒想到，所有這些，都成了日後梁小萍在澳洲開拓書法事業的重要資本。

書法在梁小萍的人生中，一直扮演著重要的角色。但在十八歲時，梁小萍宣佈不再參加任何書法活動。這是梁小萍的書法反叛期。在這段期間，雖然她也一直用書法文學自我怡情，但在職業上卻成為一名高等數學和建築繪圖教師。數學，對於藝術和詩文的重要性，很難被人理解，但梁小萍懂得，這是她終生財富的一部份，直接影響甚至指導著她以一種特殊的思維方式從事藝術創作。

1987年，中國大陸剛剛掀起一股出國風潮，梁小萍也被捲入其中。她最初打算到德國和她的哥哥會合，後來在地圖上看到澳大利亞這一個碩大的所在蕩漾在南太平洋和南印度洋的滔滔海水之中，更具獨特的、莫名其妙的異國風情，便改變主意了。她查閱留學資料時，選了排在第一位的一家語言學校，原來收費最貴，但也最容易簽證，三個月就辦妥手續走出國門。後來，就是他們那一代中國大陸留澳學生的典型故事。他們之間流行兩句經典語言。一句稱為「五苦論」，是打工苦但失業更苦的痛感的歸納：「吃不著苦的苦比吃苦的苦還要苦」；另一句是「三難論」：「出來難，呆下去也難，回去更難」。一向養尊處優的嬌小姐在悉尼開始她遲熟的人生體驗，飽嘗人生的艱辛。

冥冥中似乎命中注定。梁小萍似乎天生要成為藝術家。來澳後，有一根掙不破的紅絲線，把她同書法又緊緊地聯在一起。1989年，她在悉尼的澳華公會開辦書法班；不久之後，進一步出來自立門戶。

這個時候，梁小萍早已告別她的「神童」年代，和她的優哉游哉的少女歲月也漸行漸遠。她要在澳大利亞這個陌生的國度打造她的新天地。當然，梁小萍時刻懷念廣州她父親母親兄弟姐妹大家庭，那是她的溫床她的夢。她的文學藝術和情感就是從那裏誕生出來的。盡管現在梁小萍兄弟姐妹散落在幾個不同的國度，但在非常難得的聚會中，他們依然保持以往的習慣，或一起揮毫（他們全家都熱愛藝術），或圍坐一起，每個人暢談自己的經歷和感受。梁小萍記得第一次回國，當她把海外的生活匯報給親人時，全家人都靜默了。一向堅強的三哥淚流滿臉說：「想不到妹妹在海外受苦了。」梁小萍知道他們很希望她回去，但她知道她的使命在澳洲。

梁小萍深深懂得，她今天的成就是和家人的全力支持分不開的。有
一次梁小萍和家人國際電話長談後，寫了一首題為〈碧海情懷〉的
七律回文詩，用家人的溫情來激勵自己。

　　此首回文詩正向是：

　　　滄海輝纓濯旅塵，
　　　壯懷舒嘯詠閑身。
　　　長風伴志驅英歲，
　　　碧浪清心浣皎辰。
　　　黃鸝數歌旋日綺，
　　　遠舟三葉泛濤新。
　　　陽春正闊迎潮汐，
　　　暢泳人生一百旬。

反向則是：

　　　旬百一生人泳暢，
　　　汐潮迎闊正春陽。
　　　新濤泛葉三舟遠，
　　　綺日旋歌數鸝黃。
　　　辰皎浣心清浪碧，
　　　歲英驅志伴風長。
　　　身閑詠嘯舒懷壯，
　　　塵旅濯纓輝海滄。

　　梁小萍在澳大利亞定居二十多年，為弘揚華夏之國粹做出了
巨大的貢獻；她的成就亦已為海內外同行所承認所稱頌。回顧走
過的歷程，那種感受之複雜微妙，只有用詩的語言才能表達。梁
小萍為此亦作詩多首。其中有一首，題為「壯歲行」，以四言古
詩格式寫成，《離騷》、《詩經》風味各見其中，作於2004年6月
2日晚七時，即澳洲各界人士在南威爾士省議會大廈一起慶祝梁小
萍女史從藝四十周年，暨《管頌──梁小萍師生書法藝術展覽》
開幕當天晚上。這首長詩描述梁小萍走出國門踏上澳洲土地、中
間創業奮鬥的經歷，到《管頌》成功舉辦的盛況，洋溢各種感
懷，正如題記所言，「感慨係之，復染翰以記之。」通過這首古
詩，我們多少可以看到梁小萍遠大的志向。她弄文舞墨的舞臺，
絕不囿於澳大利亞一個地方；她要讓自己民族的書詩藝術，在世
界上佔據一輝煌之席──這就是她雖藏於內心深處但也已向世界
閃爍出耀眼光芒的志向：

　　　　春秋代序
　　　　日月不淹
　　　　我欲乘虬
　　　　以遨大千
　　　　即令風隆
　　　　助駕衛前
　　　　又召鳳鳥
　　　　護道當先
　　　　禦氣排雲
　　　　騰空淩煙

載飛載下
以撫壯年
載歌載泣
一醉海天

搴南十字
蹤天狼星
聆紅石語
賞藍山青
天長海闊
浩浩冥冥
地久洪荒
渺渺清清
雪山疊梯
信步天庭
黃金堆岸
閑窺沙汀

攀折若木
臨池拂塵
游目騁懷
翠野流茵
並戲飛鷗
聊數星辰
月下倚笛

故宇夢頻

數行清淚
寂瀝新田
一壺濁酒
獨酙江天
靜夜彈嶂
幽幽鳴弦
晨淩迷廓
漠漠風煙

天之蒼蒼
生我何為
地之茫茫
何之以歸
冬夜沉沉
繁霜耀輝
秋蟬隱隱
叩林敲扉

剪一圓月
崎嶇經阿
攬一清風
窈窕淩波
把一素雲

比潔佩珂
駕一輕舟
躊躇放歌

兢兢滋蘭
且莫蹉跎
孜孜樹蕙
汗漫陵坡
一簾風清
半壁書多
九夏嵐遠
終夜燭磨
伴我勞形
竹影婆娑
映我青絲
幽幽星河

巨杉作管
長空作箋
飽蘸豪情
揮灑九天
醉臥彩霓
微步清漣
書生意氣
縱橫山川

美哉
但見
高桅聳雲
浮光剪徑
綠野接碧
靜景流馨

又聞
鹿鳴呦呦
食野之蘋
初犢速速
開步於坪

且沈醉
月殿依濤
輕歌飄寧
天虹枕波
萬物流形

壯哉
趨步接日
周流乎天
揚袖牽輝
扶搖於巔

眾鳥唱和
其飛翩翩
岸芷汀椒
月滿花圓

嗚呼
壯歲之勞
其苦也甜
壯歲之行
其方也圓
壯歲之念
其豐也玄
壯歲之願
其宏也鮮
壯歲之情
其柔也專
壯歲之心
其博也虔
壯歲之志
其遠也堅

　　行文至此，筆者還要提到，2006年，梁小萍接到澳大利亞新州
議會訂購作品《虹》的通知之時，一種很微妙的心境使她提筆寫了
一首七律回文詩「策馬天涯」：

> 誰曉昔時來策馬，
> 遠天跨塹闊西洋。
> 追風楚奏幽玄曲，
> 舉盞莊吟顯赫章。
> 枝換翠茵含滴露，
> 路歸晴約赴晞陽。
> 思憂任轉荒茫夜，
> 漠漠煙孤臥野涼。

其詩回文則為：

> 涼野臥孤煙漠漠，
> 夜茫荒轉任憂思。
> 陽晞赴約晴歸路，
> 露滴含茵翠換枝。
> 章赫顯吟莊盞舉，
> 曲玄幽奏楚風追。
> 洋西闊塹跨天遠，
> 馬策來時昔曉誰。

此詩中的第三句，指的是春秋戰國時期，楚國樂師鍾儀在戰爭中被晉國所俘。晉君讓他奏琴，彈的仍是楚國的曲子。詩中第四句，指的是春秋時越國人莊舄，在楚國作官。一次生病，楚王派人去探望，說：「莊舄本是越國的窮人，現在楚國享有榮華富貴，還想念越國嗎？」使者回來說他正在吟唱越國的曲子，用以記下當時的感

受。現在，梁小萍在自己詩中提及這兩個古老的典故，可想在這種情況之下，其心情其思緒的複雜奇妙。她既為自己民族藝術被西方世界接納而高興和自豪，又為身在異鄉，距一生鍾愛的文化藝術故鄉萬里之遙而生出不可抑制的思念之情。

2006年12月初稿，2011年6月29日補充修訂於悉尼
並對梁小萍女史為本文的寫作提供資料表示衷心的感謝

時光流逝，心湖依舊——我所認識的張典姊

一

讓時光暫且倒流——於是，
在我們眼前掠過這一幕：十七年
前，在1994年11月那個溫馨的晚
上，在現在早已消失的悉尼華埠
德信街新瑞華大酒樓，百餘作家
及來自新聞界、學術界、文藝界
的貴賓濟濟一堂，歡聲笑語，文
光閃爍，洋溢著一派既熱烈又高
雅的氣氛。那是正在舉行的首屆
澳華傑出青年作家獎頒獎典禮。

張典姊攝於家中（2009年8月16日）。

　　那晚，十位作家獲此榮銜。雪梨作協（那時正式名稱是「澳洲
華文作家協會雪梨分會」）黃雍廉會長特為盛會題聯，曰：「古道
薪傳，文光耀南極；華風初曙，學海十翰林。」如他一貫不太在乎
詩聯形式是否工整是否符合格律，黃會長只在意以這兩句話點出這
次頒獎的精神意義。而作為一個標誌，梁羽生、劉渭平、趙大鈍三
位悉尼文壇前輩（還有英語作協主席Dr Jackson）都蒞臨盛會致辭
並親為「十翰林」頒獎。真是「古道薪傳」！真是「華風初曙」！
　　這次至午夜始結束的充滿著詩情和喜氣的典禮和宴會，正是由
時任雪梨作協副會長的張典姊參與主持。會上，她還作了關於屈原

的演講，激情謳歌屈夫子為理想不惜殞滅的崇高品質。說：文人在中國近五千年的藝林中俯拾皆是，但要具有〈天問〉中的宇宙觀；〈橘頌〉中的出污泥而不染；〈招魂〉中的魂顧四方後而能終歸淨土；〈國殤〉中的終剛強兮不可凌，魂魄毅兮為鬼雄；〈涉江〉中的與天地兮比壽，與日月兮齊光……種種氣魄、節烈及美學極致者，唯屈原一人。

二

第二年，即1995年，尚是年初未幾，澳洲華文作家協會雪梨分會便告分裂。後來，文壇又一次分裂，再後來，再一次分裂。

本人一向對這些分裂不以為然，但另一方面，又對不無道理甚至言正辭嚴的分裂理由表示理解。我是1996年初才從新西蘭奧克蘭市來悉尼定居的，對之前文壇紛爭也略知一二但無深考也不想考究。而1997年，我開始參加悉尼作協（當時改稱「澳洲雪梨華文作家協會」）活動，在這一年，我倒是親眼目睹張典姊離會「出走」，組建「澳大利亞東亞文化藝術交流協會」，並被推選為其會長。我和典姊都算是「人文學者型作家」，自然有一份不須強調但暗地裏少不了的惺惺相惜的友情。此後，我應邀參加過交流會的一些活動。除較輕鬆的活動如舉辦中國工藝書畫展覽以及聖誕聚餐外，張典姊和她的會員會友們還張羅過一些專題學術講座，如邀請澳中友協主席James Flowers講「澳中文化層間語言之溝通及文化之溝通」；潮州同鄉會會長周光明講「與中國的商留往來」；民族電臺國語組組長林桂生講「民族電臺的架構和未來的走向」；方勁武僑領講「數十年來雪梨僑社的活動與展望」；中文教育理事會顧問

史雙元博士講「在中小學推行漢語課程中所遭到的困難」；國際筆會悉尼主席Yvonne Preston講「悉尼筆會與世界六十余國會友的溝通」；大學專業人士講「電子郵件的運用與商貿掛鈎」；英語詩刊總編Neil James講「澳洲英語詩刊的現狀」等等。與會者包括澳洲政要、文化界人士、社團領導人、學術界人士，以及前中國總領事館吳克明總領事、汪志剛文化領事及劉永芳僑務領事等等。我印象最深的是麥覺理大學中文系主任也就是張典姊的頂頭上司康丹（Danial Kane）教授赴會暢談他「與中國文化人士的接觸及感想」。康丹教授在上世紀八十年代是澳大利亞駐中國大使館文化參贊，與王蒙、張藝謀、鞏俐⋯⋯等京城文化名人熟識，講起故事來娓娓動聽，更令人拍案叫絕的是他一口純正的京腔，比中國人還中國人。這些活動都不錯。但是，現在回想起來，我更感到，作為一個在更多時間裏只對文字和教學有興趣的學者，張典姊組織、舉辦這些活動並不容易。尤其如此，我覺得典姊是一位有毅力有擔當的學者。

三

　　張典姊早年畢業於臺北國立臺灣大學英語系。1967年，在臺北中央研究院工作的她，應聘到澳洲參加翻譯明朝醫藥學家李時珍的巨著《本草綱目》（這是澳洲國立大學科研機構為配合英國劍橋大學出版李約瑟博士主編的《中國科學史》的學術工程的一部分）。三年後，她獲大學指導中文課程的柳存仁教授推薦，參與教學工作——從此就開始了她自認比科研翻譯更符合她的性格志趣的教書生涯。在此期間，很值得一提的，是她還是前澳洲總理現外交部長陸克文（Kevin Rudd）與中國文化中國文字「初戀」的一位牽線人。

　　那是1977年，陸克文成了她的中文課程的一位學生。現在過了三十多年，張典姊對這位學生當時的表現依然歷歷在目，贊不絕口。她說那時已經是學校學生會主席的陸克文，很有君子風範，總是笑容滿面，彬彬有禮，勤奮用功不用說，而且思維格外清晰，說話邏輯嚴密，還很有前瞻性，真是一個未來政治家的坯子。

　　張典姊把這個故事講得津津有味：陸克文曾演過她編寫的一個中文舞臺劇，叫做《小放牛》。當時年方二十的陸克文很瘦，卻要在戲裏扮演腦滿腸肥的地主，只好在衣服裏塞了個皮球；班上十四名學生都參加了演出，由於女生比較多，於是編劇加導演的張老師便把其中六個女生都「送給」陸克文當「小妾」；為了表現地主自我陶醉的生活狀態，還讓陸克文在出場時哼唱了好幾句京劇唱段。在這些安排和指導下，一度「妻妾成群」充分「享受」中式地主生活的陸克文表演得惟妙惟肖（也許這個早期經驗也有助於他今天和中國打交道時對遍佈神州的權貴二奶現象見怪不怪）。

　　這出在1977年8月份公演的小戲獲得了滿堂彩，有200多名觀眾前來捧場，其中不乏名流政客，如澳大利亞外交部和中國大使館的官員，還有坎培拉國立圖書館和國立大學的人員。演出後，年輕但卻老到的陸克文帶領同學們在坎培拉唐人街一間中餐館搞了個答謝宴，並代表劇組發言致謝，送了張典姊老師一束鮮花，作為對她辛苦教學的感謝。

　　三十年後，2007年11月，陸克文在澳大利亞聯邦選舉中大獲全勝，一夜變天，一舉推翻了連續四屆執政長達十一年半的何華德（John Howard）先生，成為西方國家領袖中，首個會講中國話的「中國通」總理。張典姊現在回憶起來，臉上不無欣喜之色，

一再說：陸克文那時真的很活躍，當時就可以看得出來，他很有
政治才能！

四

　　張典姊幾年之後於1980年轉到悉
尼市的麥覺理大學，繼續執教中國語
言文學和文化藝術課程。她始終如一
努力鑽研備課，自編教材，兢兢業
業，全心全意，把教學工作做到最
好。其實，用她的話說，她的教學、
研究，也是她的個人興趣、愛好，
「幾乎公私不分了」。幾十年來，最
令人不可思議的是，她竟然沒有請過
一天假，缺過一次課。

張典姊懾於悉尼麥覺理大學。

　　典姊教學有一個特點，就是勇於開創新的課程。2003年8月
初，她經過一年半的精心策劃研讀資料編好教材後，終於如願以償
地正式開講「中國武俠小說」，近六十名攻讀學士學位的學生報
讀。當時，這門課在澳大利亞是前所未有的首創之舉，甚至在中國
大陸、臺灣、香港、澳門，還是世界其他各地的高等院校，也都聞
所未聞，因而備受國際漢學界的關注（現在連中國大陸的高中語文
教科書，也開始吸收武俠小說作為課文）。

　　在開課首日，典姊特意邀請隱居悉尼的新派武俠小說開山鼻祖
梁羽生大師來為《白髮魔女傳》題詞做解說。那天大教室早已爆
滿，連走廊上都擠滿了人，進不了場的人只好在門外聽聽聲音。梁

羽生夫婦甫進場時已贏得了滿堂熱烈鼓掌。大學人文學院院長也在
百忙中特意前來做開場白捧場。張典姊在講話中提到一年半前她訪
問北京清華大學與有關學術機構交流和探討武俠小說流派及對中西
文化的影響；當然，她更熱情洋溢地介紹了梁羽生大師的著作及其
崇高的文學地位。隨後，梁羽生大師以洪亮的聲音和江湖的豪情回
溯他寫武俠小說的起因和來龍去脈。他幽默的講話（如順便提到他
早年在香港時曾長期在報章上開設《李夫人信箱》以女人化名回答
讀者投書而不被識破），贏得了滿堂的笑聲與掌聲。對大學的師生
來說，在武俠小說開課首日，能邀請到梁羽生大師親自到場解說，
真是一次難得的文學聖餐；在典姊的心湖腦海中，更是一個永遠不
滅的亮點。

　　張典姊的教學工作非常繁忙。這些年，她開了包括文學、寫
作、書法、藝術等不同內容的八門中文課程，每年報讀的學生多達
五、六百人，其中書法課有兩百人，電影課近九十人，忙碌的情形
可想而知。她除了本地還有來自海外各國的學生，真可謂桃李滿天
下。典姊的學術地位也得到相應的認可。她的博士論文《李汝珍及
其鏡花緣》已經於1995年出版成書；有關資料展現在中國新成立的
李汝珍紀念館內。她這位麥覺理大學亞洲語文系高級講師也是國際
書法家協會副主席。她多次出席國際語言文學會議。1989年她擔任
亞太地區大學文學語言學會東亞組召集人。她還被世界各地多所大
學聘為客座教授或訪問學者，如1995年她被聘為北京師範大學客座
教授，2000年作東京一橋大學政治社會學院的訪問學者，2002年應
北京清華大學之邀作學術訪問……2006年被美國傳記中心選為21世
紀傑出女性。

五

張典姊滿心歡喜她的教學工作和她工作了幾十年的麥覺理大學
——該校思想開放的領導和發展創新課程的自由讓她事業有成，毫
無疑問也是她「最喜歡」的理由。不過，她的全心奉獻也意味著她
要付出不可避免的犧牲。我感觸最深的是，澳華文壇很多活動她都
沒有時間參加，其中很令人遺憾的是兩個她應該在場的集會卻缺席
了：黃雍廉會長的追思會和梁羽生大師的追思會。

黃雍廉會長的追思會於2008年4月26日舉行。這是確知他去世
後三個星期，而在確知之前他已經去世近四個月了；更令人噓唏的
是他去世前竟然在長達半年時間裏完全消失於悉尼文壇，沒有一個
文友聽到他一句半句的聲音獲知他一絲半點的實況。黃會長有功於
澳華文壇，他這樣的離去很讓大家傷感。張典姊早年曾熱心協助黃
會長開展協會工作，當然也有同感。但是，由於學校的工作，她對
能否到會沒有把握。她在給我的回件上說：「最近麥大改組（多院
合並），校方急件限時的甚多。黃先生去世，深感哀痛。希望到時
我能完成校方的多項文件，趕赴追思會。萬一趕不及，請代向黃家
人及諸文友致歉。新文苑我會買一份作永久的紀念。」結果她果然
未能到會。

梁羽生大師追思會舉行之日（2009年2月21日），正是張典姊
預定必要參加的一個重要的教務會議之時。她用英文給我回了一封
說明她不克到會的電郵。其中寫道：

It is a wonderful thing that you can organize a memorial
service for Liang Yusheng of whom I have such a fond memory

and respect. How much I would like to participate and pay a tribute to Liang who is a legendary hero in our mind.

However, most unfortunately the new dept. head, Professor Martina Mollering called an important dept. meeting at her house on 21 Feb. this coming Sat. at 1pm and will carry the meeting and lunch for three to four hours as this is a newly amalgamated dept containg 13 languages including Chinese, Japanese, German, French, Russian, Spanish, Arabic etc. so much things need to be discussed and the amalgamated courses too such as combined Chinese film with Japanese film and Indian film etc. I am the one currently teaching Chinese film therefore I can not be absent at this meeting.

So much to my regret that I would not be physically at the Liang's memorial service this coming Sat., please pass my apology and explanation as well as my deep sympathy to Liang's family members and friends.

I know many of you will be there and my thought will be with you there. I believe Liang's spirit will be there too and appreciate your great love for him......

　　典姊的電郵詳細認真地解釋她無法到會的原因，甚至信後還附了院系秘書關於這個教務會議的通知，可以感受到她的內疚與無奈。

六

　　繁忙的教學工作自然也大大影響了她的文學寫作。

　　講起張典姊早年的文學夢，那些雛鶯試啼，那真是一串珍珠般的晶瑩發亮堪可懷念的記憶！典姊出身書香世家。她的舅舅趙敏恒十一歲考取清華，又以庚子賠款獎學金赴美國密蘇里大學完成新聞學碩士學位，後任英國路透社駐中國總經理，一生報導了許多歷史性的事件，包括1943年10月在開羅覺察到同盟國首腦會議的蛛絲馬跡後，立時對這個絕密的又具有極大歷史意義的會議作了全世界最早的報導（前些年中國大陸出版了一本書《愛國報人──趙敏恒》，承認了他在新聞業上的傑出貢獻。）母親執教於臺灣大學醫學院，並兼院長的英文秘書。伯父是康有為的弟子，康的兒子就經常住在張家。喜愛讀書的典姊自小就翻看父親的藏書，包括康有為的《大同書》、曾國藩的《曾文正公全集》，以及其他各種中外文學名著。在小學時，典姊居然就開始編輯一本「雜誌」，還為它起了一個似乎久經滄桑的名字──「茫海」。雜誌當然很簡陋，但在一幫小同學間流傳受到捧讀也很讓編者得意。自初中三年級開始，典姊像模像樣寫起小說和詩歌了。今天她還記得，她第一篇小說叫〈藍色毋忘我花的悲歌〉；第一首詩歌叫〈海鷗〉。高中一年級作文課上，她一篇題為〈我們的大雜院〉的作文被老師評為全班最佳散文，投到臺灣《中央日報》文學副刊也被刊登出來，與司馬中原、朱西寧、段彩華等名家大作並列。就讀台大外文系時，她是《台大青年》雜誌的編輯，同時不斷為幾家刊物寫稿。1970年，典姊以〈書香子弟〉等十七篇散文榮獲臺灣僑聯總會頒發文藝獎（散文類）。獲獎的評語是：「文筆流暢，描述生動，處處流露人性和

善與豐富感情。」頒獎典禮在坎培拉澳洲國立圖書館大禮堂舉行，駐澳沈琦大使頒獎，兩百多澳洲政要和大學人士前來觀禮，會後還放映司馬中原原著的電影《路客與刀客》作為餘興節目……

的確，無論是學問人生或是散文人生，張典姊有許多別人所沒有的優勢。如為她作序的澳華另一位學者作家莊偉傑所說，典姊只要從文化和精神上更加靠近心靈，就能圓更美的文學夢。可惜，她沒有更多的時間和精力集中在文學上。教學如此繁忙，她怎麼能夠專心致志在文學寫作上去更好地尋求對心靈的把握和精神的開掘，去尋求在散文語言的駕馭上更具情緒力度和深度傳遞，尤其是對自身女性的個性挖掘等方面進行更為巧妙的調整？典姊雖然至今發表了近百篇散文和詩歌作品，對一位寫作了幾十年的作者來說，量也不算多。幸好，無論如何，2006年6月，張典姊終於出版了一本散文集——《寫在風中的歌》，其實，她醞釀在心中要出這本散文集的事好像已有二十多年了；中國著名作家劉心武為此書寫的序也早已在1998年3月就寫好了。真是千呼萬喚始出來，出一本書也要拖這麼多年。這也說明，典姊的教學工作壓力多麼大啊。從另一方面想，這部文集對典姊來說是多麼難得多麼重要多麼親切啊。如她〈自序〉中所說：

　　我如同一個懷胎了二十多年的母親，如今終於讓這個胎兒出世了。我心中是如釋重負，真的是充滿了感激與輕鬆。二十多年前的激情經過冰封、冬眠、蟬變、復甦、覺醒、振奮，終於讓這個快要變老了的嬰兒面世了。我的興奮不是以三言兩語可以說盡的；尤其是我是單身而無子女的人，這個嬰兒對我來說具有雙重意義。就像在三十年前，我

曾發表過一篇文章〈變〉，文中引用了古人的一句話：「自其變者而觀之，天地間曾不能以一瞬，自其不變者而觀之，物與我皆無盡也。」

七

　　《寫在風中的歌》一書除了兩篇作為附錄的訪問記以外，共有兩輯四十九篇文章。張典姊除了寫散文、隨筆外，還寫詩，寫影評畫評書法評，寫其他各種學術評論，還有翻譯。由於她教授中文和有關中華文化各種課程，一定在備課中和在課餘之後寫了不少有關文章（這倒是教書和寫作一種難得的兼顧），《寫在風中的歌》是散文集，一些文章不宜收在書裏，但我注意到，收在書裏倒很有些隨筆性的影評。其中涉及到具體某部電影的就包括：〈觀《披狼皮的愛人》後有感〉〈熾情的基督〉〈情網恢恢〉〈從《英雄》《臥虎藏龍》談到「施比受更有福」〉〈雙龍之光環──從李小龍的「武與藝」到李安的「臥虎藏龍」〉〈《萬世千秋》觀後感〉〈金碗孽緣〉等。這些文章不乏對電影本身的真知灼見，而且因為是隨筆性的，還經常生發出一些令人印象深刻的人生感悟。〈雙龍之光環〉文章甚短，卻非常震撼。它道出了：「歷史的長流中，幾千年，幾百年，幾十年何其遠的差距，但在雙李的拳與劍，心與道，人倫與自然，渾然揮舞的一剎間，或許只是一秒間，已圓了一場大中華兒女天道人合一的美夢。」至於像〈大圓場〉〈主角與配角〉這些談論戲劇人生篇什，本身就是人生感悟。如〈大圓場〉感慨：「在人生的大戲場內，像希特勒納粹營的暴行，中日戰爭中1300萬中國犧牲者，這些都是大悲咒。願人們記取歷史的教訓，不要再重

蹈那些大悲咒。那些冤死之魂不也曾夢想過大圓場嗎？」如〈主角與配角〉結尾這樣企盼：「有戲演人生才夠味，最可怕的事是沒戲唱了。希望人人每天都有好戲唱，每天都有聽戲人。」

也許也是出於女性的特長，張典姊精於觀察，敏於感悟，不論是對自然人生或是對社會歷史。在〈雪梨風情畫〉中，她這樣描畫雪梨（悉尼）：「如果曾經是個女人，她應該是一個由滿手老繭，刁蠻不馴的村婦搖身一變而成今日的風情萬種，涵養而世故的秋水伊人。」在〈鄉間的娛樂〉中，她寫潛藏於記憶深處的小時的鄉間往事，非常真切，特別對那些對上個世紀五十年代臺灣鄉間一無所知的讀者。而〈湖邊的故事〉則像散文又像小說，寫的是澳洲一間湖畔旅舍內的住客，白天上班工作，夜晚休息聊天。他們有白膚的、黃膚的、黑膚的，有紅髮的、黑髮的、棕髮的，就如同花有紅、黃、藍、白一樣的稀鬆平常。每個人景況際遇各自不同，卻都有些雖然平常而又令人感嘆的故事。他們生老病死，一天天過日子，而「湖上的流雲，聚了又散，散了又聚。風本無意，雲亦無心。」最後，「湖依然睡著，人們依然存在著。風和雲不知聚散了幾次？故事總新鮮過後又被遺忘了！」真是自我心靈世界的一種深刻體驗！為張典姊作序的劉心武說，典姊的不少散文，以介紹澳洲風物人情為依托，寄寓自己對人生終極意義的反復叩問，這就使她的文字不僅有「畫面」，而且有深度，讀來厚重扎實。的確如此！

有時，典姊又使用借物詠志的手法，以散文詩的體裁，相當空靈典雅的短句，化解內心的焦慮，抒發曠達的情懷。劉心武這個心得，我也有同感。我在書中找到〈澳洲耶誕〉這幅澳洲風情畫。這篇在1970年1月初稿3月再修的散文刻畫澳洲耶誕節到元旦期間種種

情景，最後，是這樣結尾的：「……清脆的教堂鐘響了。我猛然驚覺一九六九年已去了！新的一九七零年已開始。去的是美好的，來的也將有去的一日，因此來的也是美好的。」典姊竟是以這樣美好曠達的心境看待時光的流逝！彈指間，四十一年過去，她就在去去來來的日子裏，自個吟唱著自己獨特的歌。人在「異域」，走在路上，有滄桑，有感念，有探尋，有收穫，有說不盡道不清的話題。她一邊在吟唱中重溫人生歷程和感悟世事風情，一邊在行走中領略和回味中西古今文化。

八

作為一位跨越中西文化的人文學者型作家，張典姊如何認識世界，闡釋生命，追問歷史，關懷人文？這些可從我問過她的一個問題看出端倪——在《寫在風中的歌》中她自己比較喜歡的篇什是哪些。她給我所舉的是：〈清華去來〉〈深悼錢鐘書〉〈唐詩是神龕〉〈憶屈原〉〈錢鐘書的幽默中寓深意〉和〈中西文學在互通人性上的共識〉。從這個篇目不難看出這位女學人的心靈。如果說《寫在風中的歌》是「知識與心性，智慧與情懷交媾孕育的精神產品」（莊偉傑語），這些篇什更洋溢著一股濃郁的文化氣味。

典姊看重〈清華去來〉是很自然的。作為全書首篇，文章記錄她應北京清華大學之邀前往做為期一個月的學術交流，記錄她在「清芬挺秀、華夏增輝」的校園內的一些思緒。這裏，清幽的校園口依然矗立著那塊在宣統辛亥年間由那桐題的「清華園」三個大字，這個素潔如漢白玉的門碑是一個世紀來清大的標誌。校舍中一些早年由庚子賠款興建的美式或歐式的精緻建築獨具特色，代表了

那個年代的歷史軌跡，在旭日冬暖、和風熙熙下仍然挺立著，讓人感覺不出時光的流逝以及風塵的洗禮。張典姊在這裏除了交流活動外，蟄居潛讀，白天有一對白貓作伴，夜裏窗外的青松，濤聲陣陣。她心靜如水。

　　張典姊的生命定位，在海外華人中甚具代表性──她歸化了異鄉，卻又堅守母語文化。對她來說，她認為也是對於許多久居海外的華人來說，唐詩是神龕，是心靈深處的一盞明燈。「唐詩中許多發人深省的佳句一方面可陶冶心情，另一方面可以幫助我們固守那些美好的情操。」她曾經目睹，在坎培拉慶祝演出宴會上，已成為國際文化名人的鋼琴家傅聰先生，對掌聲鮮花恭維讚譽都已麻木，只是拉上一二知己到宴會的一角，一邊飲酒一邊吟誦唐詩名句，心才陶醉，眼才放光。張典姊在〈唐詩是神龕〉中，以她目睹的這一刻，盛讚母語文化中的精華──這是注入華人心湖活水的清泉！

　　張典姊的散文明顯彌漫著書卷氣。她這個具有東西兩種文化體驗的研究中國學術泰斗錢鍾書的專家，其感悟流露在〈深悼錢鍾書〉和〈錢鍾書的幽默中寓深意〉等文章中。她深切懷念她的忘年交錢鍾書大師，並通過闡述錢氏散文〈寫在人生邊上〉的幽默手法以及他微妙的人生看法，謳歌了中華文化思想的價值和意義。

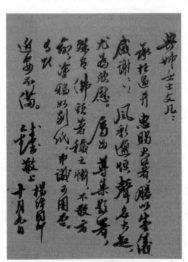
錢鍾書寫給張典姊的親筆信。

　　本文開篇講到，張典姊曾在雪梨華文作家協會的頒獎會上作

有關屈原的演講。屈原這位中國古代的偉大詩人，可以說是典姊的偶像。她崇拜他，反復研究他，並在澳洲大學講臺上，獨辟一個專題，用英語講授他的《離騷》。在〈憶屈原〉這篇文章中，典姊認定「美」是屈夫子精神上最高的提升激素，是他從童年起就追求的品格和價值，所以他能進而成為第一位把道德評價與美學評價綜合成一體的中國文人。典姊通過這種如莊偉傑所說的「屬於精神的敘事倫埋」，讓人感受到生命的價值和力量。

很有意思的是，《寫在風中的歌》最後一篇作品，是〈佳民與水妖〉。這是一篇翻譯作品，講的是澳洲土著神話。在那神話裏，叫做佳民的原住民好漢，追求一個豔麗非凡的水妖，無比堅定執著，即使最終被水妖之父紅蛇撕裂成碎片。論者發現，在完全不同的時空中，屈原與住民演繹的悲劇，雖然情節迥異，然而他們以「美人」為理想寄託物，雖九死而不悔的精神，竟是如此相通。這也是張典姊在〈中西文學在互通人性上的共識〉一文中反復證明的觀點。

的確，張典姊寫得最順心最有意味的文章，是對人事的吟唱和對歷史的眷戀。她以其中國古典文化底蘊，融匯西方文化精華，行文走筆自有一種溫馨的人情味，自然也透露出她的東方式古典意緒。她就是以此編織她的人文精神、價值追求和生活姿態。

《寫在風中的歌》可以說是張典姊在東西方不同文化語境中為自己也為心弦振動頻率相似的其他人構築的一片精神福地。正如她自己表示，這本書的誕生，主要的目的是希望她生活軌跡中的一些蛛絲馬跡能供給後來者一點經驗，一點星光，一點拋線或一點苔痕。她希望她這本書就像寒夜星空上遙遠的星辰間互放的光亮，或是曾被人走過的小徑上留下來的一束野花。她希望人們在寂寞的午

後，在踽踽獨行時，也許翻開這本書，也許會在書裏找到一點共同的思路，也許寂寞的人也會眼中閃出亮光，哀愁的人也能尋回一個午後的安馨，一絲靜夜的燭照。

這是多麼平實又多麼美好的願望！我想，典姊這部文集是達到她的目的的。

九

張典姊繁忙的教學工作不但影響了她的文學寫作，也影響了她的健康。她曾說過希望自己能如《聖經》所說的做「一根壓不斷的蘆葦」。在精神上她可能做到了，但在身體上，她給壓垮了。

去年（2010年）11月間，我給張典姊一封電郵，告訴她悉尼文壇的作家、詩人協會將為我聯合舉辦一個新書發佈暨作品研討會，請她撥冗光臨。她回復說：與懷，很高興你出書。鑒於我的健康問題恐無法出席研討會。請告知你的地址以便寄一本我的散文集《寫在風中的歌》給你。

我說，《寫在風中的歌》我早就有了，也拜讀了，謝謝你。我問她：你身體有什麼問題嗎？請保重。我覺得奇怪，她怎麼用上「鑒於我的健康問題」這種沉重的字眼呢？我心裏已被一種不祥的感覺所佔據。果然，她告訴我她「開了兩次大刀，一是在結腸，一是在肝切掉癌部分。目前在做化療，很辛苦」。

收到典姊的信我大吃一驚。情況比我想像的還要嚴重十倍！而我一點都不知道！我問她，你現在家裏或是在醫院？並告訴她一定要配合醫生治療，更重要的是心情要放開些。俗話說，既來之則安之，但又要有戰勝病魔的堅強信心和毅力。

她回信說：

六月十七開結腸，八月二十六開肝，目前化療欲去除一公分左右小的lescion。化療要做到起碼明年三、四月。

謝謝你打氣鼓勵，關心我。已瘦了十一公斤，但開始學會了要注意照顧自己。

盼你繼續寫作，著作是永恆的，生命有涯，學識和藝術是無涯的。

有空發發電郵來給我，我會覺得挺安慰的⋯⋯

我找了冰夫、舒欣去看她。又轉告一些文友，說張典姊不幸遭受癌症之苦，需要各位文友安慰。接著，蕭蔚、譚毅、翁友芳、張奧列、楊鴻鈞、廣海⋯⋯等都去看望過她，力圖為她做些事。但我知道，我們的探望、安慰作用微乎其微。一切都交托上天吧。讓我很感動的是，張典姊在重病中，還惦記著她的書，惦記著文學，說出「著作是永恆的，生命有涯，學識和藝術是無涯的」這些話。

但典姊還要使我更加吃驚。前幾天《澳華新文苑》第466期登出張典姊專輯後，我告訴她好幾位文友來信來電表示對她的敬仰和關心。特別悉尼詩詞協會會長喬尚明先生和他的太太江濤女士希望在她精神較好的時候去探望她。並說，我的文稿近一萬二千字，還要登幾期，希望能表達對她的成就的肯定和贊賞。今天，2月22號，典姊回信說：千謝萬謝。能有你這位知音摯友，不虛此生。文字難抒盡我對你的感激與欽佩。願主賜福於你。有人看了你的文章後已表示激賞。我已給份報讓系裏秘書看。講了這些後，她竟然說這些天她「很忙」！

　　我問她，你還要教書嗎？學校知道你的病嗎？你的身體能再經得起忙碌嗎？

　　她說，我周一及周五每隔一周教一次書法理論。目前有一百二十多人的大班。累一些但能開一扇窗。學校知道我的病。

　　「累一些但能開一扇窗」！我頓時淚水盈眶，無言以對……

　　我想到典姊〈湖邊的故事〉中那位嚴重殘廢要坐輪椅的珍妮。她一直獻身於社會福利工作，還成了甘大醫院社會服務部的主任。她常笑著說：「忙是最好的快樂劑。一天忙到晚，我便不愁什麼，不怕寂寞了。」

　　我又想到，許多年前，一次採訪中，當問到甚麼是曾給予她的最好忠告，典姊說：「我的母親告訴我，作為一個女性，你必須要獨立與自主。」

　　對「誰對你有所激勵？」這個問題，典姊回答時用英語解釋中國聖人老子《道德經》裏的格言：「上善若水。水善利萬物而不爭，

張典姊病前與悉尼文友的一次歡聚（攝於2006年5月29日）。

處眾人之所惡，故幾於道。」她說這條哲理對她影響很大。……

這就是張典姊！

我這篇文章2011年2月5號開始動筆，寫寫看看，斷斷續續，時而沉浸在十幾年來和典姊的交往之中。開始寫那天，悉尼處在破紀錄的攝氏42度的高溫籠罩中，我給典姊傳去一封電郵，說：這些天很熱，希望對你不至太大影響。無論如何，令人生畏令人不安事實上也的確非常喧囂暴躁凶狠的虎年畢竟過去了，讓人感覺機靈聰敏善良安詳的兔年已經來臨，希望兔年給你帶來康復。我在為你編專輯。我在莊偉傑繁多的作品中找出一首詩──〈沿著如風的思緒流動〉，現在提前送給你：

> 春天的腳步聲已漸漸清晰
> 我諦聽到一種說不出什麼味道的風
> 夾雜著泥土、草原、雪花和馬蹄的氣息
> 從離我很遠又離我很近的地方
> 吹拂我纏繞我喚醒我
> 我知道風是怎樣向我的方位滑翔的
> 它經過的河流越過的山脈告訴我
> 風是順著季節的弧線一路奔騰而來的
>
> 本來我就想寫一首關於風的詩
> 只是至今尚未找到一個合適的角度
> 儘管寫風的詩並非是一件新鮮事
> 但風依然不停地流動或奔走

即便風可能停留在昨夜的冷雨中
或者棲息在某處山崗某棵樹上
甚至讓人找不到原初的模樣
其實，風一直都在悄悄地注視我

春節快到了風在更換姿態
大地一片蒼茫自然變幻無常
風有時會像人的眼神似的充滿憂鬱
或者冷不防從歷史的某個拐彎處爬出來
驅使我們反過來像風一樣發出聲音
這時我什麼都不想依舊獨守空房子
繼續懷抱寂寞享受孤獨的旅程
讓梳理的文字沿著如風的思緒流動

當然我同樣在內心為你
為所有的親朋好友祈禱
並以宗教信徒般虔誠的方式
將無盡的祝願織成祥雲化成和風
時刻環繞在我們的頭頂
這種人為的浪漫一如風在自然飛翔
在平安的爆竹聲中在除夕之夜
為所有關心我的人掀開新春的序言

當鐘聲響起風在歌唱……

　　典姊把她的散文集題為「寫在風中的歌」，我領悟到其中大有深意。她想送給讀者一串智慧的風鈴，可以打開層層的風門；打開國界的，打開種族的；打開不同文化的，打開今古的，打開陰陽兩界的。讓我們像游絲一般穿梭於時光的隧道中，互相欣賞隧道中熒熒的光點引領我們走向終極的喜悅。

　　典姊讓梳理的文字沿著如風的思緒流動，從心湖深處不斷給我們吹送她的歌……是的，當鐘聲響起，風在歌唱……

　　張典姊曾這樣祝福自己：「每日的心湖是活水滿盈。」人生在世，心湖絕不能成為一潭死水，更不可任其乾涸。我也祝福她：時光流逝，心湖依舊——依然讓心湖活水滿盈，每日每時。

寫於悉尼，2011年2月5日動筆，22日完稿

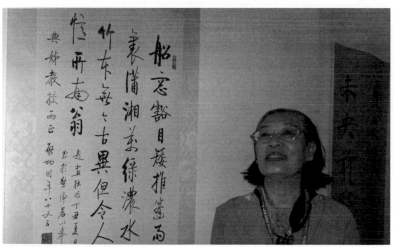

2010年12月27日，張典姊應本文作者要求，在家裏拍下此照，時已病重。牆上掛的是啟功老人贈送張典姊的書法作品。

2011年3月13日後記：

　　張典姊由於身體極度虛弱，曾移入悉尼一間Nursing Centre。這是她離開家前給我的電郵：

　　Dear Henry,

　　Words can not express my appreciation and gratitude of your article introducing me on Xin Bao for the last few weeks. I have read today's and have been deeply moved by your insight into my spiritual world and my sensitivities to various things toward individual persons/ writers/ scholars and Chinese cultures.

　　You have taken pains to study me and my writings which to a depth even myself can not probed into. How mysteriously one person can microscopy another person to such details!

　　Unfortunately, I can not write you long letter neither can read your emails or write to you again for quite a while. Next Monday I will temporarily go to Straithfield Nursing Centre for respite care, 64/217 Albert Rd, Tel. 97647800.

　　Thank you from the bottom of my heart for your immensely encouraging article on me which brings me great delight.

Anita

12-03-2011

張典姊散文集《寫在風中的歌》封面封底。

她把今生的相思一一打開
——讀孟芳竹詩集《把相思打開》

一

聽說海那邊來了一位懷有絕妙詩情的才女，那晚不經意遇上了。

緣因參加大洋洲華文作家協會第二屆年會以及華文文學研討會，我回到故地紐西蘭的奧克蘭市。白天開了一整天會，大家似乎興猶未了，旁晚時分，在酒店走廊說話。兩位女子迎面而來，竟主動向我打招呼。一位是陳蘇圓小姐，墨爾本代表。另一位自

孟芳竹近照。

我介紹：孟芳竹，本地的，特來參加研討會。她手上拿著一本粉紅色的書，她新出版的詩集，遞給我看，書名就那麼情意纏綿：《把相思打開》。她說要送我一本。也許白天會上我比較活躍，她看來對我印象不錯，這使我心裏很是發慌，發覺自己形如欺騙。

過了一段時間，我早已回到悉尼，孟芳竹送來伊妹兒，說：好久沒有聯絡了，並不是無話可說，因為學習還沒有結束，現在是假期。也不知我郵寄給您的書是否收到？看過之後有何感想？還望前

輩您能夠多多指正和幫助。先謝謝您。最近也寫了一些詩歌，並創
作了幾首歌詞。不多聊了，擔心您收不到我的中文郵件。送上一千
個祝福！！！！！她言詞懇切，我可不敢當。但她楚楚動人的樣
子，我是看見的。

　　書終於收到了。我急切切翻看，又細細回味。她對我說：世界
其實是一本書，人生終究離不開緣。我對她說：我會仔細欣賞你詩
句的美麗與情意，看你如何把相思一一打開。

二

孟芳竹攝於奧克蘭。

　　起風了，第一枚的落葉是秋天的
一滴淚。她走在異鄉的街頭，感受
風中繾綣著的一份不捨的柔情。易感
的心竟像天邊舒卷的雲朵，飄過那片
海、那座山，回到那年，那月……

　　天一點一點地暗下去，地卻一點
一點地亮起來。雪夜。她在北方的
城市踏雪而行。曾經有過的那一個時
辰，一切都在雪之下寧靜悠遠著。她
置身於茫茫天地間，聽有一種祈禱，
溫暖、祝福的聲音縈繞著她……

　　月亮升起來了，又亮又憂傷的樣子讓人心醉。那麼多碎銀一樣
的月光散落在心頭，讓她喜極而泣，對月焚香。她是一個喜歡在月
下說心事的女人，等待有緣的人和她的靈魂相約……

　　花開了，滿山的花朵是春天的嫁衣。那像春風一樣年輕，像

花朵一樣輕盈的心事，裝點著有夢的季節。一枚被風遺棄的石子破碎了那樣的情景，於是，她的筆下冒出了一行行美妙的詩句……

風花雪月，春夏秋冬，南洲北國，季節走動。自然非常奇妙。在北半球的北方飄雪的季節，南半球蔚藍色的海岸邊可以看到旖旎的風光濃縮成一顆聖誕紅。人事也難以捉摸。越是孤獨，越生思念，不能自拔，猶如淹沒在無底的黑夜裏。常常地，她相思的心情氾濫成一種鬱鬱的情緒。她跌入記憶的回廊。她要在夜的最深處觸摸無盡的慈愛的往事和那些有緣的朋友重逢。這個時候，詩成了她生命中不可或缺的慰藉，每一首詩都是一次精神的涅槃。

就這樣，她在風花雪月之中，把今生的相思一一打開。

三

觸景生情，以物托情，於多情的她，是自然而然的事。因為心裏充滿愛，所見所思的都是愛。正是「以我觀物，故物皆著我之色彩」。雨夜丁香，在她眼裏：站立成一種情感／一種期待／一種揮也不去的雨夜情節。她繼續這樣描畫她眼裏看到或不如說她心中所想到的雨夜丁香：

停留在時間深處
以我百年芬芳的樣子
等待你的籠罩像層層的雨霧
密密的穿透我無比的脆弱

今夜　是什麼使我安靜地開放
在時間的那端　淌盡情淚

讓我擁有你的溫情
把夜雨隔開
在你晴朗的手掌上寫下
從前的從前　以後的以後
和今夜雨水的柔情
　　──〈雨夜丁香〉

她這樣描畫黃玫瑰，她心中最多情的花朵：

　　你嬌弱的身姿　相思了多久／在我觸摸的一瞬　一病
不起（〈黃玫瑰〉）。

她這樣描寫雪的煙花，或者是以雪的煙花寄情她的愛戀：

失音的粉蝶　桂樹的天堂
比花語更輕　比寂寞更美
我九死一生的愛戀呵
比天地更蒼茫
灰色的身影　冷豔的唇
我傾訴的話語一朵朵落下
　　──〈雪的煙花〉

雪飄來了，她的心卻躲閃不及，於是：

> 覆蓋的是記憶　蘇醒的是靈魂／多麼深的季節呵　河流靜靜地睡去（同上）。

當她從六月遠道而來，她發現：

> 花事已是夢中的花了／而葉子還懸掛至今／在不歸的遠途上／寫下一行行淒美的黃昏（〈二月是靜止的河流〉）。

孟芳竹的詩，字字珠璣，佳句如雲，隨手可得，美不勝收。如：看黃昏一步步深入夜色／看失眠的月光敲打生長的故事（〈黃昏星和等待的夜晚〉）；如：當夜晚放牧著群星（〈祈禱詞〉）；如：相戀是不是命定千年的一次花開（〈春暖花開〉）；如：我在布置好的夜色裏幸福守望（〈你是我久等的情人了〉），如：一出蕭聲便可點亮所有的夜晚（〈永恒之約〉）；如：一陣風便催眠了這夜／我又是那迷途不返的人了（〈午夜花園〉）；如：浪子的深情與緘默／就是那一陣難眠的月光（〈梅花去了〉）；如：月亮升起來時／往事就搖漾成一片銀亮亮的水了（〈往事無邊〉）。

她的詩處處洋溢著豐富的人生體驗。令人驚訝的是，於她，這似乎和年齡無關。除上面所引的外，再如：從白天到黑夜的腳步越來越慢／我看見星辰從大河的一端升起／之後　那河就莫名的憂鬱了（〈今夜　讓我在懷念中睡去〉）。又如：不可預言的未來和沒有結局的故事／都晾曬在回憶的窗口（同上）。又如：遠方在

一杯青稞酒裏醉了方向／夜夜都會在一封家書裏跌倒（〈記憶的雪〉）。又如：那一刻　讓所有年輕或老去的／回到我多夢的枕邊／在落花的燈盞下／梳理你如歌的名字（〈美麗是緣〉）。

　　這些人生體驗迸發出哲理的閃光，使人長久地回味。例如，這是月下聽竹的感受：

　　　　一樣的小樓明月
　　　　一樣的竹影搖曳
　　　　蒼涼的蕭聲啊
　　　　流淌不盡疼痛的命運
　　　　因為愛了　所以傷了
　　　　因為傷著　所以還將愛著
　　　　──〈月下聽竹〉

　　關於生命、世界和人的侷限，這是哲學家、社會學家討論不休的話題，她只以短短的三句詩，竟然就闡釋得很清楚了：生命長得只是一瞬／世界大得只是一步之遙／而走不出的卻是一寸目光（〈漂流的午後〉）。

　　又如：是否那些最美的事物／總會急速地跌進記憶（〈紫玫瑰〉）。

　　又如〈傾聽秋天〉這首詩，以女性所特有的細膩、敏銳，寫盡了一種難以形狀又分明揮之不去的秋天的氣息、秋天的心境。古今中外有多少描寫秋天的佳作，而這首詩我相信也可以列入其中。請傾聽她的秋天：

此刻　那憂柔的聲音散落於

充滿落花的蕭瑟

充滿黃昏的晚禱

充滿內心的水意和遲疑

在說與不說的瞬間

我曖昧的眼神將你一閃掠過

這是怎樣的節氣

使我的聲音忽明忽暗

讓我牽掛的心落下或者上升

讓我的故鄉在一縷炊煙中風景如畫

而一種記憶梳理著碧綠的河水

讓我前行不得　後退不能

多麼不經意的日子

綴滿微睡的手指

靈魂靜泊的蝴蝶

無法說清的內心

將話語掛滿枝頭

聽　那走過春夏的幻念

是不是還在一路奔跑

那遠途的信鴿

苦戀的舟子

都有著怎樣千年不老的傳說

而我嘹亮的哨音要變成一片的哨音

　　讓遠行的人們聽見　幸福地哭泣

　　秋天已經上路了
　　請等一等　等一等
　　讓我們穿過季節　像穿過豐滿的人生
　　聽　誰在呼喚
　　讓我們走向要去的地方
　　那幽藍幽藍的聲音像一盞燈

　　孟芳竹的詩實在太美。我不必再談論她用字的講究、精美，不必再談論她的想像，她的隱喻，她的意境，不必再多引用她的詩句，因為除非把全書抄下，是談不完的。她唯美主義的詩，像評論家所說，如雨後閃亮繁星，如出岫飄逸山霧，如春寒迎風新枝，美得令人意外，美得令人悸動。纏綿婉約的詩句傾訴著未寄的相思與惆悵，也有風鈴搖曳般的美好和祝福。讀她的詩，麻木的會變得敏感起來，庸俗的會變得優雅起來，無情的會變得多情起來。對這樣的詩，我想我只能拜服，只能欣賞，而不能、也不忍心把詩句如同把芬芳鮮麗的玫瑰花瓣分解。鍾嶸說：「使味之者無極，聞之者動心，是詩之至也。」我讀孟芳竹的詩，常有某種移情的感覺。

四

　　《把相思打開》這本詩集中，不少篇章是情詩。少女情懷總是詩。她的愛情從春天走來，哭也動人，笑也繽紛。她說：

賜我以風吧

吹散一些夢　吹暖那遲放的花朵

當懷抱的清晨臨風而開

讓我說出使我一病多年的那句話

——〈臨風說愛〉

無限柔情，情深意切，純潔冰清。這是年輕的愛情的記憶：

當節日的玫瑰在手掌上開放

我柔軟的心被一迭露水淋濕

你無聲無息的影子便幽藍在記憶裏

．．．．．．．．．．．．．．．．

我無法想像

春天的雨水是怎樣

浸透我們年輕的愛情

有謠曲漾過月亮船的夜晚

那從風的中間吹過的是

我美麗千遍的容顏

——〈從風的中間吹過〉

相思苦。心裏相思有誰知？她感嘆：

幾千種的相思／幾千次的愁腸百轉／和月亮一起守候夜夜
的潮水／而愛情的花樹卻不曾盛開（〈心塵舊事〉）。

　　十年一夢，那夢夜夜重疊。她以多重的意像，透露她相思的心境：

　　　　不要說這夜只有雨了
　　　　還有我在心事的簷下
　　　　細聽雨落殘荷

　　　　落寞的紅　玲瓏的淚
　　　　一脈水流載著夜行的船
　　　　一隻單槳搖動著相思

　　　　遠離夢巷的愛情也遠離了天色
　　　　一壺陳酒溫了又溫
　　　　醉了的卻只有那滿窗的傾訴

　　　　冷冷地從夢中醒來
　　　　雨水回望著茫茫人世
　　　　迢迢相思有著水一樣的蒼涼
　　　　──〈相思迢迢〉

　　愛情至堅，便不問此是緣還是劫：

　　　　從星際的邊緣我看到你夢的睫羽
　　　　飄逸如朗月的身姿　清清白白
　　　　你的盟約是北去南來的雁陣

歲歲年年飛翔成一種祈盼

………………………

是不是地越老　天越長

最深情的傾訴是最無言的守望

與我永恆相約的有情人

不要問　此生是緣還是劫

——〈永恆之約〉

　　這位充滿無私愛情、又為愛情所煎熬的女人，只願奉獻，只
願犧牲。對於他，她懷著這樣的感覺：心酸處　風依然拂過你的
八月／我依然是你故鄉一樣溫暖的女人／是你生命中的最後一杯
酒／在你啜飲時　聽到／我一生都未停止的疼痛（〈聲音的飛
翔〉）。

　　這是她愛的誓言：

你魅人的靈魂和脆弱的心

是夕陽裏脈脈相守的一株木棉

我請求　黛藍的夜色只在遠處

你呈現給我你摺疊的故事

別說　太多的遺憾無法彌補

別說　滄桑已過就不想擁有

別說　話別天涯就不再重逢

在我寫給你的詩裏

有太多愛情的靈感

別遲疑　把手伸給我吧
讓世界上最清柔的風
吹過我也吹過你
然後化我成水　成淚
在風中閃亮　只感動你
──〈風之淚〉

五

孟芳竹攝於雲南麗江古城。

也許她相思對象真有其人？如果是，他真是天地間最有福的人了。我忽然想起一百五十年前英國文壇一段令人萬分讚嘆的韻事，那就是伊莉莎白‧巴雷特（Elizabeth Barrett）與羅伯特‧勃朗寧（Robert Browning）這兩位詩人的愛情。在他們相愛期間，巴雷特瞞住勃朗寧，將隱藏心底的萬縷情思，透過細緻婉轉的筆觸，偷偷地寫成了四十四首十四行詩。這四十四首看得出有連續性的抒情短詩，就像一條愛情之溪，在輕輕地流淌，在輕輕地歌唱，那麼清新，那麼甘甜，那麼感人肺腑！小溪所至，是整個宇宙，其間有幽谷，有苦海，有陣雨，有陽光，有濃蔭，有燭影，有山巒橫梗，有百合聖潔，有墳地的濕霧，有天堂的露珠，過去和未來，生命以及死亡，彷彿一切之所以存在，都是為了解釋她這純真的感情。

　　臨近收穫的時刻，巴雷特對自己的愛情進行了一次總的估量，
結果她發現：

　　　　我是多麼愛你？讓我算算看。
　　　　我愛你的程度，其高其深和其寬
　　　　只要我的心靈能觸及，當我尋探
　　　　那看不見的神韻和風範。
　　　　我愛你有如每日最渴需的恬靜的時間
　　　　無論是麗日當空的白晝或是燭光搖曳的夜晚。
　　　　我愛你宛如人們維護正義而努力，奮不顧身；
　　　　我愛你宛如人們避諱別人的讚譽，潔白純真。
　　　　我愛你，用我舊愁裏的熱情
　　　　和孩童時代的忠誠。
　　　　我愛你用那似已隨仙逝的親人
　　　　失去的愛，──我愛你用我一生
　　　　所有的呼吸、微笑和眼淚！──而且
　　　　只要上帝諭令，我愛你在死後只有更深。
　　　　──〈劉咸思譯〉

　　當代中文新詩和英文十四行詩的形式非常不同，中國文化和
英國文化也千差萬別，我不想把孟芳竹和伊莉莎白‧巴雷特作太
多相比（現實裏她們確有太多的不同），但孟芳竹詩裏所表現出
來的愛情的真摯、奉獻有如巴雷特；在藝術上，她的詩集《把相
思打開》也和巴雷特的情詩一樣，都能分別在中英詩壇上佔據某
個位置。

六

　　孟芳竹，出生在中國北方，1998年底移居紐西蘭。她原是遼寧人民廣播電臺記者、節目主持人，現為紐西蘭中文電臺節目主持人、紐西蘭華文作家協會會員。她十七歲開始創作，從此詩心蕩漾，詩情流瀉，詩才迸發，寫下一行行美麗的詩句。在大陸她的詩作曾獲得過市、省及國家的獎勵。《把相思打開》這本詩集於二零零一年在臺灣出版（臺北漢藝色研文化事業有限公司出版），很快地就在同年在臺灣獲獎。

　　你我所有有緣人，都可共同欣賞孟芳竹這本一百四十頁的詩集裏的六十首詩。也如論者所說，人世間，有一種稀品，稱為才女。孟芳竹便堪稱這樣一個才女。而一個人，特別是一個男人，一生只要碰上一個這種才女，他的生命便會忽然柳暗花明、脫胎換骨、自成格局、從此自覺不虛此生。這好比一個普通庭院，一

本書作者和兩位女詩人孟芳竹、劉虹攝於第八屆（珠海）國際詩人筆會歡迎酒會上（2003年9月15日）。

旦長出芳香綠竹之後，便滿園生動，清雅脫俗了。或者，更如她詩裏所說，她——

　　顧盼的眼神明媚了千種風情
　　這是一生的邀約　一生的迷惑
　　——〈千種風情〉

　　詩是她的生命，她的靈魂。她說：「如果詩是為了營造家園而降臨人世的，我就是那個看守家園的痴心女人，連靈魂也滿是詩的碎銀。」
　　對這位癡心女人，我能說什麼呢？我只能對她說：不要說——

　　日影西斜　樹木疲倦地傾聽
　　泣不成聲的往事越走越遠
　　於燈下　我一針一針地縫補時光
　　才發現　我在以憂傷的速度老去
　　——〈微涼的九月〉

　　「落木千山天遠大，澄江一道月分明。」詩才不滅，詩心不老。時光無情，時光也有情。時光將會讓她更有收成，她的詩章將更為綺麗，更有內涵，更加成熟，更使人愛不釋手。衷心祝願孟芳竹詩情與美麗天長地久，相映生輝！這樣，我們這個大千世界便多一份美好，我們芸芸眾生對美便多得一份享受。

　　　　　　　　　　　　　2002年2月12日於澳洲悉尼

2003年1月28日後記

那年，接通知說第七屆國際詩人筆會將舉行南京國際詩歌論壇，研討「新詩如何繼承傳統，面向現代」，因此請出席者準備論文一篇。

本文寫於接到通知並決定出席大會之前，只是略微討論紐西蘭女詩人孟芳竹《把相思打開》這本詩集，沒有正面按題作文，甚至文中竟然從未出現「傳統」和「現代」這兩個字眼，但是，可以看到，孟芳竹的新詩創作，是成功的，是「新詩如何繼承傳統，面向現代」問題上一個成功的例證。

文章於第七屆國際詩人筆會大會在南京召開只有兩個多星期前傳給筆會主席犁青先生，而犁青先生立時──竟然還來得及──把它收進於大會開幕同日（2002年12月23日）出版的筆會會刊《詩世界》第五、六期。

海那邊，海這邊……——解讀胡仄佳

一

2004年2月初，胡仄佳離別十年後又從新西蘭返回澳洲定居，給我們悉尼華人文化圈子帶來一陣驚喜。

她走出中國國門最初是到了澳洲，應邀舉辦私人「貴州施洞苗族刺繡收藏展」，本以為一年半載便返回四川老家，誰知個人生活發生重大變化，三年後，卻再度移居新西蘭。

胡仄佳近照。

那時我不認識她。我從新西蘭移居澳洲的時候她已經從澳洲移居新西蘭。第一次看到「胡仄佳」三個字是2000年10月在悉尼《東華時報》上看到她從新西蘭發來的一篇題為「靈山」的隨筆。此文不是寫高行健，卻是寫高行健英譯者、時任悉尼大學文學院副院長、對她給予慷慨幫助的陳順妍博士（Dr Mabel Lee）。文章文筆流暢，感情真摯，給我留下深刻的印象。2001年9月，我回到度過十多年難忘歲月的奧克蘭參加大洋洲華文作家協會年會，始見到胡仄佳本人。我感覺是，這是一位沉著堅毅很有自信心的女性，並不愛甚至可以說不願或不屑在大庭廣眾中顯露。再過了兩年，2003年8月，我和仄佳剛好同時應中國國務院僑辦之邀，參加「海外作家訪華團」，在十幾天裏，一起到廣東、山

東、青海、北京參觀訪問，也算是一個機會得以對她進行了一次長時間的、密集的觀察和瞭解。最近，我又一次拜讀了她惠贈的兩部散文集——《風箏飛過倫敦城》（廣州花城出版社，2000年10月）和《暈船人的海》（天津百花文藝出版社，2003年4月），和她作了一些談話，我想我可以嘗試解讀胡仄佳了。

二

我一開始就對「胡仄佳」這個名字納悶：何以狹窄就好呢？現在我豁然醒悟：原來這是一個預期否定答案的反問句！名主且以出國以來這十五年的生命流程實現了這個預期！

三

胡仄佳小時候見父親的面不多。那時候她太小太不懂事了，還不懂父親讀劇專時有過一段因「勤工儉學」在國民黨軍隊裏做少校譯電員的經歷，不懂政權更迭後父親雖為省歌舞團所重用、卻同時又是被「內控」使用的「歷史反革命分子」，一旦政治運動來時，便被拉出來作為現成的靶子慢慢打。而那時候各種政治運動層出不窮，父親有過多少次收審關押，寫過多少多少檢查交代，小小的仄佳都不知道，父母不講她更不會問，只知道父親經常不在家。等到文革她才知道，原來不常在家的父親，並不都是隨團演出或到鄉下採風，其中緣故深著呢。直到那時之前，父親於她，都是相當陌生的人。這一位父親，以大半生的苦難，一再告誡孩子們：「你們長大後拉板板車都要得，千萬碰不得文字，白紙黑字，錯一個字都要命。」

　　於是仄佳被張羅學畫。蜀中著名的工筆大師朱佩君便收了這個徒弟，去她家學畫她最擅長的工筆鯉魚，描長長的不斷氣韻的線，學著在紙底紙面技巧地不著痕跡暈染烘托，朱老師拿出她珍藏的張大千留下的敦煌壁畫線描做藍本，臨的紙張越來越大。胡仄佳是稀裏糊塗地畫，朱老師卻還喜歡她，說她「筆資好」，有靈氣。但仄佳實在很對不起老師，不知為什麼工筆畫的清雅似乎留不住她恍恍惚惚的心，去老師家漸漸少了。父親又找到省文聯的幾位畫西畫的老友，求他們教仄佳畫素描水彩油畫。這樣時間一下子就過去了幾年，1978年，胡仄佳竟意外地考上了四川美術學院繪畫系油畫專業。不過她高興不起來反而有些迷茫。個性頗為反叛的她，在學畫上規矩地順了父親的心意，骨子裏卻以不上心的方式在消極抵抗。大學四年和後來的美術教師、美編攝影等職業，人雖是在畫畫的圈子兜，心卻始終與此有距離。

　　原來，胡仄伟心裏始終裝著一個夢。

　　小時，她愛看書愛得有點無緣無故。她完全自發地找到什麼就自己不求甚解地看，當代的、古典的、蘇聯和其他國家的書一陣亂看，讀著讀著就做起些孩子氣的白日夢來，憧憬著什麼。

　　幾十年來，此夢不散，為時代、社會和父母無可奈何的生存狀態所壓抑的欲望並沒有消失。等到在國外定居下來，一回頭，仄佳終於還是走回當年父親一直阻止的文學道路。

　　此時，胡仄佳老邁的父親再無半個反對的字眼，再過幾年，便驟然離世了。仄佳每念及父親，便悲如地下之泉，常在一個字一陣風間湧現。風清月明時，可做些父親生前喜愛之物燒送與他？這是朋友的建議。但所言令仄佳哽咽：父親物欲極淡，祖屋被無端充公，亦不動索回之念。他愛煙酒如命且樂於與人分享，又能戒之斷

然。他文人一生，身不由己言不由衷，以何祭之？淚酒又何堪？仄佳尤感惘然的是，父親去世之後，她曾在父母狹窄家中的雜物堆裏拼命翻找，想找出父親寫過的大批作品，哪怕它們都是遵命之作，裏面也該有青春的火焰與熱血？更想找到他寫下的無數檢查交待，裏面必然有一介草民面對歷史的悲哀與無奈？但她找不到片紙隻字，父親彷彿在有計劃地退卻了斷，竟在喧嘩的塵世中留出一段無望無求的空曠。

胡仄佳只能告訴自己，生命也許就是這樣充滿遺憾地輪回著，她父親並沒有真正地離開她，在她的言行舉止上，在她的血液細胞中，無處不在地躍動著父親的基因。

當時，也許正是在狹窄的曲折的縫隙中，奧妙的基因，如一棵小芽，以她的頑強，為日後沖出縫隙，為日後的發展，集聚了旺盛的生命力？

四

胡仄佳生長於四川成都。老家四面環山山山相連，城市人擠人，人山人海，連小巷裏都擠滿人家。對此，她有一個真切的記憶：

　　夏天悶熱的夜晚，街面上乘涼的人多如牛毛，胖人恨不得在腋下夾隻大竹筒退涼，瘦子也抱著冷茶不停地喝，熱到皮膚開始清爽時，人都迷糊得站不起來了。孩子們有一搭沒一搭地說鬼，精神得很。星光燦爛，偶爾一顆流星煙花般地劃過，讓人突然間覺得天地近得不可思議。（〈故鄉的聲

音〉，《風箏飛過倫敦城》，頁36）

少時的記憶，故鄉的記憶，是怎麼也揮之不去的，是無論如何也是溫馨的，寶貴的。例如，胡仄佳還記得：「乘涼乘到深夜，肚子也開始亂響，那時端得出的夜宵常常只是一碗紅油素面，但葱蒜味濃濃的，讓人胃口大開。因為靜，這味道和吃的聲音也傳得很遠。」（出處同上）

這情，這景，也是無法忘懷的啊。

但天外有天，大凡一個人，總渴望追求故鄉記憶以外的新奇。胡仄佳是其中一個，她走出國門。

當時是中國人到澳洲留學的高潮期，國內特別加開了班機。那天她獨自到了上海虹橋機場。候機大廳裏擁擠到無法形容的地步，活象森林大火或大地震前的騷動，空氣緊張得充滿著動物本能的驚惶失措。

《風箏飛過倫敦城》封面。

隻身離境的她，無人為她而哭，或沒人與她對哭，而別的老少眾人卻哭成了一鍋粥。在旁邊看人哭，尤其是看男人們痛哭特別慘不忍睹，心碎悲傷的男人哭相特別難看，胡仄佳現在想起來還歷歷在目。安全檢查大廳的玻璃門，終於要把妻子丈夫爺娘和遠行人分隔開了，人群開始莫名奇妙擁擠到暴烈的地步。大玻璃門牆先是發出胸腔肋骨被壓榨出的細細碎啪聲，猛然間轟的一聲破響，玻璃碎片隨大面積的驚叫聲撒落一地，帶有清脆尖利的殘忍。一個年輕的外國女人被擠得披頭散髮滿臉通紅，她從人海中逆流勉強沖出來，嘴裏不停地說：「太可怕！太可怕了！」她是

不懂這些號哭拉扯著不願分離的人們，為什麼又同時爭相往海關裡擠？

時代變了，這種場面也許永遠都不會重現了。通情達理地說，這種情況也不好過分伸引以用作什麼概括。不過，不知為什麼，胡仄佳十幾年來始終記得這一幕。

胡仄佳小時候，做夢都沒有夢到過海，這樣，當她飛越萬里，當她到達澳洲，發現曠達的大陸上，高山湖泊沙漠什麼都有，還四面環海，而海的深沉海的蔚藍，都遠遠超出想像，那種狂喜是旁人難以體會得到的。

後來，胡仄佳又再度移居新西蘭，更與海為鄰了。她初到新西蘭那陣，以為呆半年一年就走人，沒想到這麼一住就是十年。十年經歷濃縮於一本《暈船人的海》。書中，她審視的就是新西蘭這塊土地的方方面面。二十九篇文章，說山道海，談新西蘭的城市農村和自然，侃新西蘭的政治體育與文化，也聊新移民的別人及自己。胡仄佳發覺，時間越長越感受到這小國文化的豐富內涵，就像新西蘭出產的紅白葡萄酒，它們並無法國義大利葡萄酒優雅而高貴的世界名氣，更無俄羅斯和中國白酒的烈度霸氣，但新西蘭葡萄酒卻不乏環境賦予的自然清醇，風格口感也許淡泊，其精神品質卻全然獨立，頗有品牌水準，其價值已經得到來自世界各國的高度讚賞。

胡仄佳對新西蘭的描寫亦形成了自己的品牌，而為讀者所喜愛。美國著名評論家董鼎山說，他沒有到過新西蘭，由於路途遙遙與自己年事的增長，此生恐無望要去這個他極欲一游的國度，因此特別細心地閱讀了《暈船人的海》，特別覺得此書的珍貴。董鼎山還指出書中另一動人處是，胡仄佳娓娓敘述了夫婿祖先自英國移民

至新西蘭的歷史。（董鼎山，〈從古希臘到紐約雙塔——讀《珍奇之旅》人文隨筆叢書〉，香港《大公報》，僑報副刊，2003年10月10日））

我同樣珍惜此書，但原因剛好與董鼎山相反。我在新西蘭住了還不止十年，我熱愛那裏的人那裏的環境，我的學術品格是在奧克蘭大學形成的，我的靈魂永遠不會與這個藍天白雲之鄉分離，不論我此生會涉足到什麼地方。

《暈船人的海》封面。

胡仄佳的情感與我完全一致。因此，我真切理解她為何每逢有客人從國外來，一定要帶他們去海灣看看。海像永動機似的不停起伏，沒個靜下來的時候；海灣裏密密的桅杆，遠望去顫動交錯的節奏神秘。胡仄佳神迷了，便有哲學家般的感嘆：

> 此時深呼吸默默望海，海對我而言，便有如同宗教形似天體的意義。私欲自大膨脹起來時，既超不過占整個世界百分之三十的陸地，更無法抵禦海洋的浩瀚深遠無邊，我自問，知否？（〈望海〉，《暈船人的海》，頁6）

初次印象，刻骨銘心。胡仄佳第一本散文集《風箏飛過倫敦城》便是描寫初到海外，在異國他鄉領略到的種種感受，格外新鮮、深刻、有趣。例如，中國人老愛說雷鋒精神怎樣怎樣。仄佳在澳洲人新西蘭人身上，便一次次確切地見證了那種寬容精神、助人為樂猶如活雷鋒的習性。生動感人的記錄，可以在〈夢回北

澳〉（頁109-119）、〈北上達爾文〉（頁27-34）等等篇章看到。
在〈情說舔犢〉（頁155-157）一文中，仄佳更娓娓敘述她所受到
的一次強烈的感動，我相信讀者也會感同身受——她第二次婚姻帶
來的新西蘭婆婆決定用她的錢一視同仁為三個孫子成立教育基金，
盡管她的大兒子與這位婆婆並無任何血緣關系。中國人有很好的古
訓，但認真實行的不算太多，而仄佳在新西蘭，在自己的新家裏，
切實蒙遇了此等善緣。

　　她那位不太懂中國文化、與她結婚十三年來至今中國口語單詞
量沒超過五個、平時卻喜歡妻子做的川菜且支持妻子寫作的丈夫，
更是一個範例。胡仄佳的「鬼畫桃符」對他來說無疑是天書，仄佳
發現他從未把她當作什麼「才」來供養，但也從來不要求她做為經
濟動物賺大錢與他齊心治家，都想不出丈夫為何寬容到讓她這麼沒
頭沒腦地寫下去。生活中同文同種的夫妻最後成冤家的不少，而胡
仄佳的異國婚姻卻協調出了這不算短的溫馨歲月，成就出仄佳的上
百篇文章問世，也許不能只用「運氣」來解釋。

　　胡仄佳到達澳州時幾乎一無所有，隨身僅帶了刺繡收藏品和幾
件換洗衣物，好奇心卻比什麼都強烈。她的視野漸漸打開。澳州、
新西蘭這兩個國度以立體而真實的面貌出現在她的眼前，看自己看
這兩個國度的視點變幻中深了些，不由自主的大國國民心態少了
些。在好奇審視周圍社會環境的同時，也開始學會自審，學習在正
常情況下作正常的人，學會在正常情況下理解非正常的人事。她的
書是誠摯追尋精神家園的文化之旅。

　　在異國他鄉，自然有種種文化撞擊。胡仄佳感到，他們這一代
人的經歷有相似之處，每一個移民姓名之後皆有故事，或是精彩絕
倫或是沉重不堪。就算平平淡淡的什麼波折都沒有，細究起來也是

驚心動魄。背井離鄉投身到一個完全陌生的國度，跟到外星探險沒有本質上的差別。事實上英語中就把所有外地人外國人戲稱為「外星人」（alien）一詞。從某種意義上講，由於人種膚色的無法改變，華裔走到世界哪個地方都會是引人注目的群體與個體。生活在一個文化完全不同的國度裏，既要學會接受理解新的文化傳統，又必須保持真實頑強的自我和東方精神，不要夾著尾巴做人還要快樂地生活，是胡仄佳這些第一代「外星人」的選擇，又是他們一輩子都面臨的艱難挑戰。

必須說，這個挑戰的前景是可喜的。時空曾使東西方長期相隔，人以為東西方像兩道平行鐵軌永遠不會相遇。而今天東西方相遇不僅是事實，彼此有許多不同也有許多相似，而且還有相互理解的可能。這是胡仄佳的結論，而她個人的經歷就是一個證明。因此，幾年前，她在一篇題為〈白駒過隙〉（奧克蘭《中文一族》，1999年12月5日）的文章中能夠說：

> 回望過去的十年，時光令我們年輕的生命從幼稚走向成熟，日子驚險萬分或平淡地過去，平凡的依舊平凡。生活在新的國度裏，我們的外貌和內心雖然改變了不少，已經開始把這塊土地跟自己的血肉聯系在了一起，我們的孩子習慣這裏的自由空氣，這裏的寧靜安然，也許還意識不到這塊土地撫平了我們身上多少由狹逼擁擠造成的緊張沖突感，意識不到如今我們是站在一塊比以往稍高的岩石上，看世界，看大洋兩頭永遠屬於我們的國家，看別人也在看自身。在那令我們半生受益終身難忘的機遇中，我為這過去的十年讚嘆。

　　胡仄佳移居新西蘭之後，澳州這塊大陸成了海的那一邊，在她心底，成了精神上的第二故鄉；現在胡仄佳返回澳洲，新西蘭成了海的那一邊，成了她精神上又一個故鄉了。而相對於不論澳洲或是新西蘭，在遠隔萬里的大海那邊，還有一個生養自己的祖國。「希望仍在，也許不僅僅是在海那一邊！」這是《風箏飛過倫敦城》最後一篇文章的最後一句話。當然。相信生活的變化，視野的開闊，會激發胡仄佳更多的情思，會更加深她的思考。

五

胡仄佳和她的小兒子詹姆士。

　　本來，胡仄佳就自覺自己是個奇怪的、興趣廣泛的女人。滑雪、開車、釣魚、叢林散步、露營、美術、音樂、戲劇、閱讀似乎都為她所愛好。好吃也還會做，手巧能幹，性格既直也曲，有時聰明有時糊塗，能鬧也能靜，一個既非「淑女」也非徹底「瘋丫頭」的人種。她發覺，從事寫作，實際上一直是她心中最隱秘而又最強烈的願望。為什麼要寫？寫了之後怎麼辦？從未想好，也許就像自己的生命一樣是盲目的，雖然表達的過程中會出現某種意義，但那不過是自然的走向和流露罷。

　　或者也可以說，兩次婚姻與生活在兩種完全不同的文化裏，本身就是種強震蕩，新的更為寬松的世界釋放了很多壓抑已久的感受，從死去的婚姻中解脫，從新世界中找到自我和自我反省的可

能，用寫作的方式來表達無疑是最自然不過的事。或者就如她自己這樣表白：「人有許多種存活方式，寫作是我生存的通道之一。當我呼吸的時候並非要證明什麼，只是必須而已。」（〈在海那一邊〉，《風箏飛過倫敦城》，頁246）

是在1997年的一個夏夜，胡仄佳開始在電腦上笨拙地學習打字兼寫作。累乏中她也曾絕望過，不料手指下卻悄然流露出一些深藏於心底的感受來。就是這些深藏於心底的感受，讓胡仄佳開始在文壇獲得名聲。

四川某雜誌編輯李珊對《風箏飛過倫敦城》的讀後感是：「你的文筆比較機警，幽默，乾淨，流暢，收放自如，女性的機敏使可圈可點的歷史沉而不重。勇敢，真實，使你生活得很投入，自然而然地留下自己的一片風景。」

「樂觀，開放的心態。敏銳，聰穎的悟性。文字富有音樂感。對多元文化的深思。」汕頭大學《華文文學》主編于賢德對《風箏飛過倫敦城》作了這樣的歸納。

「（你的）寫作頗有異域生活氣息，細膩而爽朗，寫得相當不錯。特別是你的〈故鄉的聲音〉喚起了我不少回憶，我的兒童時代有相當長時間是在成都度過的，好些聲音至今縈繞在耳。〈蒼涼的青瓷器〉寫得也頗有味道。」原《隨筆》雜誌副主編鄺雪林（司馬玉常）這樣告訴胡仄佳。

前南開大學中文系教授郝志達為《暈船人的海》作序說：「在她這本散文集中，確實讀者無論從哪個角度去欣賞、去審視，都可以給人帶來對著宇宙之中藍天白雲故鄉的神往，給你一種神奇美的藝術享受！」

也是來自四川的悉尼大學中文系講師王一燕博士對仄佳說：

「你的文章可讀性很強，風格清新，敘述平易近人，無矯揉造作之風，尤其是四川方言運用得風趣吸引人。」

「我讀你的文章可謂愛不釋手，你的角度都很特別，所發的議論又不空泛，已經深入到文化內涵的深層次，這不是每個作者都能做到的。」天津百花文藝出版社四編室主任、《暈船人的海》的編輯李華敏得此結論，並向胡仄佳表示感謝。

「你什麼時候操練的文筆？非常通暢流利，而且非常美麗。」《四川法制報》總編賈嶂鏈甚至這樣問道。

什麼時候操練的文筆？問題好像很簡單，回答卻很難明確。

胡仄佳回憶小時讀華盛頓·歐文的《阿爾罕伯拉宮》、馬卡連柯的《教育詩篇》、《泰戈爾詩選》、傑克·倫敦的《野性的呼喚》、惠特曼的《草葉集》、莎士比亞的戲劇、莫泊桑的短篇小說……等等全不是一種路數的書籍；父親雖然反對她從文，文革後期不知從什麼地方也開始找回《古文觀止》給她讀，然後是唐詩宋詞……這些都給了她以混合而奇妙的營養。那時她就開始模糊意識到，生命短促有限，卻可以在想像中無止境地展開延伸，可以經由文字而穿越時空。

既然閱讀是件美妙的事情，寫作一定同樣如此；既然閱讀時非常喜歡語言文字傳達出的令人聯想不盡的魅力，寫作時一定會自覺不自覺地在文字上下功夫。仄佳自嘲她的恍惚仍在，記不住人名地名，記不清時間地點，愛閱讀卻沒有過目不忘的本事，但她發現，在什麼地方有意無意中還是沉澱下來很多東西。她好像並不寫詩，但她的文字簡練自然，時不時流溢著濃濃的詩意。例如，「風箏飛過倫敦城」、「暈船人的海」，書名就很有詩意，又傳達了全書的主旨，而且似乎並不經意。

胡仄佳的經驗證明，文藝各領域是相通的。她年輕時學畫，對現在寫作其實大有裨益，可謂是「曲線操練」。她發現自己有雙觀察細膩、看得見暗夜中朵朵開放的異花、看得出蒼茫裏山脊剪影中的渾圓、對色彩形象非常敏銳的眼睛。她還有對靈敏的樂感不錯的耳朵。所以，雖然仄佳過去從不提筆，卻能一寫就寫出富有自己特色的篇章。例如，在〈夢回北澳〉那篇文章快結尾的地方有一段描寫北澳的夜晚，讀來猶如身臨其境，讓你看到，讓你聽到，讓你觸摸到，真真切切：

> 北澳的房子通常有漂亮平滑的木頭地板，熱腳板走在上面涼隱隱的。小動物們從百葉窗的間隔中自由進出，與人共用房屋空間。燈亮時分，透明粉紅，手腳臉嘴精緻如藝術品的小壁虎們從藏身之處爬出來，倒掛在天花板上，准備捕食體積巨大的撲燈蛾，它們輕輕的叫聲，使我相信它們還有小鳥的靈魂。樓梯旁總有綠色的青蛙爬在房子的外牆上，相貌堂堂皮膚綠得發亮，腳指頭上的吸盤使它能夠輕盈地米在任何地方，用手指輕輕觸摸它一下，它會蹦到人的肩上。深夜，成千上萬的小螃蟹撲上岸來，秘密社團似的聚會在樓梯旁的樹林中，聽到什麼動靜，就唏唏瑣瑣地四竄，聲音象潮水沖刷樹葉又象糖炒板栗的翻動，響動大得旁若無人。不知名的黑鳥象雞一樣整天在院子裏走來走去，家養似的不怕人。（《風箏飛過倫敦城》，頁119）

最使我喜出望外的是，仄佳能夠以極其優美的文字，或直接或間接傳達她富有哲理的思考，在文章裏（常常在文章的結尾）閃爍

出耀眼的光輝。例如，緊跟上面的引文是下面這個結尾：

> 　　躺在這樣的屋子裏，趴在地板上靜靜地聽下去，聽熱
> 帶暴雨的突如其來，聽那些只有一面之緣朋友們的話語，從
> 百葉窗間輕輕蕩過，風聲卷起了帶有萬年印記的塵埃。聽土
> 著人在荒原叢林裡吹響「笛嘮維嘟」（didgeridoo），像聽
> 到了他們靈魂發出的呼喊呻吟。我在這些響動聲音中漸漸入
> 睡，夢見達爾文猶如一座巨大的熱帶花園，還夢見自然世界
> 以它靜默的時間沼澤，吞下人類中的狂妄自私，貪婪愚昧。
> （同上）

又如另一篇文章〈莽莽群山〉，臨近結尾有這麼一段文字，竟
然如此密集地呈現著紛繁的思緒，關於歷史，關於未來，關於時事
政治、社會人生，關於美好、醜惡，關於眼前的、逝去的，凡此種
種，都一起強烈地沖擊著讀者的心靈，真是神來之筆：

「海外作家訪華團」2003年8月24日攝於青島（前右二為胡仄佳）。

「身在青山恨青山，離別青山戀青山。」愛恨也許是
人生奮鬥掙紮的最大動因，倒是這山見慣了不知多少人世滄
桑，千歲夕陽。當年的淘金者挖空了幾座山頭，帶走的未見
得都是財富歡愉，留下的也未必都是遺憾。站在這新西蘭天
高地遠的大山上遙想，如果說山腳下的小城代表著人間的舒
適繁華，那麼在這山頂上也喚到萬里之外紐約的世貿大廈殘
骸廢墟飄來的令人窒息的煙塵。當超常規意識的戰事出現於
世界任何一個國家，無理性地展開之際，腳下的安寧，這山
的沉穩，就值得格外珍惜。（《暈船人的海》，頁53）

閱歷多了人便成熟起來，眼界開闊了，渾身筋脈涌泰，思考也
深邃了。所以我其實不能說「喜出望外」，所謂「功夫在詩外」，
這是從佳多方面修養的必然結果啊。

六

2003年8月，我們「海外作家訪華團」在中國大陸參觀訪問的
時候，一路上也對如何為世界華文文學定位等問題交換意見。我
和胡仄佳等人都一致認為，過去一百多年來海外華人傳統的「落
葉歸根」的觀念現在已經發生幾乎可以說是顛覆性的改變，過去
那種「遊子意識」現在已經明顯地與時代與當今天下大勢脫節，
事實上也已經在今天有分量的作品中退位，現在不管是海外華人
生存之道還是世界華文文學發展之道都已經是「落地生根，開花
結果」。這個話題我們在第一站廣州時也與國內的同行討論過，

在最後一站北京時甚至向有關官員反映過，並得到極好的回應。8
月29日，中國國務院僑辦副主任、中新社社長劉澤彭先生在釣魚
台宴請我們時，熱情洋溢地說：中國人移民外國，過去被認為是
拋棄祖國，很不光彩，這個看法完全是錯誤的，中國人到外國發
展正是表現中國人的開拓精神，這是大好的事情，越發展越好，
越發展越應該鼓勵讚揚！

　　我在胡仄佳身上，在她的作品中，正是看到了一種拒絕狹窄守
舊、追尋廣闊拓展的情懷與美感。

　　「人類本質中有像候鳥逐水草隨氣候擇居的本能，過去翅膀被
捆住的時候，飛翔只是悄悄的願望，現在能飛就飛吧！」胡仄佳在
《風箏飛過倫敦城》一書的結篇〈在海那一邊〉（頁246）曾經這
樣自勉。那麼，仄佳，就飛吧，繼續飛，不停地飛，越過海那邊，
越過海這邊，更加廣闊，更加高遠……

2005年3月17日於澳洲悉尼

發表於《澳華新文苑》第181-3期

本書作者與胡仄佳訪問青海時攝於西寧（2003年8月26日）

看穿他？還是看穿自己？
——一部都市女性的「愛情聖經」

　　張鳴真年紀輕輕卻見多識廣而且富有獨到之處。去年四月，她讓江蘇美術出版社出了一本書，這是一本解讀男人的故事書，也是一本品味男人的心理書。書名就很讓男人心跳，甚至害怕，叫做——《把他看穿——別以為女人不知道》。當然此書為女人而作，是寫給普天之下所有有戀愛經驗的女人。她們在戀愛中、戀愛後或失

張鳴真近照。

戀時，都會碰到各種各樣的情感問題。現在，鳴真給解答了：為什麼「空床期」就這麼痛苦和難過？為什麼已婚男人沾也不能沾？還為什麼，這個被自己愛得死去活來的男人，就像一個沒長大的小孩，活脫脫一個「亞熟男」？鳴真的答案絕非信口開河。她採訪了二十幾名身在海內外的、有故事的女子。

　　不同女人的眼裡，有不同樣子的男人。

　　例如，有一個男人叫王辛，在一家有頭有臉的房地產公司當經理。在前幾年北京房地產剛熱起來的時候，他算是在風口浪尖上狠狠地賺了一筆；這兩年大城市的房地產業有所低迷，他的荷包漸漸瘦了下來。不過這也好，王辛終於能騰出精力，將更多的時間投身於周圍的女人身上。他是一個很有魅力的男人，30歲，1

米83的高個，面色白晰，文質彬彬，總之，他是瓊瑤阿姨心中完美男人的樣子。看見他，「我」常常罪惡地幻想：如果他沒有那麼強的經濟實力，那單憑這副皮囊，也夠女大款們豢養幾年，當小白臉掙零花錢了。

書中又寫了一種男人，喜歡把所有本領都拿出來顯擺，以為多才多藝就能讓女性為之瘋狂。遇到弱女子他充分體現君子風度，憐香惜玉；在街上看到美女，瞳孔立即放大。這樣的男人風流不羈，無論是家花還是野花，只要夠香，都想盡收囊中。他很懂得討女人的歡心，浪漫情歌、甜言蜜語，對他而言都是拿手好戲。他最擅長的事就是在家扮演「好好先生」，在外假裝孤獨情人。表面上看，他是藍顏知己的不二人選。但是，鳴真告訴你了，其實這樣的男人最為危險。他隨時有可能把知己關係升級，對你提出得寸進尺的要求。一旦遭到拒絕，那定會惱羞成怒，拂袖而去。想想看，有這麼個危險的男人在身邊，你這紅粉知己能當踏實嗎？

如此等等……。

張鳴真儼然澳大利亞心理學家尤其是性愛婚姻專家，以她所知道的或所想像的女人血與淚的故事，淳淳引導，娓娓動聽，帶給同齡女人不同的感受，但都總歸到一點：把「他」看穿。

至於她自己，她這樣自我介紹：

> Mingzhen Kinnane，澳籍華人，八十年代後生，巨蟹座。喜歡金庸，喜歡三毛，喜歡閱讀男人的故事和女人的童話。
>
> 因為早早結婚、生子，所以對愛情、對童真充滿幻

想。長髮時異想天開，短髮時更願意在深夜剖析自己。

　　立志做一個好的家庭主婦，經常閱讀菜譜，卻懶於下廚；最喜歡給女友做紅娘，卻屢遭失敗。

　　悉尼大學傳媒學碩士，雙語背景，痛恨在有中國人的地方說英文，現在某美國出版公司北京分部做記者、編輯。

編者補充介紹：

　　張鳴真，北京人，運動生理學背景。現在冠上夫姓，同時也將娘家姓加在丈夫頭上，給他取中文名：張大力。

　　熱愛文學，博覽群書，高考獲作文滿分。在大學期間為某雜誌兼職記者、編輯。澳大利亞留學三年，在《澳洲新報》的《澳華新文苑》發表小說，散文，繼而在其他副刊相繼發表文章。鳴真才思敏捷，視角獨特，文字動人，為澳華

張鳴真和她的西人丈夫張大力。

文壇一顆閃亮的新星。2008年已經在中國出版三本書，還有三本即將問世。

　　自稱最喜歡研究「男女問題」、說起情感話題總是一套一套的鳳凰衛視前主持人鄭沛芳採訪過張鳴真。她說：認識鳴真時她已有五個月身孕了，穿上長長的大衣，也不怎麼能看出來。當時鳳凰網請她去做節目嘉賓，她和主持人探討男人話題，說得頭頭是道，當時我就想，這個小姑娘談過不少次戀愛吧，把男人分析得挺精到。私下一聊，才知道她都快當媽媽了，老公是澳大利亞人，居然被她成功地從悉尼千里迢迢地「忽悠」到北京工作，可見她調教男人的本領不一般。

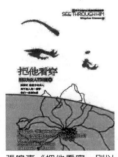

張鳴真《把他看穿─別以為女人不知道》封面。

　　鄭沛芳說，一直覺得鳴真是個不一樣的「八十後」，她居然在懷孕九個月完成了三本書的寫作，除此之外，還要應對自己在美國康泰納什出版集團駐北京辦事處作記者的本職工作。翻開《把他看穿》一看，發現裏面有不少澳洲的人和事，鳴真曾跟她說，生活在澳洲的三年，受益無窮，學會了另一種文化和人生觀。看來真的如此。

　　可謂惺惺相惜，或者應該是慧眼識珠，鄭沛芳為《把他看穿》寫序，如題目所宣稱：〈這是一部都市女性的「愛情聖經」〉。

　　關於此書起源，張鳴真說，每次收到讀者來信，看之前都會極度緊張，害怕又是一個女子的愛情悲劇，於是便決心要寫一本書，讓女人看清男人。鄭沛芳說好，她要做第一個讀者，收到這本書稿

後，知道鳴真終於做了她想做的事。外人看來很戲劇化很好看，但是書裏的故事都是真實的，她真希望她們都只是故事，因為裏面是多少女人的辛酸和痛苦所構成的，真是如戲的人生。她們兩人曾經談過，曾經一起為這些女子的遭遇嘆息。更會內心氣憤：為什麼這些女子不看清楚男人的本性呢？為什麼這些女子要把男人捧得那麼高，把自己放得那麼低呢？

鄭沛芳說，鳴真這部書，就是一部都市女性的「愛情聖經」。都市中的女子們，要好好地瞭解男人、好好地琢磨男人，只有把男人看穿了，才能從容地與他們「見招拆招」。

鄭沛芳這個在中國大陸和香港工作已長達十年的臺北女子絕對也是一個人物。她曾在博客坦露做節目的世態炎涼，膽大不輸於北京的胡紫薇。看過她文字的人說，歲末年頭，猛女出沒啊，而且都是女主持。鄭沛芳最感嘆男人往往只有一個功能——情、性、錢、事業只能擇其一。她說像她這樣不願明買明賣，只想跟一個男人就得到全世界，反而什麼也得不到，結果比妓女還不如。想要簡單、單純的人生，竟變成是自己貪心要得太多，換來的是傷痕累累的靈魂。

她感嘆道：沒有家世、背景怎麼可能出淤泥而不染？她甚至說，結婚對女人不過是長期賣淫……做一個當性關係只是握手的女人，當人生只是一場遊戲，那麼她的痛苦就會自動解除，多年來道德的枷鎖，也就迎刃而解了。鄭沛芳似乎已經看穿了人生？但事情又不像。事情還不至於如此吧？

鄭沛芳說她和張鳴真曾經都以為現代女性應該是獨立的、自主的，直到在節目中在讀者來信中看到那些真實的故事，才知道現代女性的獨立、堅強只是外表，在內心深處，她們還在尋找一個可以

依靠的男人，於是注定了要受傷。也許，這個「註定」便是結論？
這又似乎是宿命論了？

　　無論如何，鄭沛芳喜歡看張鳴真寫的文字，不光是她對男人的
看法獨到，還有她在文中的自我剖析和女性文化的探討。她感悟
到，讀了張鳴真這本書，不光能看穿男人，還能看穿女人自己。

　　鄭沛芳的評論的題目其實就是：〈看穿他？還是看穿自己？〉

　　不管鄭沛芳這位「第一讀者」是看穿他還是看穿自己，而且是
否已經看穿，或者永遠看不穿，現在的張鳴真是一個甜蜜的女人，
享受著丈夫的愛，寶寶又十分可愛，事業也大有成就。作為一個男
性，筆者雖然因為在被看穿之列隨時也會被看穿可能不無尷尬，但
更為尚未見到真人的鳴真之才所雷到，更欽佩她的博愛──她希望
更多的女人當然也包括鄭沛芳像她一樣幸福，希望女人在看清男人
的基礎上找到自己的幸福。

　　　　　　　發表於《澳洲新報‧澳華新文苑》第368期

新嘗試，新突破
——談曾凡小說《麻將島》

一

曾凡2005年離開澳洲，說要在中國大陸住一段時間。第二年3月，我到澳門參加世界華文作家協會第六屆會員代表大會暨學術研討會，非常高興又見到她。她也參加大會，而且就近從珠海過來，不像我們千里迢迢。她告訴我說她現在除了相夫教子之外，就是潛心寫作。我知道，曾凡去年很榮幸地獲得澳洲藝術委員會一筆基金，贊助她的小說創作。她要完成任務。

曾凡近照。

曾凡會上送了我一本去年出版的她的第二部長篇小說《在悉尼的四個夏天》。我過後在悉尼給她發了個電郵，說：回來後就看你的書。寫得很不錯，結構好，特別文字很老練（有些出乎我意料之外）。曾凡馬上回我說：非常感謝您的鼓勵。她說她現在正寫的小說感覺很費勁，所以聽到些鼓勵的話很高興。她現在總覺得寫不出來，自己都有點搞不懂上兩部書是怎麼寫出來的了。「是不是寫作的人都會有這樣的階段？有時候我想，等我寫完這部，再也不寫了。煩死了。」

　　看她這樣焦慮的樣子，我出個點子，告訴她或者先把這部放下來，過一段時間再寫。這段時間回想一下前兩部是怎麼寫的。例如：寫作中是怎麼改變全書結構的（她那兩部長篇開始寫時並不是成書後相當好的結構），文字是如何成為現在這樣的，這些年看什麼書經歷什麼事……等等，等等，總結總結。但她不能照辦，因為她寫的這篇小說是有時間限制的，不能放下。她說這可能也是讓她煩躁的原因。

　　幸好，她終於完成任務了（雖然趕任務並不好受）。前幾個星期，她把整本大作傳來給我，近四萬五千字，書名叫《麻將島》。

二

　　「這是在麻將島，在2020年。」

　　「麻將島」是一個虛擬的所在；2020年發生的事件當然只能是一種推測──這是一部未來小說，寓言小說，寫得好的確有一定難度。

　　曾凡找到這部小說的最初構思早在2005年初，就像她提交給澳洲藝術委員會的申請表上所言。那時她一個人帶著孩子在悉尼，有一些朋友從中國來旅遊，在與他們的聊天中，她有所感觸。這些朋友都是在商場上滾了二十來年的人，經歷過大起大落，彷彿天生有種樂觀和不服輸的精神。他們最喜歡的娛樂是打麻將。曾凡聯想到打麻將與中國人的生活態度有一些相似。麻將與橋牌不同，更多依賴於運氣，打法也很獨特，四個人，一個對付三個，每個獨自為戰，也有暫時的聯合，而且總能換牌，總有機會，總可以投機取巧。真類似中國人的處世哲學。從這些朋友身上，曾凡聯想到更大

的範圍，想到前兩年非典流行時的狀況。當碰到有關生死的重大問題時，人們是怎麼處理的呢？這就是這本小說企圖觸及和探討的。

曾凡覺得，其實也是大同小異。大家更多地依賴命運。起初有些害怕和反思，但後來就不怕了。人那麼多，死亡不見得會輪到自己，很有僥倖心理，如果說是一種「樂觀」精神，則是相當畸形的。當非典過去，人們又很健忘，又不關心保護環境了，又在得快樂時且快樂……

主題很明確。這是一部警世寓言。

曾凡采用了象徵的手法，虛擬了一個麻將島，將這幾方面綜合在一起。麻將象徵人們普遍的生活態度。我以為曾凡這樣處理是聰明的。

小說一開頭就是一句警告：

　　　　二月春風似剪刀，剪斷了某種DNA組合，蒲公英一樣的病毒漂蕩在空氣中，誰也不知道。

「蒲公英一樣的病毒」，「漂蕩在空氣中」，這些字眼，全書前後出現達十幾二十次之多。我懂得作者的用心。不斷重複，層層推進，顯現了一個實在的處境，突出了一種氛圍，表達了一個焦慮──置人於死命的病毒無所不在，和人類的活動一起活動，可是，「誰也不知道」，「誰也沒在意」。讀的人讀著讀著，似乎也受感染了，也擔心起來了。

最令人震撼的是，小說結尾時，小說一開頭那句警告又一次出現，並變成這樣：

　　　　夜色溫柔，包容了一切，另一種像花兒一樣美麗的病
　　毒漂浮在空氣中，誰也不知道。

　　「夜色溫柔，包容了一切」。人們大災難之後，依然故我，燈
紅酒綠，爾虞我詐，渾渾沌沌，不思改悔。病毒又無所不在地繁殖
滋生了，又一次，而且是「另一種」，可能更為可怕！但，一如既
往，誰也不知道，誰也不關心。書到此時結束，但故事還在繼續。
每一個讀者都會掩書嘆息：人，怎麼如此冥頑不靈!?

三

　　《麻將島》全書分為「一局麻將」、「夜宴」、「寂靜」、
「回憶」、「找尋」、「漂流」、「得救」、「狂歡」等八章，整
體的情節設置主要利用巧合，代表命運的捉弄。一些細節採用報紙
上一些轟動的報導，引發人的聯想。也許是得益於學理工科的訓
練，曾凡寫小說也不拖泥帶水。她以前出版的兩部長篇篇幅相對都
比較短。《麻將島》的題材足以構成一部長篇小說，但現在只是中
篇的篇幅，就像每章的標題一樣，寫得簡潔明快（當然，另一面，
便不夠淋漓盡致）。
　　作為寓言小說，《麻將島》中的人物，並不是具體的，而是某
一類人的代表，不免有賴於誇張，漫畫臉譜化。「總督大人」代表
那些有進取心但不無過失的一類，「才子」代表比較出世的虛無主
義，「娜娜小姐」代表世俗的愛和以愛的名義不擇手段的一類……
還有其他一些角色，都有寓意。作者顯然受安徒生童話的啟發，寫
的「小人魚」，雖然著墨不多，但描寫得很動感情。她象徵純潔的

愛和犧牲，最後以自己的生命挽救了麻將島。

　　誇張、諷刺，是寓言小說的慣用手法，曾凡在《麻將島》中也有出色的表現。麻將島上至總督大人，下到各色蟻民，打麻將是最中心的活動，而且標榜民主自由平等開放，基於這個荒謬的境況，誇張諷刺自然就貫穿全書，行文用字，大小描畫，無不或明或暗地透露出來。

　　如上文所引這句：「夜色溫柔，包容了一切，另一種像花兒一樣美麗的病毒漂浮在空氣中……」，「美」「毒」相連，包容一切的「溫柔」導致毀滅一切的殺機，卻「誰也不知道」！

　　再請看這段描寫：一個機器人向總督大人報告大街上到處是亡靈。總督大人一看，才發現死亡毀滅了那麼多，螢幕上白白的身影成群結隊地流過大街小巷，便急急地打電話質問民政部長是如何安排死去的人的後事的。

> 「沒有辦法啊，我的總督大人，奈何橋塌了。」
> 「那不是前兩年新修的嗎？」
> 「說的是啊，可是那混凝土裡沒放鋼筋。」
> 總督大人緊急命令建設部長在三天內建好奈何橋，建設部長說那來不及綁鋼筋了。總督大人說那也只好先這樣了。

　　「總督大人說那也只好先這樣了」——真是畫龍點睛。許多「豆腐渣」工程不就是在領導默許之下進行的嗎？

　　再如書中描寫：娜娜小姐發明了一種鍍膜玻璃，透過這樣的玻璃，渾黃色能變成蔚藍色，而其他的顏色一點也不失真。總督府的玻璃窗換上後，看出去大海一片蔚藍，真的很美。娜娜小姐還有許

多新發明，新點子，比如，將皺皺巴巴的生薑用硫磺熏一熏，就會變得鮮嫩光滑，飽滿誘人；將火腿肉用敵敵畏浸泡，就能肉質鮮紅，加倍新鮮……真是「化學多麼奇妙」！今天中國大陸許多大小老闆正是這樣都成了無所不爲、生財有道的「化學家」。

　　所謂朋友有五「鐵」：一起扛過槍，一起下過鄉，一起同過窗，一起分過贓，一起嫖過娼。麻將島的大員們狼狽爲奸，腐化墮落，比比皆是。例如財政部長。他最後和外交大臣所推薦的妓女性交之後雙雙死去。

　　還有：大災過後，總督大人要整治麻將島，但轉個彎還是：「首要的問題還是發展經濟，所以說發展是硬道理，先發展後治理。」才子的提議是要走一條有麻將島特色的道路，以麻將促經濟。具體做法有幾個方面。首先要大力宣傳麻將文化……

四

曾凡長篇小說《在悉尼的四個夏天》封面。

　　曾凡自幼喜愛文學，看了很多書。考大學時，本想學文學，但考慮到還是應該有一門能養活自己的技術，所以學了建築，是中國第一名校清華大學的高材生，1989年畢業後從事建築設計工作。從1998年開始，因爲生養孩子和移民澳洲，就一直辭職在家，有了一些空閑時間，這時候，她的文學夢又浮了出來。

　　這樣，曾凡闖進了澳華文壇。聚會的時候，文友們會看到一位小個女人，形體瘦弱，淡雅簡樸的穿著，帶著個小男孩，斯斯文文，不聲不響地坐著，可能生性靦腆，內向，幾乎從來不發言，和

人交談也不多。就是這麼一個「不起眼」的女人，突然讓大家嚇了一跳。她不聲不響（又是「不聲不響」）寫了一部十二萬字的東西，徑自寄給一間毫無關係一點也不熟悉的出版社，編輯閱稿滿意就排版付印出版上市了，曾凡不花一分錢還獲得稿費。這就是《一切隨風》這部長篇小說，2003年7月由北京知識出版社出版。兩年之後，又是7月，曾凡以同樣的方式，讓大連出版社又出版了另一部長篇小說，二十萬字的《在悉尼的四個夏天》。

　　《一切隨風》是一個從網上聊天開始的婚外戀的故事。曾凡想以這個網戀故事記錄她們這一代中國大學生的一些生活經歷和社會觀念的變化。全書共分十一章，每章的前半部分是情人的自述，後半部分是太太的自述。每部分都用第一人稱，達到一種對比的效果。《在悉尼的四個夏天》寫一個北京女孩，在悉尼留學，住了四個夏天，遇見了三個男人。她與這三個男人的交往和愛情是全書的主線，內中穿插了另一對華人夫婦的情感糾紛以及其他幾個女孩的留學經歷。兩部作品本來都是想按時間順序寫的，寫到一半的時候，突然像是靈感來了，一個改用對比的結構，一個是時間跳躍了，只寫夏天。曾凡回憶，有了個滿意的結構，寫起來很順也很快，寫成之後也比較滿意。

曾凡長篇小說《一切隨風》封面。

　　《一切隨風》寫的是中國，《在悉尼的四個夏天》寫的是澳洲，不管中國或是澳洲，都是曾凡經歷、熟悉的生活，可以說是她這麼多年來看的書和經歷的事的一個自然的生成。可是《麻將島》這部就不同了，是關於未來的寓言小說。一些細節要借助報紙上的

報導，難免粗直，缺乏親歷親感的細膩和微妙。難怪曾凡寫時總覺得寫不出來，煩躁到甚至說「再也不寫了。煩死了。」

「是不是寫作的人都會有這樣的階段？」應該說絕大多數都會，特別當處理新的題材、試驗新的寫法的時候。《麻將島》的寫作正是這種狀況。但這個磨練是必經的、值得的。寫作《麻將島》，意味曾凡小說創作道路上新的嘗試，新的突破。曾凡是一個進取心很強的人（她曾向我透露她還想在澳洲大學再補學一下文學的願望），我絕對相信她肯定會寫下去，而且會越來越好。

發表於《澳洲新報·澳華新文苑》第248期

她去了，一片紫色的煙霧……
──悼念郁風老太太

一

2007年4月15日淩晨0點48分，郁風
永遠離開了我們。她是個永遠樂觀
的人，她一生崎嶇坎坷，但卻慷慨
多姿，所以才有那麼多的朋友、永
留在那麼廣大的人們心中。她是個
總為別人操心、安排的人，但自己
不願受人擺佈，她最不喜歡別人為
她哀傷。所以根據她的遺願，不再
舉行任何追悼會或其他告別儀式。

郁風遺照。

記住她的風度、愛心、藝術，這就夠了。她是個魅力永存的
人！承中國美術館最近籌備她與我的書畫展覽，此展覽將
於4月26日照常舉行，這應是對她最好的紀念。在她病重之
中，許多親友不斷致意問候，我們在此隆重致謝！

　　噩耗自北京傳來，郁風老太太駕鶴西歸，這是她的夫君黃苗子
老先生攜子女所作的〈辭世說明〉。
　　她去了，一片紫色的煙霧……
　　我在哀思中，突然感觸到這樣一種意境。

這是郁風老太太所鍾愛的澳大利亞蘭花楹啊。

1989年，郁風同丈夫黃苗子從發生了大事的中國移居澳大利亞，住在布里斯本。剛到不久，郁風發現了這種前所未見的花樹，便驚喜得不得了。在一封給朋友的信裡，她描寫道：

> 我第一次發現它是在博物館旁邊一片空地上孤零零一棵大樹。其他的樹在冬天也不落葉，而它卻姿態萬千地全部以粗細相間的黑線條枝丫顯示它的生命力。有一天我又經過那裏，突然它開出滿樹淡藍紫色的花！沒有任何綠葉和雜色的花。再過幾天越開越盛，枝丫全不見了，一片紫色的煙霧，地上落花也是一片煙霧……

蘭花楹，又叫紫楹或藍楹，英文名是Jacaranda，音譯成中文就是「捷卡倫達」。蘭花楹每年十月中旬──也就澳洲的春天──開花，花期一月有餘。那些時日，公園裏，街道兩旁，住家的前院後院，甚至山坡河谷野地中，幾公尺到十來公尺高的蘭花楹一樹都是花朵，而且只是花朵，好似一團團淡紫色的霧靄，如夢如幻，又純粹，又浪漫，讓人醉入心扉。這還是零星獨處的花樹。如果是一排排或者一叢叢的蘭花楹長在一起，成行成片，那更像紫霧繞天，氣象萬千，震撼心靈。那個輝煌的盛開的景象啊，可以說是旁若無人的盡情舒展，或者說得更好是傾盡全力的無私的奉獻。真是無私的奉獻！每天清晨，淡紫色的落花，散發著淡淡的清香，閃爍著晶瑩的露珠，鋪滿一地。但樹上，依然是滿滿的一樹的花朵，這美麗而又奇妙的紫藍花怒放著，飄散著，似是開不敗，散不盡……

又過了一些年月。郁風更喜愛她所稱之的「十月的春天」，而

她去了，一片紫色的煙霧……　159

且衍及澳洲整片土地和它的自然環境、社會生態。在她的一幅水粉畫下，郁風深情地這樣寫道：

> 紫色的Jacaranda代表南半球十月的春天。我曾居住在南極最近的澳大利亞十來年，那是如今地球上少有的沒經過戰爭蹂躪的土地。在這裏保持了比較原始的人的欲望，保持了人和土地、大海、動物、自然的關係。生活中需要有花草樹木，有鳥有魚，就和需要有水有空氣、有食物、有快樂、有友愛、有自由一樣地天經地義。

年過九十的老太太，在生命的最後日子裡，突然很多次跟她在北京的友人講起澳洲的Jacaranda。北京的去年秋天，她想到了，此時的澳洲，正是春天，是蘭花楹盛開的季節。去世前不久，有一天，她又

《十月的春天》：郁風畫澳大利亞蘭花楹（2000年）。

說，真想再回一次澳洲，再看看盛開著的Jacaranda。那時，她剛做完一個療程的放射性治療。她心裏一定很清楚，今生今世，這個願望很難實現了。

她去了，就像一片紫色的煙霧……

按照郁風生前的遺言，喪事從簡，不設靈堂，黃老攜子女只給親朋好友發了以上幾百字的說明，附上郁風生前所作並非常喜歡的兩幅水粉畫：一幅是故鄉富春江邊的風光；另一幅就是澳大利亞的蘭花楹。

二

　　在布里斯本，不經不覺，郁風和黃苗子轉眼竟度過了十個春秋。就是那段日子，他們又找到心靈的安寧。不消說，郁風終於開筆作畫，特別畫了很多張蘭花楹的水粉畫。他們進行講學和書畫創作，撰寫文章，詩詞唱酬，舉辦展覽，周游列國，日子過得既安樂又充實；他們的成就，更受到各方面的高度贊揚。

　　對於澳洲華人文化界，黃苗子和郁風伉儷的到來，是一件可遇而不可求的大喜事。這是一對遐邇馳名的中國當代文學藝術界中的「雙子星座」啊。

　　有一次，這些文化人以「蝶戀花」詞牌作詞唱酬，便甚為熱鬧。是1995年9月吧，黃苗子和郁風雙雙來到悉尼，和梁羽生、趙大鈍等澳洲名家歡聚。回家之後，黃苗子作詞一首，題為：〈一九九五年九月末悉尼歸來寄羽生兄暨諸友好〉：

> 少年子弟江湖老，賣藝江湖轉眼成翁嫗。潑墨塗鴉堪絕倒，可曾畫餅關饑飽。
> 大俠健強兼善傳，佳話勠詞載遍悉尼報。客裡相歡朋輩好，人生最是情誼寶。

陳耀南〈次韻敬和苗翁前輩布城惠示大作〉云：

> 鴛鴦翰苑同偕老，比翼江湖共羨雙翁嫗。起鳳騰蛟人拜倒，藝林滋茂心靈飽。
> 說法生公為眾禱，絕妙佳詞寰海爭傳報。共道南洲風物

好，相濡相愛仁親寶。

趙大鈍則言〈苗子道兄寄示此調依韻奉酬並希正拍〉：

劫罅翻身成大老，七載牛棚苦煞閨中嫗。魑魅擠排翁不
倒，沉酣南史忘饑飽。
蔗境終嘗心默禱，挽臂雲遊轟動梨城報。藝苑文壇齊叫
好，逍遙雙璧今瑰寶。

黃苗了興發，又作　首，為〈步前韻奉答大鈍耀南兩公並寄羽生俠
者〉：

八十老頭顛到老，四處塗鴉見惱山陰嫗。昔是牛蛇曾打
倒，如今瞧著侏儒飽。
半夜心香何所禱，大俠鴻篇再遍環球報。松雪迦陵詞句
好，頻傳嘉什當家寶。

梁羽生依韻奉和云：

踏遍青山人未老，休笑相逢朋輩皆翁嫗。風雨幾番曾起
倒，關情憂樂忘饑飽。
浪跡天涯惟默禱，夢繞神州只盼佳音報。更起樓臺前景
好，省伊宮女談天寶。

趙大鈍依韻再製一闋：

八二阿翁刀未老，四顧躊躇並翼添賢媼。天下問誰能擊
倒，頻干氣象毫酣飽。

我向阿翁遞一禱，踐約重來介壽瓊琚報。願月長圓花永
好，人生難得寶中寶。

1997年，趙大鈍出版《聽雨樓詩草》，黃苗子欣然評論，指
出：趙詩不藉典故的堆砌，純用白描去寫，這種千錘百煉的濃縮文
學語言，非有湛深的功底不能達致。聽雨樓的詩極似白樂天，但比
白詩略多一些蘊藉。黃老見解中肯，深為眾人佩服。此詩集的封面
為郁風所作的《聽雨樓圖》；黃苗子又調寄「點絳唇」，題曰：

淅瀝添寒，憑伊隔個窗兒訴，淋鈴羈旅，舊日天涯路；
濕到梨花，廉卷西山暮，花約住，春知何處，深巷明朝去。

南澳國學耆宿徐定戡和黃苗子原調原韻一闋：

剩水殘山，黍離麥秀憑誰訴，圖南羈旅，目斷鄉關路；
問到歸期，風雨重廉暮，春且住，相依同處，莫便匆匆去。

悉尼女詩人高麗珍題：

小樓連夜聽風雨，紅杏今朝絢野林，
安得先生春睡穩，賣花聲裡閉門深。

墨爾本書法家廖蘊山題：

一塵堪借老南瀛，到處隨緣聽雨聲，
不管高樓與茅屋，滂沱淅瀝總關情。

著名武俠小說家梁羽生題：

一樓鐙火溯洄深，頭白江湖喜素心，
莫訝騷翁不高臥，瀟瀟風雨作龍吟。

博學多才的劉渭平教授則題：

瘦菊疏篁又再生，小樓橫隱晚方晴，
知翁得失渾無與，祇有關心風雨聲。

1997年，悉尼文壇名人趙大鈍出版《聽雨樓詩草》，郁風為詩集封面創作《聽雨樓圖》；黃苗子在圖上題《點絳唇》詞。

趙大鈍自題云：

> 風雨山河六十年，儘多危苦卻安然，
> 垂垂老矣吾樓在，依舊聽風聽雨眠。

這些絕妙詩詞勾畫出《聽雨樓詩草》一書的主旨，也表達了作者們各自的又相近的品性神態、心情志趣。真是心有靈犀一點通。想到他們大多已是耄耋之年，其心可鑒，其情可嘆。

黃苗子和郁風與青年才彥的交往也很多。兩老1999年3月來悉尼時，送書法家梁小萍一本散文集《陌上花》。這本書主要敘述他們兩人的人生桑滄和感懷，淡淡道來，不著痕跡，但可以讓人在笑中流出眼淚，或在流出眼淚的同時笑出來。梁小萍作了一首回文詩——〈讀前輩苗子郁風散文集《陌上花》感懷〉：

> 陌上飛花動婉情，煙塵半紀逐空明。
> 跡留藝海痴雲逸，英落淒風聽雨驚。
> 奕奕文詩凝喜怒，緩緩韻律伴枯榮。
> 碧蘿綠泛幽春夢，夕照萍蹤撫晚晴。

（此詩倒讀則為：「晴晚撫蹤萍照夕，夢春幽泛綠蘿碧。榮枯伴律韻緩緩，怒喜凝詩文奕奕。驚雨聽風淒落英，逸雲痴海藝留跡。明空逐紀半塵煙，情婉動花飛上陌。」）正文詩中第一句「陌上飛花動婉情」嵌了書名《陌上花》，典出吳越王妃春天思歸臨安，王以書遺妃曰：「陌上花開，可以緩緩歸矣」。吳人用其語為歌，而苗子郁風兩老均喜其含思婉轉的歌詞，於是把「陌上花」摘為書名。

該書問世時正值兩人五十年金婚，而今又安居澳洲，真可謂「夕照萍蹤撫晚晴」。

三

郁風早年入北平大學藝術學院及南京中央大學藝術系學習西洋畫，師從潘玉良。但她說她長久以來沒敢把自己當作畫家，最多是業餘畫家。她說，三十年代、四十年代在戰亂和其他工作的夾縫裏，畫過漫畫、插圖、水彩、油畫，「也就那麼一點點」；五十年代、六十年代作行政或編輯，一直是選畫、談畫、掛別人的畫。十年大難不死，猶如再生的人，她開始認真作畫了，並發現用

年輕時候的郁風和黃苗子。

水墨宣紙更適於表現自己心中的意象。她的畫作中西合璧，融會古今，多為文人小品畫，屬彩墨範疇，題材廣泛，筆墨簡練輕靈，明顯透出女性的細膩。她晚年更熱衷於現代中國畫的探索，作品構思更趨精巧，色調秀麗，意境清雅，富有濃鬱的抒情意味，表現出現代中國人對於大自然的熱愛，也是她個人經歷的心靈感受，透出深厚的人文情懷。這種心靈感受不知不覺地引發人們的共鳴。如論者所言，郁風畫品很高。據報導，在4月26日開幕的《白頭偕老之歌──黃苗子、郁風藝術展》上，很多觀眾第一次見到郁風這麼多傑作，都驚嘆不已，沒想到郁風的繪畫藝術已經達到了如此高深的境界。例如展覽中一幅《江南春雨》，畫出了煙雨朦朧中的江南稻田、油菜花、白房子等等的奇妙景象。尤其是雨的畫法，很多人覺

得中國畫家中只有傅抱石在畫雨的研究上取得了突破，但郁風這幅畫中的雨也達到了很高的水準。其實，這是郁風一絕。她1997年為趙大鈍《聽雨樓詩草》所作的《聽雨樓圖》中的雨勢也是極其出神入化。

郁風不但能畫，其散文也是精品。她少時受到叔父郁達夫的影響，一直愛好新文藝。她的散文也富於畫家的獨特敏感，體現獨特的個人風格——優雅，沉靜，明麗、清新、純淨。她早年寫過《我的故鄉》，後來增補修訂為《急轉的陀螺》，近年又出版《時間的切片》《陌上花》《美比歷史更真實》《畫中游》《故人·故鄉·故事》等，很有一發而不可收之勢。

郁風一篇篇散文，也都是她個人經歷的心靈感受。

1990年12月，她寫了〈芳草何愁在天涯〉。蘇東坡一首詞——「客裏風光，又過清明節，小院黃昏人憶別」，很讓郁風感觸：自古以來不知多少詩家詞人寫盡人間的離愁別怨，惟獨蘇東坡雖一再被放逐，背井離鄉，到處為家，寫出詞來卻另有一番瀟灑，即使憶別，也不必哭哭啼啼，而是客裏另有一番風光，盡可排遣。

此篇美文最畫龍點睛之處是，郁風感悟了：「天涯何處無芳草」這句話如果反過來說，更是——「芳草又何愁在天涯」?!當時，郁風和黃苗子剛移居澳洲不久，新鮮的客裏風光吸引著他們新的傾心，喚起他們再一次搏鬥的生命活力。他們顯然以此自我激勵：「生命就應該在豐富的經歷和不斷有所奉獻的滿足中結束，而不管是在天涯，是在海角。」

在澳洲，在一個似乎與世界隔離但卻頗為自由的天地裏，在生平一段寧靜、舒坦、順心的異域生活中，郁風和黃苗子兩老對往事有許多回顧。郁風在寫出新作的同時，也整理她的舊作，一篇一篇

地審視，一篇一篇地刪改。她的新書《時間的切片》就是這樣整理出來的。這樣，同時也就是對自己過去的回顧與審視。1993年5月22日，郁風為此書寫了一篇題為〈縫窮婆的志願〉的序。她透露出，她曾經有過一個很怪的志願，說出來也許無人相信，然而它是真真實實在她心中存在過──就是想用她的下半輩子做一個專門為人縫補破衣的縫窮婆。她這個「志願」發端於她文革時的獄中生活。1971年11月，她從半步橋普通監獄被解到秦城，從四、五人一間的破舊狹窄囚室換成一人一間的單獨的新式牢房。提審的次數越來越少，「階級鬥爭」的是非糾纏逐漸在情緒上放鬆，在長長的不見天日、不見親人的歲月裏，郁風找到小小的「歡樂」，其中「最大的歡樂」就是每周一次發給針線縫補。她已經熟練得可以把任何難以彌合的破洞補得天衣無縫。「絕對的隔離能使人產生各種意想不到的生理、心理變化。」郁風因此就產生了這個作縫窮婆的志願。到1975年4月出獄回家後，她曾對黃苗子和兒子鄭重地說過。現在，郁風坦白說：「自然，成為一個志願，除了對縫補本身的興趣之外，也還有不願再當知識份了的意思在內。」

　　郁風覺得，現在的年輕人很難體會他們這「較老的最複雜的」一代在當時的心情。事實上，連他們自己也難說得清。例如，在那場可怕的打砸搶、毀「四舊」的浪潮中，眼看著自己心愛的書籍文物藝術品要交出來，郁風說他們恐怕主要的還不是悲傷，根本來不及悲傷，在困惑中思考得最多的還是每天在耳邊轟響的「最高指示」，時刻告誡自己的是要聽從偉大領袖毛主席的話──這是「文化」大革命，以前自己革別人的命，現在要革自己的命。志願做縫窮婆，也是革自己的命的「成果」之一。這背後的辛酸的無奈，郁風當時思想裏不清晰並不奇怪。不是要求知識份子「脫胎換骨」

嗎？當時，九死一生存活下來的一些知識份子，在淒風楚雨中的確改造得希望「重新做人」——但不要再做知識份子。

1992年前後有一段時間，黃苗子在為台灣故宮博物院撰寫巨著《八大山人年表》；郁風和居住臺北、從未謀面的林海音也建立了「特別的友情」，一封信就寫了兩千字。郁風看著一摞林海音寄給她的書，翻翻這本又讀讀那本，感到真是放不下手的一種享受，特別那本更像是她自己經歷的《城南舊事》。林海音2001年12月1日逝世後，郁風在一篇追思文章中說她敬慕林海音一生相夫教子寫作創業，說：「我不禁慚愧地想到，曾經被我青年時代自以為革命思想所鄙夷的『賢妻良母』這個詞兒，已由林海音賦予全新的意義！」論者認為，那是一個一生為家國多難發憤求強的舊時代閨秀的省悟。在這樣的意緒裏，郁風的文字帶著一股異常節約的隱痛，讀來更像一頁痛史的謙卑的註腳。

郁風為1996年11月出版的《郁達夫海外文集》寫的編後隨筆〈郁達夫——蓋棺論定的晚期〉，可能是她最重要、也最費時耗日的一篇文章了。她要為她三叔討回歷史的公正！大半個世紀以來，郁達夫都被冠以「頹廢作家」的頭銜——「曾因酒醉鞭名馬，生怕情多累美人」。後來有一本流行的《郁達夫傳》，概括說他是「與世疏離」的天才，評價好了些但仍然不準確。郁風說，郁達夫就是這樣一個直到死後半個世紀仍被誤解的作家。她強調：郁達夫的一生再複雜，也淹沒不了那條始終一貫鮮明的主線，越到晚期越執著，直到最後他給「文人」下的定義是：「能說『失節事大，餓死事小』這話而實際做到的人，才是真正的文人。」郁達夫是這樣說的，也是這樣做到了，還有比這更嚴肅的人生態度麼？

在更廣闊的意義上，郁風何嘗不知道，真實的歷史可望而不可

即。歷史往往由權力編織而成；歷史往往被意識形態所歪曲。一切
歷史都是當代史。這是義大利哲學家克羅齊（B・Croce）說的。
對芸芸眾生來說，討回歷史的公正何其難哉！不過，郁風以她非凡
的氣質和感悟，已經大大超越了這一層面。1996年10月25日，郁風
從布里斯本家裏給北京傳記作家李輝的一封信上說，她同意亞裏斯
多德「美比歷史更真實」的見解。的確，美是容不得一點虛假的；
美是真與善的體現。對郁風來說，美是如此的重要，她對美又是如
此的敏感。她在信上說：

> 我這個人算不算有點特別，從小到老，現在八十歲還是這
> 樣，看著窗外一棵樹，路邊一種花，天上一塊雲，遠遠一
> 幢房子，或是什麼別的，上帝或人工的操作，只要覺得
> 美，都能使我著迷。哪怕是關在牢裡的歲月，看著那肥
> 皂盒裡的綠茸茸的青苔就舒服，美滋滋的享受，哪怕是片
> 刻，也能完全忘記一切。至今坐飛機坐車我都願靠窗，只
> 要不是黑夜，我總不想閉眼不看。

郁風與美同在；而美比歷史真實比歷史重要。美是永恆的。

四

郁風一生崎嶇坎坷。就像黃老攜子女所作的〈辭世說明〉所
說的。

這也是一個時代的傷痛：上世紀四十年代，郁風的祖母因拒絕
為日本人做飯凍餓而死；父親郁華為敵偽特務槍殺；三叔郁達夫在

印尼被日軍害死；而自己的一生更是大起大落。特別是在文革。1967年「五一」前，一個晚上，她突然從美術館公開關「黑幫」的「牛棚」裏被單獨拉出去秘密關黑房，並被打昏在地。1968年6月，她又一次不由分說地被綁架，秘密轉移到美院、戲劇學院和電影學院三處地方，然後到8月又被送回美術館，秘密單獨關在樓上，直到9月4日早上被逮捕入獄。這樣，到1975年4月出獄，她竟然坐了七年牢！

而郁風可是一位「老革命」呢，早在二十世紀三十年代就在上海參加救亡運動，抗戰開始追隨郭沫若、夏衍等人，從事革命文化工作。但壞就壞在郁風當年在上海工作時認識了江青並成了好朋友。1945年國共重慶談判時，江青秘密到重慶還住在黃苗子郁風夫婦的家裏。文革掀起後，位居中央要職當上「旗手」的江青，最怕自己在上海的不光彩的經歷被人知道，到處抓知情人。郁風卻遲鈍於政治的險惡，竟然在這當口，給江青寫了封信，敘敘舊。郁風這封信無疑給她提醒這裏還有個漏網的。

郁風遭災也因受黃苗子「牽連」。他們兩個的社會背景相當不同。黃老1913年生於廣東省香山（今中山市）書香世家，本名黃祖耀。父親黃冷觀在香港辦中學，嶺南名家鄧爾雅跟黃冷觀是老同學，就經常來教這個小孩書法和古典詩文──開啟了黃苗子一生為學之門。1932年，黃苗子從香港跑到上海投筆從戎。黃冷觀緊急給曾同為同盟會員、時任上海市長的吳鐵城拍電報，拜託他關照兒子，結果拜吳之賜，黃苗子一直是拿鐵飯碗的國民黨政府高級公務員。黃苗子身在官場，心在藝壇，交游甚廣，與許多革命左派文人藝術家成為至交。他利用特殊身份，為共產黨作了貢獻，但套用中國大陸過去一個術語，卻屬「政治背景複雜」，每當政治運動到來

——這種運動又偏偏頻頻到來——便不無麻煩。

郁風溫厚樂天爽朗，雖然命運坎坷，「但卻慷慨多姿」。黃苗子也一樣，且更幽默達觀，甚至調皮。他說他有個習慣，不因生死煩惱，坐監，倒黴，反正就是如此，所以不犯愁，甚至把苦難當作深刻體驗人生、鍛煉情操氣質的機會。他調侃自己「從小就是個沒正經的人」。十幾歲時，萌生了向報刊投畫稿之念，想起個筆名，便接受嶺南畫家黃般若的建議，把小名「貓仔」兩個偏旁去掉，成了「苗子」。後來大家都說這名字起對了，黃老始終像只活潑率真的「貓仔」，一生屢經打擊，本性不改。1988年12月4日，黃老在〈我的自傳〉中說，他1949年到北京，一住至今，恰是四十年整，合指一算，其間當「運動員」至少十五年，當「學習員」也有四、五年，「流光容易把人拋」，拋去一半了。然而，黃老對此不幸卻泰然處之，而且還能如此調侃：

> 父親參加過辛亥革命，坐過牢。我自己也繼承過這個光榮傳統——坐過牢，不過不是為了革命，而是被十年浩劫中的反革命硬指為「反革命」。如果按照「否定之否定」定律，被反革命指為「反革命」就是革命的話，那我一生最革命的，就是這一次。

對於死亡，黃老同樣是超然的。但是，一生風雨同舟、相濡以沫、攜手到白頭的愛妻的去世，對一個高齡九十五歲的老人來說，打擊畢竟是太大了。黃苗子所寫的「辭世說明」，文字透出一種異樣的平靜；而在這些平淡文字下面，相信翻騰著無限的悲痛。在這些悲痛的日子裡，相信黃老心中起伏的，是綿綿不絕的追思。

　　他們結合，快六十三年了；而兩人相識相知，更是七十多年了。那是三十年代中期，才十七歲的郁風，到上海參加救亡活動，並在期刊發表畫作。黃苗子那時侯剛過二十，也在上海創作漫畫，編輯雜誌。兩人都喜歡藝術，彼此有共同語言，互相吸引，漸漸就走近了。黃老一定想起，他追求郁風時寫給她的詩：

　　　　乳香百合薦華縵，慈淨溫莊聖女顏，
　　　　誰遺夢中猶見汝，不堪重憶相聚時。

　　當黃苗子向郁風求婚時，有一次最關鍵的時刻，為黃苗子擔任說客的是夏衍。夏公把吳祖光拉上兩個人專程到重慶郊外盤溪徐悲鴻的美術學院找到了郁風。他主要得給郁風解開政治問題的疙瘩。結果，夏公玉成了黃苗子、郁風的「國共合作」。1944年5月，他們在郭沫若的家裏舉行訂婚儀式。當年11月，不同政黨的要員在重慶一同參加他們的婚禮。書法大家沈尹默做證婚人，柳亞子和郭沫若合詩：

　　　　躍冶祥金飛鸑鳳，舞階干羽格黃苗。
　　　　蘆笙今日調新調，連理枝頭瓜瓞標。

　　黃老會想到文革中那個全國皆知的「二流堂」文化冤案。所謂「二流堂」，最初來源於1944年重慶一個名為「碧廬」的文化人的住所。當時，黃苗子和郁風剛結婚，在重慶定居，「碧廬」離黃公館不遠，所以常常過來。常聚的都是些文化名人，如革命家兼藝術家夏衍、漫畫家丁聰、劇作家吳祖光、畫家葉淺予、電影明星金

山、翻譯家馮亦代、歌唱家盛家倫⋯⋯等等。他們大多自由散漫，性情相投，喜歡聚會閒聊。剛好從延安來的秧歌劇《兄妹開荒》中有個陝北名詞「二流子」，他們便互相以此調侃。有一次，郭沫若來「碧廬」聊天，興致勃勃地要題匾「二流堂」，雖然並未題成，但「二流堂」的名號從此就叫開了。

1949年後，黃苗子和郁風、吳祖光和新鳳霞、盛家倫、戴浩等人住在北京「棲鳳樓」，盛家倫稱這裏是北京「二流堂」。舊雨新知，在這裡談天說地，雖欠舊時風光，也可交流心得、互尋溫慰。豈料偉大領袖點燃「文革」，這些文化人就徹底倒霉了。1967年12月13日，在洶湧恐怖的黑風惡浪中，《人民日報》赫然刊登了一篇檄文，題為〈粉碎中國的裴多菲俱樂部「二流堂」〉，罪名大得怕人。受害的除了一批熟知的堂友之外，還有陽翰笙、葉淺予、丁聰、馮亦代、潘漢年、趙丹、華君武、聶紺弩等人。黃苗子和郁風自然名列其中。這對夫婦雙雙含冤入獄七年，曾經關押在同一個監獄，卻相互不知下落。

近三十年間，黃苗子和郁風夫婦兩人聲名日隆。說到雙方都是藝術大家的夫婦，中國二十世紀很少，論者數得出的，大概只是錢鐘書和楊絳，吳作人和蕭淑芳，張伯駒和潘素等不多的幾對。黃苗子和郁風書畫合璧，均工文字，被譽為中國文藝界少有的才子佳人、「雙子星座」。但他們說他們不敢比，他們根本沒有成為什麼「家」，而是「行走在藝術世界裏的小票友」。黃老就調侃自己從外形到內在始終都很矮小，一輩子都沒有「日高千丈」的希望。他也一定想到

年老時候的郁風和黃苗子。

他們拍攝結婚照的趣事。是葉淺予想的辦法，拍照之前，在黃苗子腳下墊了兩塊磚頭。為此，夏衍還寫過一幅字，叫做「此風不可長」。

黃老不會忘記，他們先後在澳大利亞生活了十年，這裏地大人稀，住的房子很大，他們有一個很大的工作室，三個工作臺，中間有一個大桌子。郁風老太太畫完以後的顏料都不用收起來，黃老寫完了字就「偷用」太太的顏料畫畫。郁風經常是丈夫的第一個批評者，從直覺、構圖等方面，最不客氣地評價。黃老有時候聽，有時候也不聽。妻子的畫，黃老也批評。在他們北京家中，有一題為「安晚書屋」的書房，既可會客，也是兩老朝夕閑坐的地方。房門兩邊，各掛一幅古木，上面是黃老篆書對聯，右為「春蚓爬成字」，左為「秋油打入詩」，其調侃自趣，躍然字中。而黃老手書的「安晚」二字，正是他們自狀和自求的心態。兩老志同道合，互相影響，你中有我，我中有你，融為一體，直到最後。

多少年來，這兩個「小票友」朝夕相對、相互切磋琢磨藝術的情景，是多麼溫馨難忘啊。

而現在，從此卻人去房空。但願黃老節哀。

五

她去了，就像一陣輕盈的風，一團熱烈的火，一片紫色的煙霧……

郁風的逝世，牽動了中國國內國外許多人士的哀思。包括澳大利亞。郁風與黃苗子曾在這裏生活了十年，這裏有他們許多新老朋友。活躍在悉尼中西藝術領域的Mike Harty（何大笨）先

生，就是其中一位。這位西方奇人，雖然不會說漢語，卻善中文
書法與印章雕刻，曾與黃苗子、郁風結有深厚情誼。他極其欽佩
郁風的風度與學養。為了悼念郁風，他特意雕刻了一方印章：
「苔蘚籲勇且仁」。這位西方人記得郁風那段非凡的人生經歷
——郁風文革坐牢時，一天放風發現地面上的青苔，於是挖起並
秘密帶回監房，置養在肥皂盒中。對於酷愛大自然的郁風說來，
這一小撮青苔，在那暗無天日的鐵窗歲月，是一種生命的希望和
象徵。

　　梁小萍想到八年前兩老在悉尼給她贈送散文集《陌上花》的情
景，想到郁風的畫作《落葉盡隨溪雨去》，想到黃老為亡妻所作的
〈辭世說明〉——「她一生崎嶇坎坷，但卻慷慨多姿」，便哀思綿
綿，無法壓抑。她為郁風前輩寫了兩首悼念律詩；

其一
細雨輕敲陌上花，天憐莽莽失嬌霞。
誰書俊逸搴豐色，孰繪風騷抱彩華。
嫋嫋鮮荷還滴夢，淒淒淡月正搖蕸。
緩緩歸去仙山閣，問訊清魂幾訪家。

其二
漫若繽紛日歲紅，一生灑脫一如風。
一生優雅傳奇色，半百滄桑自在功。
西暢無崖遊奧渺，束睨目盡寫龍蔥。
吟成落葉隨溪去，騎鶴翩然逝遠穹。

　　澳洲的朋友們懷念郁風老太太。大家都知道她喜愛這裏的蘭花楹。郁風老太太今生今世，已不可能再回到澳大利亞，已不可能再見到她如此喜愛的蘭花楹了。然而，蘭花楹是有信的。一年一度，蘭花楹花開花落，從不耽誤。而芳華退後，枝頭上便漸長嫩葉，由淺翠轉為深綠，又是另一番景象。生命不息，美的力量不滅，不過是表現為另一種形態吧。

　　澳洲的朋友們知道郁風老太太有個英文名Wendy。Wendy的一個異體字是Windy——「風（有風的）」，或據她自己箋釋，倒過來是她的「風」衍生出Wendy。而Wendy的意思是「朋友，友好」，音譯為「溫蒂」，從音義推想，都有溫和之意，這也是郁風的為人。讓我們記住這位溫和友好樂天爽朗的老太太，記住她的風度、愛心、藝術。

　　行雲流水，歲月匆匆。這些年來，長壽的郁風和黃苗子曾經送走一個又一個老朋友。記得1995年夏衍去世時，兩老送了這樣一幅挽聯：

　　　　舊夢懶尋翻手作雲覆手雨；
　　　　平生師友一流人物二流堂。

　　此幅挽聯，也如論者評論郁風的文字一樣，「帶著一股異常節約的隱痛，讀來更像一頁痛史的謙卑的注腳」，不但點出長長歲月中的經歷與交情，也道盡此生的辛酸。不但是夏衍一人的辛酸，更是他們那一代受盡折磨的知識份子的辛酸。而這些人都是「一流人物」啊。

　　又記得2005年10月25日，巴金去世後八天，黃苗子郁風夫婦，

和丁聰沈峻夫婦、邵燕祥、陳思和、李輝等人，來到嘉興圖書館，參加「奔騰的激流——巴金生平活動大型圖片展」開展儀式。巴金去世前兩年，郁風畫了一幅《巴金在沉思》，現在展覽中有一幅郁風在她的畫前的留影，下面是黃苗子抄錄的巴金的言論：「建立文革博物館是一件非常必要的事。惟有不忘過去才能做未來的主人。」黃苗子在他的書法作品前留影。他書寫道：「對我的祖國和同胞，我有無限的愛。我用我的作品，來表達我的感情。我提倡講真話。2003年錄巴金一封信的話。」

這就是中華民族的知識份子。他們終生堅守的文化精神浸透著中華文化的精華。讓這些精神得以流傳並在所有人的心中開花結果吧。

或者，此時此刻，我們不僅悼念郁風老太太，也應懷念所有同一命運的中國知識份子——他們大都亦已經去世了……

2007年4月25日前後寫於澳洲悉尼

發表於《澳洲新報·澳華新文苑》第270～272期

以及北京「天益」（現名「愛思想」）等網站

痛苦是她詩歌的源泉──試談劉虹人生與詩品

一

試想像這麼一個場面：在澳大利亞這個位於南半球、遠離中國的英聯邦國度，在悉尼這個西方城市中的一間中式酒樓，幾十位華裔詩人聚會，兩位本地電臺漢語主持人和一位悉尼大學漢語教師，以朝聖般的虔誠，共同朗誦一首詩，全場屏息傾聽，結束時熱烈的掌聲經久不息，大家無不感動、欽佩，甚至肅然起敬……

劉虹近照（攝於2010年9月13日）。

這是澳州《酒井園》詩社2003年初冬（在中國是初夏）某天舉行的活動，朗誦的詩是劉虹的〈致乳房〉。

二

2003年3月4日，我收到劉虹的電郵，告訴我她大約一周後動手術。她說：我患乳腺腫瘤多種，先取出一個最危險的（當時被深圳和廣州幾家醫院疑為乳腺癌──筆者注）。我主要是身邊無人照顧，加上體質太差，心裏有點害怕。還有報社正在合併動盪時期，不宜住院請假；正在籌劃的詩歌活動也騎虎難下。最主要的，是女人對這種手術都有拒絕心理。我的身體從小就多災

多難，常常要承受病痛煎熬。她對我淒然地說，再給我一點勇氣吧。謝謝。又說，可以談談審讀我詩稿的意見嗎，感覺也行，這真是我的精神寄託啊。第二天，我又收到一封題為「劉虹致謝！」的電郵。信上說，我會記住你的鼓勵，願上蒼保佑我──手術提前了，再聯繫。

此後，我一直預感劉虹有好消息給我。3月20日一早打開信箱，果然！這是劉虹前一天發來的電郵，告訴我她已動了乳腺手術，萬幸是良性的，上蒼保佑！剛剛出院，今天提前上班了──工作環境壓力大，不敢休完病假。

她隨信附了一首詩，就是〈致乳房〉。

她問我，敢發麼？

我說，這正是我最想發的傑作。

她說，〈致乳房〉若真能發出，說明你們報紙夠開放。謝謝你對我的理解！

這是澳洲的報紙，談論是否「開放」有點奇怪，或者她那時對自己這首詩所達到的成就還未有足夠的把握？當〈致乳房〉發在《澳華新文苑》第58期上（2003年4月12／13日）時，我特地加了這樣一個〈編者按〉：

> 3月8日，劉虹於乳腺手術前夕，寫下〈致乳房〉這首詩。多麼淒美、盪氣迴腸的詩句！多麼深刻、真誠而又獨特的感覺！面對人生難關，她竟然能夠寫出這樣一首詩！也許正是處在嚴峻的生命體驗下，在惶恐中，又在極度的虔誠執著中，才能寫出這樣具有思想深度、又閃爍文彩的詩章。在眾多關於女人乳房的詩中，〈致乳房〉無疑是上乘的一首。

我自信我的見解不錯。

後來，劉虹告訴我一連串的好消息：〈致乳房〉在《星星》2003年6月號發出後，立即被國家最高級別的《中華文學選刊》推舉選用，以最快速度發在第8期扉頁上了。接著，又被《詩刊》11期選載了。陸續還有《詩歌月刊》、菲律賓《世界日報》、美國《亞省時報》、馬來西亞《清流》雜誌。此詩並在當年的全國詩賽中獲獎。劉虹一再強調：「我永遠記得是你慧眼識珠首發的，你是這首作品的真正伯樂！再次謝謝你！」

我對「伯樂」的贊謝沒有什麼感覺，只是我希望所有讀到〈致乳房〉的人都能感受作者的痛苦以及她在痛苦中對自己精神疆域的堅守。這首詩現在譽滿海內外，但它是在一種多麼可怕的狀況下寫成的啊！

回到2003年3月8日那天。

劉虹那天上午還在堅持上班，下午獨自去醫院辦理住院及手術的繁冗手續，晚上回到形影相吊的家，備感孤淒恐慌無助，自哀自憐中又心有不甘。她拼命壓住自己的軟弱、絕望的念頭，或者相反──絕望的念頭正在打垮她：以為一生在絕望中掙扎，現在可能真的走到頭了。

一個單身女性孤獨無助地承受也許是癌症大手術的身體重創已經夠慘，何況又要痛失女性美的標誌！何況痛失之後還要面對生死難定的生命掙扎！她想到即使僥幸不死於癌，但她純情至性付出血淚代價、守望了大半生的愛情從此更加遙不可及！即使能苟延殘喘，可生命的品質此後再也談不上了。她懷疑自己還有活下去的理由和現實能力……

　　死到臨頭的感覺，又不甘心就此了斷，此時她突然想到必須用一首詩，記錄這種痛苦的生命高峰體驗，也許這首詩就是她給這個世界最後的生命留痕……

　　這是三八婦女節之夜。〈致乳房〉在淚中急就——

　　　　我替你簽了字。一場殺戮開始前的優雅程式。
　　　　你恣肆得一直令我驕傲，可裏面充塞著
　　　　到底幾處是陰謀，幾處是愛情
　　　　你為陰謀殉葬仍然可憐人類：從現在起
　　　　生還是死，對於你已不再成為問題

　　　　也許愛情已虛幻得塵埃落定，你才絕塵而去
　　　　要麼全部，要麼全不，你和我一樣信奉理想主義

　　　　你旖旎而來的路上有太多風光但誰又敢誇口
　　　　景色？人人一睜眼就攝入心底並使英雄
　　　　雄起又跪倒，口中喃喃嬰語的——是誰？

　　　　這個女人的夜晚，我送行女人的美麗。

　　　　…………

　　　　都說黃河自你而來　長江自你而來
　　　　有關高度被低處的揮霍　歌裏沒說明白

在語言競相虛胖的時候　只有你把塌癟當歸宿

對於許多人包括男人　你是圖騰是宗教
是世世代代的審美敘事　也是功用是家常
是一生的外向型事業　和不絕如縷的下流之歌
是被榨取被褻瀆也奈何不了的　慷慨

一個詞因而借你還魂　今夜之後哪個詞還能
挺身而出　在你交出的位置號稱——母親？
在小路趔趄撲往家園的方向　虛位以待？

你在刀刃上謝幕　又將在我的詩中被重新打開……

　　這首詩可以看作是一個理想主義者的絕筆。它差不多是被當作遺囑寫的。所以，劉虹回憶說，當時的心情凜冽、決絕而又澎湃，基本是一氣呵成。又恰逢婦女節，全世界關注女性的時刻，但「這個女人的夜晚，我送行女人的美麗」，她卻只能凄哀地泣血而歌，自有一種諷刺的意味，充滿了生命的悖論！

　　〈致乳房〉全詩共五章，每章十一行，形式上比較整齊。以劉虹當時的心境和緊迫的時間，她根本來不及考慮詩歌形式的問題，可以說是自然流淌（只在十天之後作了輕微修改）。現在人們都一致指出，這首詩的形式是其主旨的非常恰當、完美的載體。劉虹謙虛地說這屬於「歪打正著」，事實當然不是這麼簡單。

三

　　許多論者都贊同，〈致乳房〉可以視作深度詩寫的成功範本（對比之下，當代中國大陸詩壇泛濫一時的下半身詩歌作者應當羞愧得無地自容——如果這些詩人尚存羞愧之心的話），體現了劉虹堅定的理想主義詩寫立場，她要傳達出：在這塊土地上，一個心地高潔、精神豐富、有靈魂持守的女性深刻的自我認定之上的對痛苦宿命的擔當。當然，以劉虹的人生觀和精神疆域，她不可能侷限於一己的命運悲哀，自然流淌出的是高標於世俗之上的一個大寫的人，對生命和世界的審視與浩歌。

　　就以〈打工的名字〉為例吧。

　　這是劉虹另一首重要的作品，動筆於2003年元月，3月修改定稿，五一節她在家寫詩，把這首詩又稍改了一下。一年之後，2004年2月，劉虹告訴我，此詩近期引起了文壇的關注，幾家報刊發表和轉載，包括《中國雜文選刊》，但她並不以為然——文學媒體也是跟風，跟中央「關注農民工弱勢群體」文件精神之風。而這首詩遠遠早於此風之前寫成——之前幾個月投稿卻無人搭理。一國家級大刊物在投稿八個月後、「風」盛之時，才又翻出來，說詩好，要發，責怪（！！！）劉虹已轉投《綠風》發出了。

　　〈打工的名字〉第一節整個是「名稱」的排列：

　　本名　民工
　　小名　打工仔／妹
　　學名　進城務工者
　　別名　三無人員

曾用名　盲流

尊稱　城市建設者
昵稱　農民兄弟
俗稱　鄉巴佬
綽號　遊民

爺名　無產階級同盟軍
父名　人民民主專政基石之一
臨時戶口名　社會不穩定因素
永久憲法名　公民
家族封號　主人
時髦稱呼　弱勢群體

真是不動聲色卻意味深長的排列。誰都可以看出其中的巨人的諷刺意味：農民工名實不相符、名字與名字演進的自相矛盾、和歷史更迭中被欺騙的命運。

下幾節都是農民工命運的討論的展開和深入。詩這樣結尾：

打工的名字，為找不到座位暗自羞慚
它決定對內作一次機構精簡，首先去掉
那些好聽但沒用過的學名尊稱和封號
重新起用曾用名，至於臨時戶口名悄悄地
暫時別報，當務之急是把討厭的時髦稱呼n次方
再乘以負數，算算最後值是梁山泊還是

梁山伯──哦，如果所有傷心都能化蛹為蝶……

打工的，在改名字之前做著最後的盤點。

劉虹說，之所以修改了好幾遍才定稿，就是想讓自己的熱血走到筆端時冷凝一些，不是直接為打工者「熱呼」，而是「冷嘲」社會的自欺欺人，喚起打工者對自己命運的真切認識和權益意識，並警示官府不要把人「逼上梁山」。

在書寫形式上，〈打工的名字〉保持了劉虹一貫的風格：追求情緒的內在節奏感、語言內核的張力，以及詞語質地的強烈對比與碰撞……但正如一些詩評家所稱贊，這首詩的特點是寫得比較「智性」。劉虹自己調侃說，她的邏輯思維（理性思維）大大強過她的形象思維（直覺思維），如果被傳統詩論判定，當為一個「不適合寫詩」的人。但始終她看重詩裏所傳達的思想──這塊土地上啟蒙的使命遠未完成。

劉虹的創作表明，她確實一貫重視作品的人文關懷和悲憫情懷──這是一個自由知識份子、一個詩寫者起碼的社會良知和道義承擔。她之所以能在中央文件之前寫出此詩（她此類關注底層群體的作品還有多篇），除了她一直堅持要用一顆樸素的靈魂傾聽大地痛苦的呻吟、絕不切斷詩寫者與現實存在的血脈這樣的寫作觀念之外，還因為她在新聞媒體工作多年，前幾年還負責過新聞投訴熱線，經常接觸到底層打工者的不平之聲、呼救之聲，聲聲讓人不安：這社會真是太黑了！簡直有官逼民反的勢頭！劉虹在工作中盡力幫他們向上投訴以解危難，但這並不足以平靜她的良心。正如她自己所說：

　　若我不寫出來，我的筆也會不安的。這個時代仍需要
鐵肩擔道義的、正直的、有熱血的詩人，社會的「痛點」也
是自己生命之痛！一個詩人的痛感神經麻木，就不配寫詩
了。所以我一直不能認同讓詩歌回到內心、只抒一己小悲歡
的寫作姿態。

　　前不久，劉虹來信說她正在編輯新詩集，出版商催著交稿，但
還是要等我的回音——她叫我看看哪一輯排第一、第二？看看那首
詩排第一、第二位置？她說是「求教」，我可擔當不起，但我毫不
猶豫地告訴她，就按現在第一輯排第一，而且，第一首應該改為
〈打工的名字〉，第二首為〈一座山——致鐘南山〉……，這樣更
突出這部詩集與眾不同——更注重其社會政治意義。

　　如她在新詩集《劉虹的詩》的自序中所強調：對於她，寫作最
直接的內驅力，是來自於對異化人性的傳統價值和中心文化的不認
同，是自覺的邊緣化精神生存下人性的持守與抗爭，是自我放逐中
對豐美生命的積極籲求和無奈喟嘆。在這個消費主義時代，應警惕
將詩歌淪為喪失心跳的把玩物，乃至狎褻品。作為女性詩寫者，她
秉持「先成為人，才可以做女人」的存在邏輯，不在詩寫中把自己
超前消費成「小女人」。她追求大氣厚重的詩風，貼地而行的人文
關懷，理性澄明的思想力度和視野高闊的當下關注……

　　劉虹講得真對：其實，一個人之所以選擇詩，首先來自於他歷
萬劫而不泯的率真與求真的健康天性；其次是超乎常人的敏銳的疼
痛感，和一顆樸素靈魂對世界深切而悲憫的撫觸。

四

　　三十年來，除中間斷了十三年（！），前後兩個時期，特別後期最近這幾年，劉虹詩緒猶如豐富的噴泉湧動，寫出一首首令人矚目的詩章，也奠定了她在中國詩壇的獨特位置。只算算她自己較喜歡的代表作，就包括有：〈向大海〉〈故鄉〉〈夜讀郭路生〉〈歡樂〉〈探月〉〈西部謠曲〉〈一座山〉〈致乳房〉〈打工的名字〉〈說白〉〈我歌頌重和大〉……閱讀這些詩章，誰都會有所覺察：顯然，劉虹選擇了一種「用生命寫詩」的詩寫姿態，而她選擇了這種詩寫姿態，肯定就是選擇了生活的冒險與苦難。

　　那麼，是什麼造就了這樣一個劉虹呢？

　　我第一次見到劉虹是在2002年12月，當時我從遙遠的南半球來到中國六朝古都、歷史文化名城南京，參加第七屆國際詩人筆會。

劉虹與郭路生合照（2004年7月於郭在北京的家裏）。

開幕前一天下午空檔，同是詩會代表的劉虹和香港的海戀來約我去拜訪南京的《揚子江》詩刊社──該刊剛剛發表了劉虹的作品，她已經與子川主編約好。於是我見到一位年近中年的女子，身穿火紅的大衣，整潔自愛；性格也很火紅，熱情大方，一見如故。

　　這就是劉虹。她送我一本她新出的詩集，書名是《結局與開始》。我說怎麼是北島的味道，她說她開始寫詩並在詩壇小有名聲的時候正是北島的時代，《結局與開始》的確是仿用北島一首詩的標題〈結局或開始〉，是概括她當時生活的「臨界狀態」──希望舊的結束，新的開始，雖然無論在生活還是寫作上，至今都難以對這一狀態有效突破，她說是作為一種積極的自我期待吧。

　　與結局、開始相關，劉虹迄今經歷了她生命中兩次流浪。

　　第一次流浪，是「文革」後期。剛讀中學的她隨軍隊總部的父母發配，從北京赴新疆。四天四夜，再加三天長途汽車，天蒼蒼，野茫茫，越走越荒涼。但西出陽關、有所隱忍的大悲壯，和第一次看戈壁日出、撞擊心靈的大感動，無疑為她五年後在邊陲戈壁開始詩的塗鴉、直至十年後參加《詩刊》社主辦的全國青春詩會，這一段與詩結緣的歷程，鋪就了她人格的最初底色；而被大西北廣袤襟懷和浪漫激情的深刻熔鑄，則注定了她詩的今生今世。

劉虹詩集《虹的獨唱》封面。

　　1976年她開始在《詩刊》發表作品時，跟朦朧詩一代人北島、舒婷他們的創作主題比較接近，有對傳統的叛逆，但她那時主要是批判的角度，而個人生存的痛切感遠遠不如後來在深圳那樣深切。

在北京解放軍總部優越的環境長大的她，那時還沒有真正體驗過底層的東西。最早讓她受震動、開始思考是1971年的「林彪事件」。還有上大學以後接觸到被打成「5.16分子」逃到西北的、思想解放比較早的紅衛兵，他們對她影響比較大，這也部分解釋她為什麼跟朦朧詩思想淵源比較近。

1987年底，劉虹傷寒重症初愈，不待好好休養，卻草草收拾行李：右手一隻小皮箱（內藏一本《里爾克詩選》），左手一隻編織袋（裝有一個300Ｗ小電爐），茫茫然登上南下的飛機闖深圳，開始了她生命的第二次流浪。這樣，時代與社會就在劉虹身上製造了一個奇特的現象：自上個世紀九十年代以來，市場經濟大潮空前釋放人的欲望，出現大面積的人心失守，道德淪喪；而她恰恰在深圳這個人性大實驗場的地方堅持她那種詩寫，好像在跟商業社會唱反調。她說，這既是出於無奈，也是一種奮爭，更多的是和自己較勁——看與商業社會格格不入的她，能活出多少能量來。

隻身闖深圳的第二次流浪，所贈予劉虹的生命體驗，可謂五味俱全，她覺得至今還很難說已梳理清楚。但有一條可謂最大的收穫，就是自己的人格經受住了「破壞性試驗」。像她所自我調侃的，她是個「徒有其名的深圳人」——多年來世俗功利上無所求獲，她只能按自己的價值觀，在世俗利益上有意識地自我放逐，以保存有限的心理能量來調節身心平衡，追求人格健康。她對精神生活有著非常強烈渴望，如果有半口飯吃，就會想著精神生活上的要求。她苦苦思索：文化人在這個遠未合情合理的境遇中，如何找到存在的座標，在物欲橫流、價值錯位中守望靈魂、完善人格、不迷失自我？她發現，這不僅僅是當今文化人面臨的問題，它也程度不同地體現著各色人等、包括「成功人士」的永恒惶惑——你是誰？

你到底要什麼？你如何要？這是正常人性最深處的疑問，也是人類
亙古以來面對自身的永恒追問——這便是人類開啟心理健康、人格
健全之門的鑰匙。社會轉型期、商品經濟大潮中出現的道德淪喪、
精神委瑣和人性異化的所謂「現代病」，就是在滾滾紅塵中弄丟了
這把鑰匙。而劉虹堅定地緊握著這把鑰匙，拒絕名利物欲誘惑，拒
絕把淺近的目標當作歸宿，拒絕把手段當成目的。

　　劉虹回顧，她一生基本都是一個人在面對社會。十五歲就參加
「革命」了，太小就嘗到了生活的潮暗面，長期的孤獨感，又一直
過得非人化（特指作為單身女性），加上一生體弱多病（原來心臟
就不太好，這是繼承了父親的家族病，七年前她父親就是為此去世
的）。總是在疾病中煎熬的她，有時真把寫作當成與生命賽跑，
活一天，寫一天。仙寫不動了，生命也就失去了意義。她看重生命
的尊嚴和品質，不能想像重病纏身、苟延殘喘、乞人憐憫、不能思
考和寫作的日子是不是需要過下去……總之，多病甚至也成為她目
前寫作的動力，懷著很強烈的緊迫感，要只爭朝夕。她又有太多的
與世俗格格不入的思想，骨子裏極悲觀，而她本來的天性是開朗活
潑的。這樣，劉虹一直有一種悲哀：健碩的靈魂追求，與病弱的肉
體之間，構成她生命的矛盾衝突。對此她曾報以苦笑——也好，否
則她可能早就成了行動上的革命黨人了。

　　在痛苦和矛盾中，劉虹從來不缺的更是率真、率直的天性。正
如劉虹自己所說，求真欲，是人類的基本本性，也是脫離動物界的
人性的基本文化。對宇宙、對自身無休止的發問，對大道、對真理
百折不撓的尋找，對破譯客觀和主觀之謎的永恒渴求——這種精神
化的、形而上的求索，是人類改造客觀世界、創造物質文明的動
力，也使人自身在主觀世界裏不斷得到昇華，不斷被更高地文化

著。求真欲在很大程度上決定著價值觀（她自己的經驗證明了這一點）。只有具備強烈求真欲、身心潔淨的人，才不會為一時一地的世俗功利所羈絆，才能在物欲世界甚囂塵上時有自我放逐的勇氣……

五

　　劉虹曾在詩集《結局與開始》後記中，把到深圳之前和之後的詩歌創作作了一個盤點：前一階段可稱為廣闊些的「大地憂思」，後一階段則更多的是切近的「存在之痛」。抒情的熱與冷轉換，同具生命的真誠和質感，只是後階段更多一些欲飛折翅的無奈與惶然。

　　「大地憂思」正如當時的朦朧詩那樣，主要指憂國憂民的意識，包括對民族劣根性和文化傳統的反思，對「文革」和中國苦難的反思。

劉虹（前排左四）攝於一個中國大陸女詩人研討會後。

　　從一己的生存感受推及到大家的窘境，從過去輕飄飄的生存優越感到觸摸切近的存在之痛，這是劉虹的一個很大的轉變。「大地懷思」好像更多一些居高臨下、悲天憫人，她那時是跳出來客觀地觀察比較多，有些「隔」；而她更直接的、切身的是在深圳，走到了「存在之痛」，置身其中。如論者所說，如果把她的〈致乳房〉與同時創作的〈打工的名字〉放在一起考察，就可以更容易地把握她的人文關懷，這也是她的後期創作主題「存在之痛」向前期主題「大地懷思」的重生性迭合與深化。一個理想主義者，肯定是有著更多自尋的痛苦，所以劉虹為什麼會寫到「臨界狀態」、「刀尖上的舞蹈」這樣的詞。由小我的一己之痛深化到轉型期的中國社會、民族的痛苦——從痛感出發，她覺得就抓住了寫作的本質。而以前多是從「思考」出發，現在走到了「痛感寫作」，詩人主體意識更強，更加直接進入詩歌。她說她的詩寫經驗若縮為一句話，就是魯迅那句名言：噴泉裏流出的是水，血管裏流出的是血——好詩必須和詩人的靈魂一起熔煉；詩是活出來的，不僅僅靠舞文弄墨。

　　劉虹聲稱她特別為「苦難中堅守的高貴」而感動和震驚。她說，如果不能活出智慧和幽默的風格，那麼守住悲壯和沉鬱也是一種大美，一種有力度的美。她詰問：一個不願堅守與擔當、不在乎自我形象、惟權是仰、唯利是圖的民族，何來高貴？苦難可以造就出悲壯，也可以造就出鄙俗——就看什麼樣的民族精神作底子了。

　　但在苦難中堅守高貴是要付出慘重的代價的，不單是生理上代價；作為一個理想主義者，對痛苦宿命的擔當必然要在思想上、乃至生存上均要承受殘酷的而且無窮的煎熬。

今天中國大陸，在當今社會的價值座標上，太多的人趕著歌頌盛世太平、炮製「主旋律」還來不及，或者與時俱進，投合商業需要，及時以文字換取物質利益；而劉虹卻恪守「精神邊緣主義」，追求前瞻性和由此而來的批判性，嚮往堅持自由思想、作為社會良心的知識份子的永不合作的姿態，希冀自己永遠能為社會指出新的標高！冥冥之中，生命的走向似乎遵循一條堅韌的、內在的軌跡：劉虹在上個世紀七十年代中期十多歲時就已朦朧感到「社會肯定」與「自我肯定」在她身上可能永難一致。當然，她更看重的是後者。無論生活還是寫作，她都只聽從內心的呼喚，忠實於生活賦予她的真情實感。那麼，既然劉虹不圖見容於主流社會，主流社會怎麼會特別惠及於她呢？

可能在深層的、也許是永恆的意義上，對劉虹更為殘酷更難解脫的折磨還不是社會政治問題，而是人性問題。

劉虹歷來反感從太生物學的角度談兩性寫作的差異。她說，女作家、女詩人、女性書寫、女性意識、女性視角……等等，無論是他人評判還是女詩人的自我觀照，都應該首先把自己當作一個「人」，然後才能做女人。不能過分標榜女性詩歌、女性寫作，要

劉虹詩集《結局與開始》封面。

跳出「小女人」的圈子，首先追求活成一個大寫的人，寫出真正的人話，以促進社會的更加人化。基於這種觀點，在2003年9月「第八屆國際詩人筆會」珠海詩歌論壇上，當廣州一位女詩人強調女性生理、心理、情感上的特點，強調女性詩歌在藝術風格和審美取向都有別於男性，並呼籲男士們更多地關注、評論女性詩歌時，劉虹提出了不同的意見。她這幾年還反

復強調：一生反抗「被看」意
識，是成為真正的現代女詩人
的一個重要前提條件。劉虹對
那種給詩塗口紅、穿露臍裝，
甚至塗上經血的所謂「女性意
識」更是絕對不屑與為謀。這
樣，劉虹是佔據了某個詩寫理

2004年1月2日劉虹與朋友們攝於北京（前排左
起：少君、劉虹、章詒和、朱建國、何與懷；後
左起：焦國標、李建軍、王佩元、蕭夏林。

論的高地──或者擴大一點說──某個文學理論的高地，但這個高
地在當今中國大陸社會的經濟人潮的包圍、衝擊下，周邊已出現許
多流失；而站在這個高地上的劉虹不免顯得煢煢孑立，形單影隻。

　　劉虹的「精神的潔癖」的極致是她對愛情的真諦的堅守；作為
反面，是對愛的缺席的憤激和悲哀。這是她近期詩歌的一個核心主
題。早在寫於1987年8月《詩刊》社第七屆青春詩會的早期代表作
〈向大海〉一詩中，劉虹就已經淋漓盡致地抒發她對理想對象的追
尋、張揚她理想主義的愛情觀了。值得注意的是，她當時就已經有
了預感，這種理想境界決不容易達到，甚至不能確定：這是「你我
共有的高貴，抑或悲哀」；而假如這種理想境界無法達到的話，
「將是我一生的──慘敗！……」在詩中，甚至出現這些不祥的哀
嘆：「在死亡之上，部署切膚之痛的──愛」；「每一次撲向你，
都是向你訣別」！顯然，有一種超越時空的災難，藏在劉虹靈魂深
處；而人性中永遠無法完全徹底擺脫的動物性，便是製造這種災難
的罪魁禍首。當我看了劉虹寫於2004年3月題為〈找對象〉的關於
愛情哲理的隨筆後，我就對她說：「猶如徹底的人道主義只有在文
學藝術中才能實現，完全理想主義的愛情在生活中很難找到。你起
碼早生了三百年。」

　　如論者所言，劉虹在當代中國詩壇絕對是一個引人注目的「個案」。劉虹拒絕承認「完美」的非現實性（客體的或主體的，在文學、社會學、生物學等等意義上的），像赴深淵一樣獻身於愛情，獻身於詩，又寫出深淵一樣的女人，深淵一樣的詩，使她的詩成為愛情的絕唱，也成為女人的絕唱。又說：今天中國詩歌不景氣，不是因為沒有詩人，中國詩人天天有增無減，但是，中國缺乏像劉虹一樣純粹的詩人。類似下面的雄論也是正確的：越是理想主義者，越是在靈魂深處潛藏著悲哀，也正是在悲哀的生存境況中，才使得理想主義更加光彩奪目……

　　但是──聽聽劉虹自己痛苦的訴說吧：

　　　　苦！寫詩，亦是蘸著心血熬生命……

　　　　我以前很少寫這類（諷刺）詩，以後可能會多些，因為已經活到了這個份上──很怕冷，很絕望，真的。

　　　　我在相當長一段時間裏的寫作姿態其實是……絕望。

　　　　或者說，是害怕面對絕望。我曾隨手記下一個詞：絕境書寫──書寫絕境。而這倒反而比十年前平心靜氣得多，從容得多，因為不再期待前方真有什麼在等著你了。好像接受了自己的宿命。

　　　　終於病倒了，住進了醫院。好幾種毛病，一言難盡……很久不能業餘寫作了，這不爭氣的身體，真是愧對詩歌啊……

　　　　人生就是一場看不到盡頭的孤苦伶仃和身心折磨麼？……備感煎熬……

六

　　你在刀刃上謝幕　又將在我的詩中被重新打開……

　　當我讀到〈致乳房〉一詩的這個結句，我震悚了。

　　這好像是劉虹對自己一生的高度概括。這好像是劉虹對自己命運的極具象徵意義的預言！或者這就是劉虹為自己寫下的墓誌銘？

　　劉虹註定是悲劇性的，這是她逃脫不掉的宿命。她將來終有一天到了謝幕的時候，謝幕之後，又將在中國詩寫歷史上被重新打開……

2005年3月18日於澳大利亞悉尼

發表於中國重慶《中外詩歌研究》2005年第3期

2011年6月1日後記

　　也許最初是由於我的介紹，劉虹現在好像和遠在南半球的詩壇結了緣。她的作品很為悉尼詩壇所熟識。她的成就，有目共睹。

　　2006年，她以少見的業餘作者的身份，被評為中國大陸國家一級作家。

　　同年7月，她榮獲廣東最高文學獎——魯迅文學獎，並排在詩歌類第一名。

　　2009年10月，她以詩集《劉虹的詩》榮獲第三屆中國女性文學獎。

　　2010年4月，她應臺灣中國詩歌藝術學會邀請，第一次

訪問了臺灣。回來後寫了《臺灣行草》組詩。

　　生長於北京軍隊大院的劉虹，因「文革」中家庭命運的動蕩，少年起基本就是一個人在面對社會。她有太多的與世俗格格不入的思想。在痛苦和矛盾中，她從來不缺的更是率真的天性。她身體病弱，卻靈魂強健。她說她在相當長一段時間裡的寫作姿態其實是……絕望，或者說，是害怕面對絕望。對於她，寫作最直接的內驅力，是來自於對異化人性的傳統價值和中心文化的不認同，是自覺地邊緣化精神生存下人性的持守與抗爭，是自我放逐中對豐美生命的積極籲求和無奈喟嘆。

　　的確，痛苦是劉虹詩歌的源泉。但是，無論如何，她的成就是值得熱烈祝賀的。畢竟在今天的中國，詩寫的意義幾乎被降到冰點的時候，劉虹的詩寫不屈不撓地閃爍著意義的光芒。

2009年9月20日，北京文友為劉虹詩集《虹的獨唱》召開新書發佈暨研討會。

招魂：為戴厚英，為人道主義

記得上個世紀八十年代初那幾年，「文革」的慘痛尚還歷歷在目，中國卻又折騰「清除精神污染」之類的政治運動，批判「資產階級人道主義」，批判「社會主義異化論」，一批作家連帶他們的文學作品也遭殃。批判者有權卻沒有真理，他們動輒冠人以「反動」帽子，其實自己正是反時代潮流而動之。

戴厚英遺照

我當時決定報讀博士學位寫論文，也有為被批判者鳴不平之意。我的博士論文寫作幾乎和一個個文學政治事件同步進行，越寫越長，結果是規定的最低字數的三倍之多。在我的刻上周揚、巴金、王若水、劉再復、劉賓雁、劉心武、白樺、沙葉新……等名字的「光榮榜」上，也有一位叫作「戴厚英」的女作家。她像不少中國知識份子一樣，命途多舛。她甚至還死於非命。真是一位十足的悲劇性人物。

一

1960年，戴厚英從上海華東師範大學提前畢業，踏上了多風多浪、多災多難的文壇。那時的她，盲從，無知，卻自以為已經掌握了馬列主義的基本原理，站在講臺上，大聲宣讀根據領導意

圖寫成的講稿，批判她的老師。她的頭腦裏繃著一根弦：階級鬥爭；「文革」中又多了一根弦：路線鬥爭。她做過「大批判」的「小鋼炮」，當過「紅司令」的「造反兵」，一度自鳴得意，忘乎所以。但「文革」中不少人既是悲劇的製造者又是悲劇的承受者，戴厚英也是其中之一個。她和著名詩人聞捷的那段戀愛悲劇尤其聞捷的自殺死亡讓她刻骨銘心，悲痛欲絕。她最後終於大徹大悟。「文革」結束之後，她竟然在小說中宣揚她以前所聲嘶力竭地批判過的人道主義；她在小說中傾吐的，正是她以前要努力克制和改造的「人情味」。的確，她經歷了一次否定之否定，真是一百八十度的大轉變！用她自己的話來說，「這對於我來說真是具有諷刺意味的事情。」

　　戴厚英這個轉變，具有非常深刻的典型意義。經過「文革」的慘烈，一般尚能反思的中國人，誰不幡然醒悟呢？

　　戴厚英後來在其代表作品《人啊，人！》的〈後記〉中，代替許多人說出他們思想的巨變：

　　　　猛然間，我感到心中的神聖在搖晃，精神上的支柱在倒塌。我什麼也看不清了。我常常一個人發呆發楞，痛哭，叫喊。我多麼想抓住我曾經信奉的神祇和那些努力在我心裏塑起神像的人們來問一問：以往所發生的這一切都是真的嗎？為什麼在當時你們是另一種說法？是有意隱瞞，還是有一個「認識的過程」？

　　　　於是，我開始思索。一面包扎身上滴血的傷口，一面剖析自己的靈魂。一頁一頁地翻閱自己寫下的歷史，一個一個地檢點自己踩下的腳印。

　　終於，我認識到，我一直在以喜劇的形式扮演一個悲劇的角色：一個已經被剝奪了思想自由卻又自以為是最自由的人；一個把精神的枷鎖當作美麗的項圈去炫耀的人；一個活了大半輩子還沒有認識自己、找到自己的人。

　　也像當時許多中國知識份子一樣，戴厚英終於發現了自己，覺得應該有自己的人的價值，而不應該被貶抑為或自甘墮落為「馴服的工具」。她眼前一亮：迅速奔馳到面前的是一個越來越大的「人」字；她的喉嚨沖出了一支久已被唾棄、被遺忘的歌曲：人性、人情、人道主義！她大夢初醒，便要向人們宣告自己的清醒，寫出了長篇小說《人啊，人！》她這部代表作品。她以「人」為主題，寫人的血跡和淚痕，寫被扭曲了的靈魂的痛苦的呻吟，寫在黑暗中爆出的心靈的火花。她大聲疾呼「魂兮歸來」，無限欣喜地記錄人性的復甦。

　　今天的文學史家一般都把《人啊，人！》看作是中國「新時期文學」的經典作品之一。大多論者都同意，戴厚英在剛剛結束「文革」噩夢的初期，以自身的血淚經歷，對人道主義的高聲呼喚，不啻為當時整個中國大陸文壇的晴空霹靂，可謂振聾發聵！按與時俱進的說法，她的作品可稱為「以人為本」在「新時期文學」中最早的先聲。而且，當時的主流「傷

戴厚英成名作《人啊，人！》封面。

痕文學」作者多以受害人的角度控訴聲討，而戴厚英在作品中卻是以自己作為「文革」參與者的角度，做了沉痛的反思和懺悔，因而歷史苦難有了具體的個體擔當者的形象。這在「新時期文學」中並

不多見，極其難能可貴。這顯然比一場浩劫之後只把一切罪惡都歸咎到什麼「四人幫」而加以控訴的作品更具精神高度。

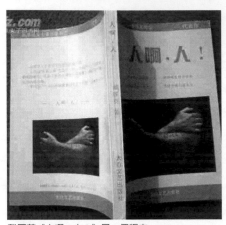

戴厚英《人啊，人！》另一個版本。

但《人啊，人！》於1980年在廣州出版後，旋即遭到全國性的大批判，被攻擊為「資產階級人道主義文學標本」，因為在這部文學作品中，戴厚英像周揚、王若水等人一樣，認為馬克思主義與人道主義是相通的，或一致的。今天在許多人看來，也許這是對馬克思主義的最高的贊許了，但當時那些僵化蠻橫的理論家包括胡喬木這個最高的理論權威，卻像被挖了祖墳一樣暴跳如雷，視之為異端邪說，大逆不道。這樣，戴厚英就被反復「大批判」了好幾年。她其實預料到這個後果，但她不願意壓抑自己心靈的呼聲了。她說：該批判就批判吧，它總是自己的思想感情，又是自覺自願的「自我表現」。咎由自取，罰而無怨。

當然，結果正好使戴厚英和她的《人啊，人！》享譽海內外。正如戴的生前好友、著名傳記作家葉永烈所說，「大批判」先生們原本想把她一棍子打死，但是，事與願違，戴厚英反而在「大批判」的烈火中成名。她，一個弱女子，不倒，不垮，不降，不死！《人啊，人！》被譯成各種文字。她受到世界各國的關注。

二

　　說來真使人啞然失笑難以置信，今天互聯網上充塞著討論如何更好地自我表現以博取好評以求自我實現的條目，然而當時戴厚英的其中一個罪名卻是：「自我表現」。毛澤東早在1942年的《在延安文藝座談會上的講話》中已有言在先：「他們是站在小資產階級立場，他們是把自己的作品當作小資產階級的自我表現來創作的⋯⋯」因此，「自我表現」就是表現作家個人的、陰暗的、卑污的、反動的思想情緒，就是資產階級知識份子妄圖毒害無產階級心靈妄圖對抗黨的領導的極其惡毒極其卑劣的手法，所以要嚴加批判，嚴加壓制。

　　真是為了革作家的命而無視最起碼的文學常識！作家在創作的時候，怎能不自我表現呢？作家只應該盡可能地去發現自己，表現自己獨特的感受和見解；要用自己的喉嚨去呼喊，用自己的語言去表達。

　　文藝創作要與「自我表現」絕緣或劃清界限，只能是一種幻想。而好一個戴厚英！她在創作《人啊，人！》時，公然宣稱她現在對「自我表現」這頂帽子一點也不害怕了。她說她不怕人們從她的作品中揪出一個「我」來，更不怕對這個「我」負責！幾年之後，戴厚英在劉再復主編的北京《文學評論》1986年第一期上發表了一篇題為〈結廬在人境，我手寫我心〉的隨筆，繼續談論她對「自我表現」的觀點。這次，她嘲笑管轄者對作家「自我表現」的多餘的擔心。戴厚英不無悲憤地說，在中國現時現實狀況下，作家敢於完全坦誠地表現自我嗎？要達到這種境界，還需要作家作出激烈的自我掙扎！

　　當時黨的「正統」理論家把「自我表現」連同「反理性」看作是妄圖在中國宣導「西方現代主義的世界觀和文藝觀」，而他們要堅決捍衛「社會主義現實主義」，所以要對「戴厚英之流的叵測居心」加以徹底揭發，加以猛烈討伐。

　　戴厚英的確反「正統」之道而行之。她不承認只有現實主義的藝術才是最真實的藝術的「正統」的長期不容置疑的觀點。她說：吳承恩為什麼要創造孫悟空等一系列神和妖的荒誕形象？曹雪芹又為什麼在現實世界之外還寫了一個太虛幻境？都是為了更充分地表達自己的主觀吧！在西方，在現實主義思潮之後興起了現代派藝術，嚴肅的現代派藝術家也在追求藝術的真實。他們正是感到現實主義方法束縛了他們對真實的追求，正是為了充分地表現自己對世界的真實的主觀感覺和認識，才在藝術上進行革新的。戴厚英創作《人啊，人！》時，就有意識地也進行一些突破。她不再追求情節的連貫和縝密和描繪的具體和細膩，也不再煞費苦心地去為每一個人物編造一部歷史。她把全部精力集中在對人物的靈魂的刻畫上。她讓一個個人物自己站出來打開自己心靈的大門，暴露出小小方寸裏所包含的無比複雜的世界。她吸收了「意識流」的某些表現方法，如寫人物的感覺、幻想、聯想和夢境。她認為這樣更接近人的真實的心理狀態。

　　到了八十年代後期，關於「社會主義現實主義」，中國大陸文壇有了更多清醒而深刻的認識。其中，在政治理論上對這個「原則」揭露得最為徹底的可能是年青批評家夏中義了。1989年7月，他在《文學評論》第四期發表〈歷史無可避諱〉一文。文章指出：在社會主義現實主義定義中的所謂「現實的革命發展中」這個短語，其意思無非是說，整個世界的總趨勢，包括人生、歷史、和社

會，已為領袖所指出，作家和藝術家的使命只不過是以現實主義的技巧去「圖解」這些教義，目的是為了誘使讀者愚忠於現存秩序，不管這種秩序是否符合良知。的確，現實主義是一種美學原則，而社會主義是政治經濟學原則和意識形態原則，在「現實主義」前面硬性冠以「社會主義」，目的何在，不言而喻──就是要文藝從屬政治，為政治服務，要文藝遵從「三突出」原則，創作高大全的「無產階級英雄人物」來領導革命「從勝利走向勝利」。這樣一來，文學便失去自由精神，這是過去中國大陸文學公式化概念化缺乏真實人性的一個根本原因。現在，中國大陸早已不是三十年前那種樣子了。目前文壇各種流派繁多，可以說各種文學形式實驗和推行都可以「明目張膽」「大張旗鼓」「大行其道」了。當年戴厚英熱誠地呼喚文學新流派快點形成；她願意作一個小小的水滴，彙集到這一支當時還很細小的溪流中。在這方面，戴厚英可謂「以身試法」，其貢獻也是很大的。

三

但是人道主義問題就龐大複雜得多了。當1983年「清除精神污染」期間戴厚英再遭批判的時候，她只不過是眾多「陪斬」中的一個；在當時黨的意識形態大管家胡喬木及其副手鄧力群的統領下，這場政治運動的主要鬥爭對象是身居高位且具廣泛影響的周揚和王若水，是他們的人道主義觀點和社會主義異化論（運動背後還有一個陰謀，這裏不論）。

周揚、王若水他們認為是「人」而不是「階級」是馬克思主義的出發點，提倡「馬克思主義人道主義」，並且把馬克思批判資本

主義社會而提出的「異化」概念擴展為：各種異化現象，都是束縛人、奴役人、貶低人的價值的。他們認為：社會主義仍然存在「異化」現象，存在著「經濟領域的異化」、「政治領域的異化」或者「權力的異化」，以至於「思想領域的異化」。王若水一針見血地指出：社會主義國家的主要危險，並不是什麼「修正主義」，而是黨的異化！

他們在改革開放方始之時，把人道主義和異化問題一並提出來，目的就是要從理論上為改革開放鳴鑼開道，為改革開放提供價值論指導——把人道主義的價值目標補充到社會主義的本質規定中去，把價值、功能和結構三重規定一體化，從而希望使傳統的社會主義事業起死回生，值得人們嚮往。其拳拳之心，天日可鑒！只可惜，他們迎來的，卻是一場政治迫害，兩人均遭到滅頂之災。

許多年過去了，誰對誰錯，中國學術界大多心知肚明。具有典型意義的是發表在1995年第12期《讀書》雜誌上的一篇回憶文章：〈老淚縱橫話喬木〉。署名「常念斯」這位顯然很有資歷很有地位的作者在盛贊去世不久的胡喬木之餘，特地表示：

> 近十五年裏，喬木與周揚、王若水的對立，我看恐怕喬木是錯的。喬木反對提「社會主義社會中同樣有異化」，反對提「馬克思主義人道主義」，在理論上，恐也未必對。

但是，話雖如此說，在政治層面上，這涉及到這個黨國指導思想的理論基礎的重大問題，也許那些原教旨主義者也心知肚明：如果認同人道主義，認同馬克思主義人道主義，便會提出什麼是馬

克思主義的正統的問題，便會進而討論「社會民主主義」和「民主社會主義」的問題，整個黨的指導思想特別是體制建設思想豈不就會面臨改弦更張的危險？在他們看來，這條底線無論如何一定要死守。例如，借著近年中國領導人提出「以人為本」的科學發展觀，學術界有人又試圖將馬克思主義人道主義化，但馬上便被批斥為一種錯誤傾向，是對「以人為本」的科學發展觀的「錯誤理解和誤導」。

其實，正如許多論者指出，從廣義從最廣泛的視野來看，今天大可不必拘泥「人道主義」這個術語的來源，不必把它僅僅看作是資產階級的意識形態。正如溫家寶總理在2007年2月發表的〈關於社會主義初級階段的歷史任務和我國對外政策的幾個問題〉一文中所說：

> 科學、民主、法制、自由、人權，並非資本主義所獨有，而是人類在漫長的歷史進程中共同追求的價值觀和共同創造的文明成果。

人道主義也可以看作是人類包括曾經佔人類四分之一現在占人類近五分之一的中國民眾在漫長的歷史進程中共同追求的價值觀和共同創造的文明成果。它不是哲學課本裏一個冠冕堂皇卻華而不實、沒有生命的的名詞，更不是被歷史的意識形態紛爭所扭曲而變成互不理解互不服膺的概念。讓我們回歸到這個詞語的質樸性吧！所謂「人道主義」，其核心或基本原則無非就是「人的價值」，無非也包含科學、民主、法制、自由、人權這些普世要義；或者簡單而論，不就是「把人當人看待」這個做人的最基本道理嗎？不就是

應該被貫徹於人們日常具體行動之中、如「好好做人才能好好做事」這個格言所表達的文明人類的行為準則嗎？而中國人不也是自古以來就宣導仁愛的道德傳統溫良的人道主義天性嗎？

今年2月12日，溫家寶總理在虎年團拜會上說了一句話：「我們所做的一切，都是為了讓人民生活得更加幸福、更有尊嚴。」2月27日，他和網民網上交流時又對此話加以闡明。3月5日，溫總理在全國人民代表大會上所作的政府工作報告中又重複了這句話。這很讓人感動，其中包括國際知名的上海人民藝術劇院前院長、中國公共知識份子沙葉新這位戴厚英的校友。他應中國新聞社屬下的《中國新聞周刊》之約，寫了一篇有感而發的回應文章，標題直奔主題：〈提升人的尊嚴〉，並於3月10日獲得該刊發表。沙葉新的原文結尾有這麼幾段：

> 若要讓人有尊嚴，根本要把人當人！
>
> 中國是世界人口最多的國家，但對人的生命並不尊重，難道是物以稀為貴、人以多為賤？當代始皇曾主張第三次世界大戰要早打，大打，打核戰爭，在中國打。還說中國可能會死掉四億人口，但換來一個大同世界還是值得的。這段偉論未見之官方文件，有人在內部書刊上見到過。但就其暴戾恣睢、敢冒天下之大不韙而言，這番言論非發動過無法無天的文化大革命者莫屬，僅就語言風格而言也非他莫屬。當代始皇坐天下之時，他是不把人當人的，只當內外戰爭和政治運動的炮灰。
>
> 尊嚴來自對人尊重，根本的、最起碼的是要把人當人，要切實尊重人的生命，尊重人的權利。

　　所以：不能把人當螺釘，不能把人當齒輪。不能把人當傀儡，不能把人當犧牲。不能把人當砧板上的肉，不能把人當磨盤中的油。不能讓人只准舉手，不能讓人不准搖頭。不能把人打成「右派」，不能把人打成「胡風」。不能把人劃作「黑五類」，不能把人定為「七種人」。不能強行拆毀人的房屋，不能禁止人的嘴巴發聲。不能把人打死說成是「躲貓貓」，不能把人判刑是因為他的言論。不能把代表人民的代表當作投票機器一台，不能把委以重任委員當作御用花瓶一尊。不能禁止得獎的作家出國領獎，不能把返國的公民堵在國門。不能讓人隨便地請喝咖啡、請喝茶，不能讓人任意地被代表、被替身。什麼時候真正的以人為本，什麼時候真的把人當成人，中國人的尊嚴就成真！

四

　　周揚和王若水已經在冤屈中作古。最不幸的是戴厚英。這位宣導人道主義而且身體力行到處貢獻愛心的人竟然最後死於非命——1996年8月25日下午，在上海住處被她中學老師的孫子謀財殺害。現場極為殘忍恐怖。戴厚英頭朝南，腳向北，仰臥在客廳中央的血泊中，頭頸、背及手臂等處有三十餘處刀傷。其中頸部刀傷尤甚，有砍創及刀割二十餘處，脖子幾乎斷裂。同時被殺害的還有其侄女戴慧。她頭朝西側臥在客廳裏北間小屋的血泊裏，致命的刀創深達頸椎，氣管、食道、頸動脉全被斬斷……

　　當然這是一個極端的個案。這種案件世界各地都會發生。但中國人也可以問一問自己這個社會是否出了什麼問題。

　　上個世紀七十年代末八十年代初那些年，整個中國大陸掀起了「人道主義熱」和「社會主義異化熱」，出現戴厚英的《人啊，人！》為代表的一大批控訴摧殘人性的罪惡、呼喚人道主義的文學作品，是毫不奇怪的。「文革」這個空前的大災難結束之後，人們痛定思痛，痛感到毛澤東及其追隨者所搞的那一套實在太不人道了，痛感到他們長期宣揚「鬥爭哲學」大搞階級鬥爭路線鬥爭煽動仇恨煽動暴力，後果太可怕了。

　　今天，中國經過三十年的高速發展後，人們也發覺在巨大的經濟建設成就後面社會出現了嚴重的問題。這是一個異化現象嚴重的社會。其中，如眾多論者所指出，監督極端薄弱下的權力異化是最大的弊端：腐敗僅僅是一個側面，深層掩蓋的是權貴者對普通公民意志的奸淫，是人道主義的災難。目睹這一切，人們不能不驚嘆：當年仁人志士的真知灼見真是具有悲壯的預見性！人們也實在不能不感憤萬分：三十年來，有關方面對於當年人道主義討論異化討論的深意，不僅沒有記取和延續，反而輕視甚至敵視！戴厚英撰寫《人啊，人！》的時候，感嘆祖國的命運、人民的命運，她的親人和她自己的命運。充滿血淚的、叫人心碎的命運啊！還有，一代知識份子所走過的曲折的歷程。漫長的、苦難的歷程啊！今天筆者仍然聽到她長長的嘆息……

戴厚英

　　值此中國清明節和西方復活節之際，筆者特寫本文，和戴厚英生前摯友吳中傑、高雲夫婦的紀念文章一起發表，以表哀悼之情。這是招魂，為戴厚英，為人道主義，為周揚、王若水等所有為人道主義呼喊的仁人志士。他們當年所表達的人道理想、價值維度，在今天既是市場化的也是

權貴資本化的中國，尤其珍貴，尤其迫切需要。

　　但願人道主義的和熙春風吹遍祖國神州大地！

　　魂兮歸來！

寫於悉尼，2010年中國清明節、西方復活節前夕

發表於《澳洲新報・澳華新文苑》第422-423期

來自中國最北方的文學精靈
——中國著名女作家遲子建雜談

　　遲子建是2003年獲得澳大利亞「懸句文學獎」的，但因當時「非典」的緣故，未能前來領獎。翌年5月18日，她先從哈爾濱到北京，然後和她的翻譯小吳，從北京經香港，再坐了十幾個小時的飛機，終於到了悉尼。

　　「懸句文學獎」設立於1993年，由澳洲「金姆斯·喬伊絲基金會」（James Joyce Foundation）主辦。由於我和基金會藝術主任克拉拉·梅蒸（Clara Mason）女士熟識，應邀參與了一些翻譯和接待工作，於是便見識了這位來自中國最北方的尚屬年輕但名氣已經很大的女作家。

「懸句文學獎」為遲子建錦上添花

　　我們自然從這個文學獎和這個基金會談起。「金姆斯·喬伊絲基金會」由祖籍愛爾蘭的澳大利亞人發起成立，以創作了《尤利西斯》、《都柏林人》的世界著名的愛爾蘭作家金姆斯·喬伊絲的名字命名。後來，基金會在澳大利亞設立了該文學獎。為什麼稱之為「懸句文學獎」？喬伊絲文學作品的特點就是懸念迭起，所以，該文學獎取其意而命名之。該獎項先是一項澳洲國內獎，近幾年，入評的作家及作品的範圍一再擴大。1999年，擴大到喬伊絲故土愛爾蘭。四年前，由於澳大利亞的中國移民非常多，而且該獎的主旨就

是為了鼓勵、促進東西方文化、文學的瞭解和交流，所以又將中國作家納入視野。該獎對於中國作家參評的具體要求是：送選作品要求必須是翻譯成英文之後的成品。

遲子建說，她去年獲悉得獎時剛好在北京參加中國作家協會全委會，當時中國作協有關負責人通知她獲獎的消息。「懸句文學獎」側重獎勵在文學創作上有突出成就的中青年作家，並強調文學作品的審美性、純粹性與創新性。該獎項對她作品的評語是：「具有詩的意蘊」。遲子建很高興。關於獲獎，她認為，這至少意味著對她的作品的藝術性的肯定。而小說純粹的藝術性與審美性，是她二十年寫作生涯一貫的追求。她說：「正是因為這一點，我不想虛偽地說，我無所謂。對於獲得這個獎，我感到『有所謂』。」

遲子建還說，目前中國國內有些作家摸清了某種國際模式，寫書基本上以十三、四萬字為宜。她稱自己比較「笨」。比如她創作的長篇巨制《偽滿洲國》，長達六、七十餘萬字，連翻譯出版都比較難。當然，說比較「笨」只不過是自我調侃一下。遲子建在選送作品參評「懸句文學獎」上一點都不「笨」，她選送的作品主要是近十年來創作的短篇小說的英文譯本，如〈原野上的羊群〉〈逝川〉〈霧月牛欄〉〈親親土豆〉等。她的小說以「兼備清新與神秘感的雙重性」而蜚聲中國文壇，自然榮獲澳洲文學獎的可能性很大。

在中國，作家有作品被翻譯成英文，意味著他／她具有相當的社會知名度與影響力。的確，據業內人士稱，該獎項在中國作家圈裏開始具有一定的影響力。他們認為，這個國際獎項是鄭重的和有說服力的。這是中國作家走向世界舞臺以及讓世界瞭解中國的一個很好的途徑。據悉，當時與遲子建同時參加評選的，還包括知名作

家鐵凝和劉恒的作品。此前，莫言等作家的作品亦曾參評。2001年和2002年，中國作家汪浙成和余華曾分別獲得該文學獎。

在我面前，遲子建真是很年輕，但她的文學才能卻很早就讓世界見識了。她於1983年開始小說創作，1985年開始發表作品。同時，她很幸運得到良好的專業訓練。1984年她從讀了兩年的大興安嶺師專畢業後，就讀於西北大學作家班，1987年進而入北京師範大學與魯迅文學院聯辦的研究生班學習，並在此期間（1989年）加入中國作家協會。1990年畢業後，這個當過教師、雜誌編輯的遲子建，到黑龍江作家協會專事創作，成了一個專業作家，現為文學創作一級。

遲子建在1985年一開始發表作品便以短篇小說〈沉睡的大固特固〉引人矚目。以此作和稍後的〈北極村童話〉為代表，遲子建的創作前期主要從抒寫寧靜悠遠的鄉俗民情為特色。進入九十年代之後，遲子建先後寫出〈洋鐵鋪響叮噹〉〈原野上的羊群〉〈逆行精靈〉等中短篇小說，更出版了《樹下》（1991年）《晨鐘響徹黃昏》（1994年）《熱鳥》（1997年）

遲子建長篇小說《偽滿洲國》封面。

《偽滿洲國》（2000年）《越過雲層的晴朗》（2003年）《額爾古納河右岸》（2005年）等長篇小說，在她熟悉的鄉土世界上生髮開來，深入開掘個中蘊蓄的美與醜、善與惡、生與死等複雜人生內涵，作品內蘊渾樸，風格憂傷。遲子建的其他作品還有散文隨筆集《傷懷之美》《聽時光飛舞》《遲子建隨筆自選集》《遲

子建文集》《聽時光飛舞》《禁果叮噹叩紅塵》，和小說集《逝
川》《白銀那》等等。

　　至今遲子建已發表作品近四百萬字，部分作品被譯成英、法、
日等文本出版。她榮獲「懸句文學獎」，當然也是實至名歸。據我
所知，遲子建已經多次獲得各種文學獎，包括：

　　1993年獲莊重文學獎；

　　短篇小說〈霧月牛欄〉1997年獲首屆魯迅文學獎；

　　長篇小說《晨鐘響徹黃昏後》獲1995年東北文學獎；

　　短篇小說〈清水洗塵〉2001年獲第二屆魯迅文學獎；

　　短篇小說〈花瓣飯〉2003年獲《小說月報》第十屆百花獎；

　　長篇小說《偽滿洲國》2003年獲第二屆中國女性文學獎；

　　2003年獲「廬山杯」，被評選為中國作家協會主辦的《小說選
刊》首屆讀者最喜愛的「新世紀十大小說家」之一。

　　這次獲得澳洲獎項，可謂是錦上添花了。

　　（在這之後，中篇小說〈世界上所有的夜晚〉讓遲子建於2007
年10月第三次獲得魯迅文學獎（第四屆）。《額爾古納河右岸》於
2008年獲第七屆茅盾文學獎。2008年憑藉散文作品〈光明在低頭的
一瞬〉獲得第三屆「冰心散文獎」。）

童年視角與〈北極村童話〉

　　遲子建上午到達，下午就和本地媒體見面。會上自然有家鄉、
童年、成長、生活與創作等等問題。由於長途跋涉，翻譯小吳累得
不成，可是遲子建講起小時老家的神靈鬼怪，便收不住口，大家也
聽得饒有趣味。

從遲子建的作品中可以看出，她的童年經歷對她的創作很有影響，甚至決定了她創作中的某種視角，現在親耳聽她娓娓道來，更加深了這個感覺。

她誕生於1964年元宵節，在冰天雪地之中，在黑龍江畔的北極村。這是中國最北的小村子，界河那邊就是蘇聯了。童年在黑龍江畔度過，在姥姥家裏長大，十三歲之前還沒有見過火車。但這是她難以忘懷的童年。她記得那裏房屋的格局、雲霞四時的變化、菜園的景致和從村旁靜靜流過的黑龍江。記得姥爺、姥姥、小舅和二姨，記得終日守護著院子的一條名叫「傻子」的狗，記得一位生了痴呆兒的喜歡穿長裙子的蘇聯老太太。她記得每天早晨起來，看到太陽從蘇聯那邊升起，常常有一種非常奇妙的感覺。這裏有廣袤的原野和森林，在這個廣闊的空間，感覺人就很渺小。每年這裏多半的時間是在寒冷中生活。大雪、爐火、馬扒犁、木刻楞房屋、菜園、晚霞……這都是遲子建童年時最熟悉的事物，她憶起它們時總是有一種親切感，而它們最後也經常地出現在她的作品中。

的確，如她所說，沒有童年時被大自然緊緊相擁的那種具有田園牧歌般的生活經歷，她在讀大興安嶺師專中文系時就不會熱愛上寫作。當然，她最初的文學啟蒙也得之於她的父老鄉親。家鄉冬天下午三點天就黑了。入夜時，大家就聚在一起，抽著黃煙，嗑著瓜子，喝著那種很劣質的茶，開始談天說地，講鬼神故事。她常常偎在火爐前靜靜地聽著。她從這些鬼、神的傳奇故事裏面，獲得了無窮無盡的幻想。她想這也許是她最早的文學感覺吧。

中外文學史眾多的例子表明，呼吸什麼空氣會產生什麼氣息，童年的經歷會不知不覺地影響一個人的寫作。遲子建可以說是一個

典型的例子。如她承認，童年生活給她的人生和創作都注入了一種活力，她喜歡採取童年視角敘述故事。這是不由自主的。童年視角使她覺得，清新、天真、樸素的文學氣息能夠像晨霧一樣自如地彌漫，當太陽把它們照散的那一瞬間，它們已經自成氣候。當然，這並不是她作品中的「唯一視角」，尤其是在中篇〈秧歌〉（1991年）和〈香坊〉（1993年）等作品中，這一痕跡已經蛻去。不過，童年視角仍然在她許多作品中閃爍出現。遲子建認為，從某種意義來講，這種視角更接近「天籟」。

表現遲子建童年生活與童年視角的最有代表性的作品就是她的中篇小說〈北極村童話〉。這部作品如何誕生並得見天日，說來也很有趣。

她讀中學的時候本來就非常喜歡看書和寫作文，可是，很意外，高考卻考得特別糟糕，作文寫跑題了，只得了最低分五分。按她的分數只夠上中專的，可那年大興安嶺師專（大專）擴招，降下好幾個分數段，她便非常幸運地作為最後一名被錄取了。她學的是中文專業，學制三年。

學校周圍自然景觀不錯，坐落在大山裏，沒有圍墙，直接面對山巒、溪水和草灘，景色妖嬈而奇異，常常給人帶來豐富的聯想。那時候課程不緊，每天有很多時間可以自己支配。她去圖書館看了大量的書，創作的「野心」就在不斷地讀書和無所事事之中漸漸長大了。而且她那個時候又是多夢的年齡，愛惆悵和傷感。這好像就是遲子建最初的寫作契機吧。她在日記本上無窮無盡地抒發自己所思所想。開始寫得最多的是自然景色的觀察。她常常坐在教室的窗前，看著那太陽怎樣落下，開始下落是什麼顏色，後來又是什麼顏色，然後就把它寫下來。同時也對系裏的每

一位同學都暗中做過肖像描寫。她覺得寫觀察日記，對她走上創作道路是一種很好的鍛煉，當然，那時用的是一種儘是形容詞的抒情的語言，筆端充滿了莫名的傷感。但無論如何，這畢竟也算是遲子建較早的文學訓練了。

她回憶說，寫〈北極村童話〉時，完全沒有感覺是在寫小說，也不知小說為何物，就雄赳赳氣昂昂地下筆了。之所以如此「膽大包天」，是因為有強烈的表達欲望，不吐不快。每天晚自習的時候，就在教室裏，一展開紙筆，故鄉的鄉親們就彷彿非常親切地紛紛來到她的面前，那些夢幻般的童年生活像山坡野菊一樣爛漫在心間。她如饑似渴地追憶著，寫得激情洋溢，一發而不可收。這個中篇就是這樣興致勃勃、滿懷信心地寫出來了。那是1984年春天，那一年她二十歲，再有三個月即將從大興安嶺師專畢業。畢業回到家鄉當山村教師，她又做了局部修改。

可是，作品投給兩家刊物後，都被退回，說它太「散文化」。當時，遲子建自己幾乎失去了信心。幸好，1985年，在遲子建跟前出現了一位伯樂。省作協在蕭紅故居呼蘭縣辦了一期小說創作班，她去參加了一段時間，其間《人民文學》編輯朱偉來講課。在朱偉臨離開呼蘭的前兩個小時，遲子建忐忑不安地將〈北極村童話〉交給他，讓他看看，這像不像小說？朱偉當時正在會議室休息，他說馬上要走，只能翻翻。遲子建很失望地回到房間，想他也許連翻也不會翻一下。可是，未想到，朱偉在即將出發前，找到遲子建，未等遲問他如何，便說，這篇小說不錯，為什麼不早些寄給《人民文學》？朱偉如端著一顆珠寶地帶走了〈北極村童話〉。結果，這篇小說發表在地位極高的《人民文學》的1986年第二期上。

誰人能說，假如沒有這幾個意外，這部遲子建一直認為是她早期最具代表性的作品會是什麼樣的命運？

《偽滿洲國》：讓小人物來說歷史

《偽滿洲國》是1998年4月動筆的，七十萬字的作品，兩年多的時間完成了，2000年10月出版。之後，好評如潮，遲子建自己也認為是她迄今為止最為滿意的一部小說。

又是歷史題材，又是鴻篇巨制，對遲子建來說，兩者顯然都是新的挑戰，但她似乎並未感受到歷史題材的沉重。不過，她在動筆之前，從萌生寫作念頭到斷斷續續收集資料作準備也有十來年了，她花了較大力氣研究偽滿時期的經濟狀況、文化狀況、風俗習慣等等，在這過程中也豐富了她對那樣一個遠逝時代的聯想（一般而言，遲子建的寫作都很率性，沒有太多計畫，有時候就是即興的。但《偽滿洲國》這部長篇，在她的寫作中是特例。）

遲子建有她的歷史觀。她覺得，歷史是過去發生的事情，評述歷史總是後人們做的事情。就像現在發生的「歷史」，我們今天不能做出完整、客觀、公正的評價，而需要後人來做一樣。她覺得那一段歷史是不應該忘記的，她要尊重歷史，保持歷史的真實，但是她的著眼點不是那些重大歷史事件。作為小說來表達它們，她覺得還得靠她作品中的人物來支撐。她認為：「我寫作無論題材大小。並非大題材就要有相應高度，也並非小題材就不夠深刻。」她對「還原歷史」沒有興趣；抗日戰爭始終是一條暗線，潛伏在東北老百姓的日常生活之中。遲子建說：「戰爭是一場意外事故，它對政治人物而言或許有特殊意義，芸芸眾生只能默默承受。日本佔領東

三省期間，老百姓還是得按部就班地生活，其中蘊含著歷史的傷痛和人生的悲劇。」她以她的文學筆法觸摸歷史，以小人物寫大歷史──這是《偽滿洲國》的特別之處。

遲子建讓《偽滿洲國》彌漫著濃重的東北鄉土氣息，把鄉土、民俗當做支撐小說的靈魂，而扭秧歌、放河燈等地方風俗特色，也給小說增添了幾分抒情色彩。她對這一切從小爛熟於胸，所以她說她的寫作是沾了「地氣的光」。遲子建還有她那女性特有的淒婉而細膩的文筆。她虛構了大量偽滿時期百姓貧民「小人物」的生活，讓小說立足於他們的命運。她筆下的「歷史」，是日常的，沒有大事件大人物，有的只是開當鋪的、做勞工的、做土匪的、開妓院的等等小人物的歡喜悲哀。他們當然對時勢不滿，但也有愛情婚姻親情，也有那些爾虞我詐見不得人的勾當。她讓人物在幸福平和的生活當中，突然遭遇到變故。她在保有一個作家應有的良知的同時，對她作品中的人，不管是中國人還是日本人，都賦以人性的意義。作品中有三個人物，遲子建同意譯者、評論家的意見，也認為是她塑造得較為滿意的人物。胡二是土匪，可他更是一個敢愛敢恨值得信賴的一個人；中村正保的遭遇令她這個作者也對他抱以同情，這個日本人在讀者腦海中就不會浮現出尋常的鬼子兵的形象；而王金堂堅韌的生命力，遲子建也為他所震動，寫到東北光復後他歷經屈辱和磨難與老伴重逢的一節時，自己也十分激動，眼睛竟有些潮濕，彷彿真的經歷了他所經歷的一切似的。正是因為這是三個個性豐滿的人物，遲子建如今憶起他們仍是歷歷在目。她這一絲情懷，就很讓人感動。她就是在意把歷史上的重大事件融入到小人物的命運中去，所以她在作品中往往特意讓小人物來說歷史。她覺得把一個特殊年代的

日常生活寫足了，這樣，在這些小人物身上，滲透對生活和人生的體諒和感悟，也更能看到那個時代的痕跡。

正是基於這一理念，遲子建對評論家們把《偽滿洲國》看作「歷史小說」不以為然。她覺得，它只是涉及了特殊歲月的生活。偽滿那一段歷史僅僅靠一個「皇帝」，幾個日本人，以及歷史書上記載的一些人，無論如何是不完整的。或者這便是遲子建所理解的「歷史小說」。因此，遲子建也不希望讀者僅僅從政治意義上去考察《偽滿洲國》。因為這樣一部長篇除卻那個時代的悲劇色彩外，上演的故事都是「人」的故事。人的故事的複雜性和豐富性是小說家應該努力和探求的方向，如果僅僅從戰爭的正義和非正義層面去寫人物，這小說中的人物形象就非常地「一統化」了，就沒有任何文學價值了。遲子建這個經驗非常文學也非常成功。

《越過雲層的晴朗》：沒有血淋淋地展示傷痕的「傷痕文學」

遲子建有一次坐飛機時下著暴雨，當飛機越過雲層時，她看到太陽把整個雲層照耀得金碧輝煌，太壯美了。遲子建一下子觸動非常大。她感到，人會遭遇很多灰暗的時候，就看你能不能越過雲層，只要你聳身一躍，就可能達到比較高的境界。

遲子建始終記住這個觸動。2003年4月，她的長篇新作由上海文藝出版社出版，書名就叫做「越過雲層的晴朗」。

故事發生在東北金頂鎮，從書中出現「挨鬥」、「家破人亡」、「『四人幫』完蛋了」、「平反」……這些字眼，清楚表明這個故事經歷了「文革」結束前後的兩個非常不同的時期。小

鎮地處邊地，不堪忍受批鬥的文醫生和資本家小姐梅紅在這裏避難。他們和本地的鄉民和伐木工人們一樣，掙扎著生活在那個特殊的年代。悲劇不斷上演，死亡紛至沓來，──在故事中出現是這類事情：偷竊，私通，發瘋，槍殺，難產，病亡……有些評論者把這部作品定義為「傷痕文學」，不過這是一種升華了「傷痕文學」，與上個世紀七十年代末八十年代初的、以展示傷痕控訴苦難為主要表現手段的「傷痕文學」很不相同。遲子建以散漫、鬆弛、溫情的筆調，在金頂鎮世事變遷和風土人情的描寫中，盡力展示生存的真相，與動盪更迭的大環境相對應的，不過是閑散無奇的日常生活。正如論者指出，遲子建讓讀者看到，東北這個小鎮的人們──你可以視之為凡夫俗子們──在各種悲劇與死亡中不動聲色地活著，他們在默默承擔主流政冶高壓的同時，也在以質樸、狡黠的方式經營著自己的生活，謀求一種韌性的生存。這裏沒有劍拔弩張的衝突，卻飽含了傷痕文學以來最動人的悲喜劇因素。

看得出遲子建很喜歡這個評價。哀傷到極致的感覺是痛徹心骨的，但她不想把傷痕血淋淋地展示出來，而把嚴酷和尖銳掩藏在輕描淡寫之中。書中小啞巴、梅紅、文醫生等人曾經或正在面對的生活是十分嚴峻的，但他們似乎始終處變不驚地去應對。她也指出，其實她在描寫平常的生活瑣事時，並不掩蓋殘忍的生活本相，如小啞巴父母被燒死後他再也不願說話，梅紅每當為陌生男人生完小孩就痛哭流涕，文醫生無緣無故地被他的病人槍殺……讀者可以看出好多細節是蘸滿血跡的，有時哪怕是一個很小的動作、一個旁人不注意的眼神。論者認同遲子建的處理，不無贊嘆地指出，人性的尖銳衝突舉重若輕地化解在精彩的帶血跡

的細節描寫中，卻又萬分沉重地喚起人們對災難的記憶，這的確是《越過雲層的晴朗》的特色。

小說更有一個特別之處是遲子建對傳統的敘事立場來個改變。她在一次訪談中談到這部小說的藝術構思時說，她早先看到一個關於動物的資料報告，說狗眼睛裏只有黑白兩色，它的視錐神經只能分辨黑白兩色。當時，她很驚奇，這個世界上，實際上只有黑白兩色，人類中的繁複風雲滄桑變化，在狗的眼睛裏，能夠那麼徹底那麼明確，這是非常風趣而又沉重的。所以，她就從一條狗的角度去寫了這個小說──她煞費苦心地找了一個新穎的敘述者「大黃狗」，所以這部作品也是一條善良、忠誠，有靈性、惹人喜愛的大黃狗「涅槃」的故事。從「文革」即將結束到商品經濟到來，這條大黃狗在小鎮上生活了近二十年，跟隨過六個平凡而奇特的主人，因而分別被叫為「柿餅」、「旋風」、「夕陽」、「來福」等名字。它通曉人性，彷彿知道主人個個都有一本難念的經。它與人產生了深厚的感情，直至它拍電影死去時，仍深深懷念著每一個深愛的人。

顯然，《越過雲層的晴朗》讓眼中只有黑白兩色的狗來展現「文革」那個荒唐盲動時代的眾生相，這在藝術探索上是很有新意的。這一新穎獨特的敘述視角，在寫作模式上，也讓遲子建的創作超越了往常「文革」題材，讓這部小說更不同凡響地實現了對「文革」題材的「日常化」處理──通過一條不懂人事練達、不明世間罪惡的大黃狗，便輕鬆平和地處理那場浩劫給人們帶來的可怕影響，結果比那種哭泣文學更具穿透力和藝術感染力。這是這部作品所散發的一種獨特的藝術光彩。還有論者還特別指出，與狗視角密切相關，出現狗道世界與人道世界的鮮明對比，形成了一種在別的

作品從未見過的反思力量。

　　一直以來，人類已經習慣了從人的角度出發，對自身缺乏反思，而當遲子建用一隻狗的眼睛來觀照人世時，讀者不能不震撼地意識到了自身的錯誤：我們的人道主義由於過分地強調「以人為本」「以人為中心」的理念和價值觀，在某種程度上已經成為霸道、殘忍與虛偽的代名詞。它更多地染上了極端實用主義和功利主義的色彩，更多地集中了人性中的自私和殘忍，更多地淪為背叛、利用和虛偽的表演。

　　遲子建也許沒有預料到她這部長篇會伸引出對「以人為本」「以人為中心」這樣嚴重的質疑。不過，如論者指出，她的這個認定無疑是極其聰明的：動物眼裏的萬事萬物單純而美麗，而「文革」留下的傷痕則是殘酷的，美麗和殘酷相碰撞迸發出一種詩意，這種詩意可以跟人們心靈深處的情感相吻合。當然，遲子建並未抹殺歷史的沉重和壓抑，她只是把每一個「不平」的歷史事件當作對生命的一種考驗來理解，這樣人們就會獲得生命上的真正涅槃。特別是，如果想到這個事實，相信每一個讀者都會極其感動：2002年4月6日遲子建開始寫《越過雲層的晴朗》，寫完第一章「青瓦酒館」之後，突遭人生重創——她丈夫於5月3日車禍離世。丈夫黃世君，原塔河縣委書記，屬狗，她平素就喚他「大黃狗」。遲子建因流淚以致眼痛得要靠眼藥支撐，在悲痛中寫作，也只有寫作能減輕悲痛，每天在電腦前工作七八個小時，終於在2003年新年的午後把它定稿了。她說她其實是寫了一條大黃狗「涅槃」的故事，似乎冥冥之中這部長篇就是為她丈夫寫的「悼詞」。雖然小說內容與她丈夫沒有直接的關聯，但是對於丈夫的感懷與追念，仍然使這部小說的敘事基調顯得格外憂鬱淒惋。

樸素：另一種詩意

　　從以上對遲子建幾部作品的論述，我們多少看出她的作品的語言風格或她語言運用的傾向。

　　我常覺得，對小說家來說，說「文如其人」，大多體現在作品的語言上，在文風上，即「風格即人」；至於出現「文非其人」或「文反其人」的情況，主要在作品的思想內容上──作者可以刻意營造出不同的「自我表現」，和作者本人實際的人格品性或思想觀點並不一致，幾乎讓人難以識破，總以為「文如其人」（說是「幾乎」，是因為經過考究分析，還是可以識破的，不然就不會有「文非其人」或「文反其人」的認定）。但對許多作家許多作品來說，在大多數情況下，確實「風格即人」，「文如其人」。遲子建似乎可以說是一個例證。

　　比如她的非常「散文化」的成名作〈北極村童話〉。你看，這是它的結尾：

　　　　大輪船拉笛了，起錨了。船身在慢吞吞地動了。我背著打著補丁的黃帆布背兜，把著欄杆，默默地向岸上招手。

　　　　再見了，姥爺，讓我永遠為你保存心中的秘密吧，雖然你從不曾這樣吩咐我。再見了，猴姥，不能從她的肚子裏往外掏故事了。再見了，小舅，別忘了把傻子從鎖鏈上解救出來。再見了，小姨，祝你順利生個可愛的娃娃，給她純真與活潑。再見了，北極村，我苦澀而清香的童年搖籃！

　　　　讓自由之子、這曾經讓我羨慕和感動得落了淚的黑龍江，挾同我的思戀、我的夢幻、我的牽牛花、蠶豆、小泥

人、項圈、課本、滾籠、星星、白雲、晚霞、菜園，一起奔湧到新生活的彼岸吧！

船加速了。江水拍打著船舷，奏出一曲低沉而雄渾的樂曲，像奶奶教我唱過的那首歌：「啊，似花還是非花，壓彎了雪球花樹的枝椏。啊，似夢還是非夢，使我把頭垂下……」我忍不住又往岸上望了一眼：

黃的！脖子上拖著鐵鏈的狗，是傻子！它駿馬般地穿過人流，掠過沙灘，又猛虎下山似的躍進江裏。

它鳧著水，踩出一道晶瑩的浪花。它就要游到船邊了。它分明聽見了我的呼喊。它張了一下嘴，什麼聲音也沒發出。它在下沉，就在這下沉的一瞬間，我望到了它那雙眼睛：亮得出奇、亮得出奇，就像是兩道電光！

它帶著沉重的鎖鏈，帶著僅僅因為咬了一個人而被終生束縛的怨恨，更帶著它沒有消泯的天質和對一個幼小孩子的忠誠，回到了黑龍江的懷抱。

我默默地摘下書兜，我要把五彩的項圈留給傻子。我掏著，翻著，竟然沒有找到。

怎麼會沒有呢？

我把五彩的項圈丟失了！

那美麗的、我心愛的東西，丟在北極村了！

我的眼前一陣暈眩：粉的、紅的、金的、綠的、藍的、紫的、灰的、白的，這不是水中的玻璃碴發出的光嗎？

這不是北極光嗎？這不是奶奶在中秋之夜講過的北極光嗎？它怎麼提前出現了呢？

它也該出現了！

　　〈北極村童話〉的卷首語說，「這是發生在十多年前、發生在七八歲柳芽般年齡的一個真實的故事。」又說：「假如沒有真純，就沒有童年。」大家都說，這部中篇是表現遲子建童年生活與童年視角的代表作，其散文化的語言多麼「童真」多麼「真純」！

　　這部作品的卷首語還說：「假如沒有童年，就不會有成熟豐滿的今天。」「今天」應該不單指遲子建二十歲寫〈北極村童話〉那一年，還可以指或者說更應該指更加成熟豐滿的「今天」之後。如果說遲子建小說早期比較純淨，後期顯現渾厚，但變化總是悄悄的，而且變化中總有一些東西是不變的。或者以《偽滿洲國》為例。

　　在《偽滿洲國》手寫稿第一本的第一頁上，標記當時的寫作日期：1998年4月12日。遲子建記得，她那天花去了整整一個白天，才寫下並且確定了《偽滿洲國》的開頭：

　　　　吉來一旦不上私塾，就會跟著爺爺上街彈棉花，這是最令王金堂頭疼的事了。把他領出去容易，帶回來難。吉來幾乎是對街上所有的鋪子都感興趣，一會兒去點心鋪子了，一會兒又去乾果店了，一會兒笑嘻嘻地從暢春坊溜出來了。

　　遲子建頓然感覺到找到了《偽滿洲國》的敘述基調和語言感覺。雖然那一天她只寫了幾百字的開頭，可卻覺得無限充實，傍晚散步時看著暮色溫柔的街景，有一種特別的感動。

　　遲子建回憶，《偽滿洲國》創作當初她首先就想到，這樣篇幅巨大的一部長篇，又是比較悲慘的故事，必須要有一個很好的適合它的敘述方式，而且要一個調子貫穿首尾。她決定，要從容不迫地

去寫，不要很激情，而是用平靜的語調來敘述，要從平靜中看出大悲哀來。採用這種慢慢悠悠的敘述方式，還有一個好處，讀者讀這些遙遠而紛繁的故事不會感到吃力。就這樣通篇下來（當時為了「不走調」，每天開始寫時都要翻翻看前面怎麼寫），她覺得文氣還是一貫的，是娓娓道來的。所以對整部作品的語言感覺她自己也比較滿意。

《偽滿洲國》的語言感覺就是非常平實而質樸，這可能是遲子建語言的基本特點。

遲子建認為自己一直信奉用樸素的文字來表達傳神的生活這一原則。她喜歡樸素的生活，因為生活中的真正詩意是浸潤在樸素的生活中的。隨著年齡的增長，她越來越喜歡樸素的事物，而且往往容易被感動。表達樸素的事物和感情，自然要用樸素的語言才能契合。除此之外，她想她樸素的語言狀態，還與她喜歡中國古典小說有關。她覺得那些作品的語言非常講究，它不囉嗦，簡約而有韻味，很雅。

樸素是生活化的反映。樸素散發另一種詩意，清新而又踏實。遲子建於1999年8月發表於《青年文學》、2001年獲得第二屆魯迅文學獎的短篇小說〈清水洗塵〉是一個好例子。

作品講述的是臘月廿七一家人洗澡的事——「透過孩子（天灶）的眼情與心性，過濾這一年一度的『放水』（即洗澡）。」有一個情節講天灶的父親不過幫了鄰居寡婦一個忙，回家一副低眉順眼的樣子，而母親則醋意大發。「往年母親都要在父親洗澡時進去一刻，幫他搓搓背，看來今年這個享受要像豔陽天一樣離父親而去了。」但後來母親還是按捺不住——

鍋裏的水開始熱情洋溢地唱歌了。柴禾也燒得畢剝有聲。母親回到她與天灶父親所住的屋子，她在弄前日洗好晾乾的衣服。然而她顯得心神不定，每隔幾分鐘就要從屋門探出頭來問天灶：「什麼響？」

「沒什麼響。」天灶說。

「可我聽見動靜了。」母親說，「不是你爸爸在叫我吧？」

「不是。」天灶如實說。

母親便有些泄氣地收回頭。然而沒過多久她又深出頭問：「什麼響？」而且手裏提著她上次探頭時疊著的衣裳。

天灶明白母親的心思了，他說：「是爸爸在叫你。」

「他叫我？」母親的眼睛亮了一下，繼而又搖了一下頭說，「我才不去呢。」

「他一個人沒法搓背。」天灶知道母親等待他的鼓勵，「到時他會一天就把新背心穿髒了。」

母親嘟噥了一句「真是前世欠他的」，然後甜蜜地嘆口氣，丟下衣服進了「浴室」。

天灶先是聽見母親的一陣埋怨聲，接著便是由冷轉暖的嗔怪，最後則是低低的軟語了。

後來軟語也消去，只有清脆的撩水聲傳來，這種聲音非常動聽……

〈清水洗塵〉獲獎應不屬意外。評論說，遲子建算不上前衛又不特別傳統，作為短篇小說，這部作品足夠精緻和純粹，同時，詩意濃厚，散發出清麗的浪漫氣息。讀著這篇行文平緩、簡潔、自如

的作品，就像看到電視上的遲子建，黝黑端莊的臉，閃現著一雙若有所思卻一看到底的清澈的眼。

這確實也是我對她的印象。

一位論者甚至如此贊嘆地說，遲子建她那對人性的關注以及寧靜而又理性的創作態度在當代女作家中極具個性，較之王安憶的玫瑰花式的敘述、鐵凝的冷酷的敘述、池莉的媚俗的敘述、張抗抗和皮皮的女性視角侷限的敘述以及所謂的身體寫作派女作家的身體敘述，更具有其強勁的生命力和獨特的魅力。為文的機鋒必露與為人的溫婉隱忍、天性的純真與為文的練達、人生經驗的單純與筆下世相的複雜、小說整體的空靈與細節的充實……正是這些矛盾在作品中有機融合，形成她獨一無二的藝術風格，從而吸引了眾多的讀者和文學評論者，為讀者帶來一股清爽的自然樸素之風，溫暖著人們在現實中日益麻痹的心。

正好，遲子建就是認為小說最終的好是樸素——語言、意境、情調、生活態度，乃至人格，樸素是最高境界。可以說，她是屬於那種人和文極為吻合的作家。她喜歡有氣味的小說，攜帶著浪漫的因素，使人讀後留有回味的餘地。她相信每一個優秀作家都是具有浪漫氣息和憂愁氣息的人——浪漫氣息可以使一些看似平凡的事物獲得藝術上的提升；而憂愁之氣則會使作家在下筆時具有一種悲天憫人的情懷。

講到這裏，有一點很有趣。雖然遲子建的文字優美，作品不乏深刻與靈動，但被改編成影視作品的很少。對此，遲子建這樣回應：作品出版後，想要改編成影視劇的確實有很多，但真正能落到實處的寥寥無幾，可能是由於自己的作品缺乏影視劇所需要的流行元素，而對影視公司來說，收視率高於一切。遲子建不無自信甚至

自豪地說她寫作只遵從內心，不會考慮是否適合改編。「作家留下來的，最終還是文字，而不是其他。」

遲子建與女性寫作

還應該談一下遲子建與女性寫作的話題。

評論家已有共識：在二十世紀八十年代末湧現出來的中國大陸的年輕女作家中，遲子建無疑是最具寫作實力而又極富反思精神的一個。一方面，遲子建以其扎實的寫作功底與較高水準的創作實績，給人以絕對的信任與放心；另一方面，遲子建以其清醒的自我反思，以及自我突破和自我超越可能性的不斷探尋，給人以新的審美期待。

記得高行健獲得2000年諾貝爾文學獎之後的一次採訪中說過，如果說二十世紀是男性作家的世紀，男性作家把擅長的題材特別那些偏於重大歷史的題材都寫過了，看來二十一世紀將是女性作家的世紀。

許多人會同意這個看法。例如當今中國大陸文壇，女性寫作確實是一道亮麗的風景線。

如果說在所謂「新時期」文學初期突然出現成群的女作家如張潔、諶容、宗璞、戴厚英、張抗抗、王安憶，張辛欣……而引人注目，在當今中國文壇，女性作家寫作已經是蔚為大觀了。在各類文學評獎與長篇小說排行榜中，女性作家所占比例逐漸提高，這在十年甚至五年前是不可想像的。當今中國大陸文壇內外叫好又叫座的作品，很多都是來自女性作家之手。評論家可以隨意就點出一大串：五十年代人中王安憶的《長恨歌》、張抗抗的《情愛畫廊》和

《作女》、鐵凝的《大浴女》、池莉的《來來往往》、徐小斌的
《羽蛇》、方方的《烏泥湖年譜》、林白的《玻璃蟲》，六十年代
人中陳染的《聲聲斷斷》和《不可言說》、皮皮的《比如女人》、
虹影的《饑餓的女兒》、遲子健的《偽滿洲國》和《越過雲層的晴
朗》，以及漸次走向成熟的七十年代人如朱文穎、尹麗川、魏微、
戴來、周潔茹等人的作品。除了傳統的長篇領域，女作家們在散
文、隨筆、詩歌方面的發展也令人吃驚。可以說，男性作家曾經涉
足的文學形式、文學理念、文學市場都「遭遇」女性的挑戰，曾經
以男性作家為主的文學時代已成為過去。

　　趁著遲子建的來訪，澳洲文友們可以就近以她為例考察一下女
性寫作這個當代中國文壇的時髦話題。

　　女性寫作足以與男性作家扠衡，首先有一個社會政治經濟原
因。今天，女性已從男性的束縛中解放出來，有了自己獨立的、完
整的人格以及價值觀。這種狀況甚至導致女性作家「低估」性別差
異。2001年10月，遲子建等中國十位當代著名女作家與日本當代十
位著名女作家歡聚北京，首次進行兩國大規模女性文學的探討。遲
子建她們有一個觀點相同，就是：在從事創作的過程中從來沒有把
自己的女性性別放在首位，她們覺得反而是一些理論家對女性文學
進行了限定。陳染說了一句很哲理的話：「我覺得人與人之間的差
異比女人和男人之間的差異要大的多。」遲子健認為，從事的是寫
作，不要想那麼多，對一部作品要「盡善盡美」就是了。

　　我個人覺得，「不要想那麼多」絕對是對的，但另一方面，男
女差別是客觀存在，沒法不正視。例如，男人相對理性，一直以
來，男性作家都是以宏大的世界觀、歷史知識以及大鳥俯視大地般
來征服讀者，不過，與此同時，他們固有的思辯色彩常使他們遠離

生活；而女性相對敏感，女性作家以細膩、精緻的感情世界來吸引讀者，她們對生活獨特的思維視角常能穿透生活的表層，能夠對那些被男性作家忽略的極為細小的事物作出描述。女性寫作這種長處或特點當然應該受到注意，這是符合社會生態需要的。

迢子建她們是否已經看出歷史與社會已屬無奈的現實存在，於是索性不計這些，而著意去探悉自我、內心？

這是大題目，不好妄下結論。但不爭的事實是，迢子建這些女性作家大都回避宏大敘事，常從「兒女情、家務事」日常支點切入生活，觸及社會，致力於以細膩的筆觸、微妙的感覺，表達內在情性和抒發個人情感。這是她們聰明之處。迢子建對《偽滿洲國》就是這樣處理的。難怪她對評論家們把這部作品看作是「歷史小說」不以為然。她們這種豐富而多元的創作追求增加故事的感染力和內在的藝術張力，必然受到越來越崇尚多元審美趣味、越來越挑剔的讀者的歡迎。

或許，女性作家在某種程度上，與「個人化」似有一種天然的聯繫。事實上，許多論者考察了九十年代以來中國大陸文壇實況，都覺得女性寫作一直擔當著「個人化」寫作的始作者和推波助瀾者的角色。中國大陸經過二十多年的改革開放，而改革開放的最大變化是主體的人的逐步確立和個體的人的不斷凸現。在這層意義上，他們指出，女性作家們遠比男性作家敏感。當

在新州美術館舉行的迢子建作品音樂朗誦會結束後合照（2004年5月18日）。左起：「金姆斯‧喬伊絲基金會」藝術主任CLARA MASON女士、鋼琴演奏家WILLIAM CHIN先生、澳洲SBS電視臺新聞主播LEE LIN CHIN女士、迢子建作品翻譯者SIMON PATTON博士，以及迢子建本人。

莫言、劉心武、張承志們還在痴迷於「他們」尋找作家的時代使命感時，王安憶、池莉、遲子建、林染等女性作家卻已恣意地把個體的「她」推向前臺。她們可謂是順歷史潮流應運而生。

現、當代中國社會、政治、文化經歷多災多難的巨大而又頻繁的變動。從生理心理來說，女性是否更有韌性更能承受苦難？醫學資料證明的確如此。那麼，在文學創作中，女性作者必然自覺或不自覺地順應這種心理並把它立為對待生活的審美態度。在今日中國，我感到這種審美態度甚有價值。遲子建的《越過雲層的晴朗》可作為一個例子。

這部作品給回憶以溫情的觀照，呈現人性的美好和親近。在這一點上論者贊許地發現遲子建看清了民間對付沉重的苦難自有一套消災弭禍的傳統方式，於是她在藝術表現上把承受者的痛苦情結化解到像土地那樣忍辱負重的寬厚渾然之中。她希望生命將會因此而獲得真正的「涅槃」。這實在蘊涵著她的高明的人生經驗與哲理思考。

遲子建崇尚悲劇，崇尚傷懷之美。雖然許多作家，不管男女，都有這種氣質，但遲子建作為女性，顯然又與眾不同。她憂傷而不絕望。論者分析說，「憂傷」可以說是她作品彌漫著的一種氣息，表現在對生之掙扎的憂傷，對幸福的獲得滿含辛酸的憂傷，對蒼茫世事變幻無常的憂傷；而「不絕望」是她對生之憂傷中溫情亮色的感動，對能照亮人生的一縷人性

遲子建與CLARA MASON女士攝於媒體見面會上（2004年5月18日）。

之光的嚮往。遲子建覺得這些是人活下去的巨大動力。正是基於這個理念，遲子建有意營造溫情，並以此構成她小說總體上的一大特色；而這一特色也是她贏得眾多讀者的重要因素。

但有人覺得她太過溫情的筆觸遮蔽了人生某些殘酷的世相，阻遏她對人性中惡的一面的更深一層的探究和揭示。他們認為，生活的廣闊性決定了在審美天地裏僅有童心和親情還是不夠的，遲子建回返懷念中的家園的舉措因而顯得越來越舉步維艱。從某種角度看，這個批評也對。但遲子建一再堅持認為，她對辛酸生活的溫情表達是沒有錯的。而且，其實她的很多作品意象是蒼涼的，情調是憂傷的，甚至如《越過雲層的晴朗》還有「殘酷」這個感覺（論者說，作為構成這部作品的話語特色，「殘酷」這個感覺比其中的「幽默」、「感傷」、「淒楚」、「溫情」與「詩意」都更強烈，這使得一向有唯美傾向的遲子建的語言有了一種粗礪的感覺，這種變化隱約地透露出她在語言層面上的用功。）總之，遲子建覺得，溫情應該是寒夜盡頭的幾縷晨曦，應該讓人欣喜的。她只不過表達溫情時有時「火候」掌握得不好，但她有信心，隨著年齡的增長這一缺憾會得到彌補。

我理解並支持遲子建的爭辯與堅持。我甚至發現她的爭辯與堅持本身就很有女性的內在的美與力量。

就遲子健來說，她對女性的性別給作為作家的她的優勢或者特別之處是有所感覺的。在一次採訪中，她說，也許是她的名字中缺少「雪」、「荷」、「月」、「琴」之類陰柔美麗的字眼，所以不只一人曾把她當成一個男性作家。她想，若她生為男性，也許就不會成為作家，因為男性往往對大自然不敏感，而她恰恰是由於對大自然無比鍾情，而生發了無數人生的感慨和遐想，並靠著它們支撐她的藝術世

界。正如人們所說，她是以自然與樸素孕育她的文學的精靈。

　　論者指出，童年往事於她是作為一種詩性品格的「真誠」的投影，而且成為她的文學創作的始發點，成為她小說敘事的一種底色；遲子建以此也為百年中國的女性敘事增添了一點新東西。這是她成功之道的很重要一點。還有論者分出遲子建某些小說前後兩個時期不同地著重童話色彩和神話色彩。從創作精神上看，童話之後是神話倒很符合她的小說實際。但不管是童話色彩或神話色彩，都是超越現實的絲絲雨露，是借助想像的力量構築精神家園裏的勃勃生機。而我覺得，她的想像力，她的真純，都是很女性的。有些評論家進而認為，畢竟是女作家，遲子建最精彩的小說，莫過於女人的傳奇故事。不過，在我看來，這算不了什麼問題。能夠揚長避短正是遲子建得以脫穎而出的一個原因。

　　也許這也是一種「創作桎梏」。遲子建致力於生命終極意義的叩問與個體存在價值的詩意建構，力圖達到「怨而不怒，哀而不傷」的美學效果，總試圖在文學創作中將悲情與溫情交錯，使之達到一種理想的平衡。的確這是她的特色，她的優點，但有時也可以看成她的缺點。遲子建說她有時也覺得自己陷入了自己的創作桎梏而難以脫離。她對於這問題一直都有思考，並覺得要改變也非一朝一夕的事情。不過，世事古難全。我還是覺得，對於遲子建，這個建議也許是正確的：她無須太多考慮如何改變思路加入到例如現代主義先鋒派或別的什麼主義什麼派的陣營中去，而是思考怎樣將自己已具規模又很有特色（特別女性寫作特色）的情調敘事發揚光大。

　　評論界普遍認為，遲子建是當代中國文壇為數不多的卓具民間色彩特色的作家之一。她生於上世紀六十年代，開始發表作品於上世紀八十年代，此後在短短十餘年的時間裏，在當代中國文

壇迅速崛起，長驅直入，完成了從一名文壇新秀到小說名家的身份轉換。這可稱之為「遲子建現象」，特別是比照與她同時成名的一些作家目前創作的「漸成頹勢」；事實上這個現象已經為當代中國文壇的女性寫作提供了一個不容或缺的注解並引起了超越國界的注意。

　　她本人對此很謙虛。她說過不要把一次次的獲獎當成樓梯，假若順著這些樓梯走上去，就會束之高閣成為空中樓閣。她特別深有哲理地這樣比喻：

　　　世上的路有兩種，一種有形地橫著供人前行、徘徊或者倒退；一種無形地豎著，供靈魂入天堂或者下地獄。在橫著的路上踏遍荊棘而無怨無悔，才能在豎著的路上與雲霞為伍。

　　遲子建還說她要感謝文學，因為文學幫助她度過了一生中最艱難的歲月。她許下這個諾言：

　　　我將用我的餘生在文學中漫遊，因為我越來越覺得，文學的漫遊，就如同愛人故去後能夠在我的夢境中帶著我在天際中漫遊一樣，會帶給我永久的震撼和美感。

　　遲子建肯定在今後歲月裏在文學的漫遊中取得更大成就。我對此確信不疑。

　　　　　　　　　2004年6月初稿於澳洲悉尼，時為遲子建訪澳不久之後
　　　　　　　　　2011年6月22日修訂於悉尼

附錄

從「世界華文文學」到「華文世界文學」
——關於建構華文文學世界應有地位之拙見

何與懷

　　近年來，「建構華文文學世界應有地位」成為世界華文文學界一個熱門話題，它也是世界華文作家協會與中國世界華文文學學會將於今年十一月在廣州共同舉辦的全球華文作家研討會的主題。這是一個大課題，應該研討的問題很多。筆者不揣冒昧，提出若干拙見，旨在拋磚引玉，更歡迎批評指正。

一、建構華文文學世界應有地位，就應該支持並推動多元文學中心的出現和發展

　　世界華文作家協會今年將要舉行的第八屆會員代表大會，而且又第一次與中國世界華文文學學會共同舉辦全球華文作家研討會，兩個機構各自出席一百五十名代表，一起商議如何建構華文文學世界應有地位。這肯定將在世界華文文學歷史上留下重要的一頁。大會將會出現的盛況以及會議要研討的中心議題，讓筆者自然想起一個大家議論了很久的觀點，就是：世界華文文學多元文學中心——應該肯定促進還是否認促退？

　　「多元文學中心」的觀點，是已經去世的美籍華裔周策縱教授於1988年8月在新加坡召開的第二屆華文文學大同世界國際會議上提出的。周教授說，華文文學，本來只有一個中心，那就是中國。可是自從華人移居海外，在他們聚居的地區建立起自己的文化與文學，自然會形成另外一些華文文學中心。這是既成事實（周策縱：〈總評辭〉，《東南亞華文文學》，新加坡作家協會與哥德學院合編，1989年，頁360）。

　　二十多年後的今天，這個「既成事實」更清楚不過了。就拿世界華文作家協會來說，它的不斷發展壯大也是一個證明。這個機構的前身為1981年成立的「亞洲華文作家協會」。1992年6月4日，「世華」成立，並於當年十二月在臺北圓山飯店舉行第一次代表大會。大會通過宣言認為，「唯有華文作家以包容的、寬闊的胸懷、在世界各地互信互愛，團結一致，才能開拓華文文學的新紀元。」至今，「世華」堪稱世界最大規模的華文作家組織，擁有三千多位會員，分散在七大洲的近百個地區分會（亞洲二十三個單位組織、歐洲十四個國家分會、北美二十四個分會、南美九個國家分會、中美洲三個國家分會、大洋洲九個分會、非洲三個國家分會）。今年，世界華文作家協會將在臺灣高雄市開會，這是它所舉行的第八屆會員代表大會了。

　　由於世界各國華文文學的存在和發展，由於世界各國華文作家各自的活動，出現多元文學中心是自然不過的，只不過是顯淺的現象，本來不必強調，更用不著爭論。但有論者一時說可以形成多元文學中心，但現在世界上沒有，一時又說根本沒有什麼中心或邊緣，極為慎重其事，卻又不能自圓其說。其實，如果平心靜氣根據客觀事實而論，或者理論一點從系統論及其層次觀念或多元系統理

論來說，「中心」和「邊緣」是客觀存在，是完全正常的，並不以人的主觀肯定或否定所決定。而且，「中心」有大有小；「邊緣」可遠可近。再說，「中心」和「邊緣」的存在是相互關聯不斷變化的，並不是簡單的、死板的、單獨的存在。它們不過相對而言，換言之，某個「中心」相對另一個「中心」大可能是「邊緣」，也不必諱言的。品質、能量、時間、空間、系統、層次、結構是客觀事物的存在方式。系統與系統之間，大系統和它的小系統之間，事物是普遍聯繫和相互作用的，而且此一時彼一時。

多元文學中心的觀點為許多學者、作家所贊同。例如，早在1993年，臺灣的鄭明娳教授提出類似的「多岸文化」的觀點。她說，當代華語世界所面臨的新情境是「多岸文化」的並陳，全世界，只要有華人的地區，任何採用華文寫作而形成華文文壇的地方，都構成華文文學的一環。華語世界已超越兩岸文學的對峙情況，形成多岸文化的整合流程（鄭明娳：〈總序〉，《當代臺灣文學評論大系》，鄭明娳總編輯，臺北正中書局，1993年6月）。

她進一步指出，「多岸文化」本身包含許多次文化區域，因人文環境不同，出現各地獨特的文壇情況。「多岸文化」的整合，並不是歸於一，乃是各岸爭取主動權、解釋權的競逐關係。在特定的時空條件中，誰的主動權強，解

本書作者在其主編的《澳洲新報・澳華新文苑》上為遲子建訪澳連續做了兩期專輯。

釋權獲得共識，產生了全面性甚至國際性的影響，誰就居「多岸文化」的領導地位（同上）。

文學中心不是有「意圖」就可以「另立」的──它不是自封的；另一方面，雖然沒有「意圖」它也可能不經意就出現了──它是文學業績自然推動的結果。當然，對於世界各地華文作家來說，中心不中心，或者所謂主流支流之分別，不必成為關注的問題。瘂弦說得好：海外華文文學無需在擁抱與出走之間徘徊，無需墮入中心與邊陲的迷思，誰寫得好誰就是中心，搞得好，支流可以成為巨流，搞不好，主流也會變成細流，甚至不流。還必須指出，中國大陸作為華文文學的發源地，有數千年歷史，誕生許多偉大作家和不朽作品，它的文學思潮、文學流派、文學運動影響深廣，自然是最大的中心。不管出現多少個中心，中國大陸這個中心也是絕對不可能被替代的。或許還可以這樣指出，在中國大陸這個大中心內也會出現多個小中心，各自呈現出強烈的、甚具價值的地方色彩，如嶺南文學、京華文學、西部文學、海派文學……等等。

多元文學中心的觀點不但道出事實現貌，而且是積極而有意義的。文學多元中心不是政治中心，不是權力中心。文學問題不是權力問題。有志弘揚中華文化、推動華文文學在世界發展者都應該拋棄那些過時觀念，都應該支持並推動華文文學世界多元文學中心的出現和發展，對「多岸文化」競逐領導地位的百花爭豔、萬紫千紅的景象，都應該感到由衷的高興。由邊緣走向另一個中心，正是世界華文文學興旺發達的標誌。

二、「崛起的新大陸」：世界華文文學興旺發達的一個現象

談論華文文學世界，筆者當然要談論自己作為一員的澳華文壇。2006年12月，筆者主編的澳華新文苑叢書第一卷《依舊聽風聽雨眠》在臺北出版，其封底特意加了一段文字。其中寫道：「澳華文壇真正成型至今不過十幾年，但在世界華文文學的版圖上，澳華文學的崛起有目共睹，亦開始為文史家所重視。」

關於澳華文學這塊「新大陸」的崛起，這個論點絕非筆者個人之見，它其實已經獲得不少世界華文文學研究者的共識。例如，2006年7月，美國評論家陳瑞琳在成都第二屆國際新移民華文文學筆會發言中，這樣認為：「海外華文作家常常被學術界分為四大塊。臺灣、香港、澳門等地為第一大塊，東南亞諸國的華文文學為第二大板塊，澳洲華文文學為第三大塊，北美華文文學為第四大塊。」

更早些時候，在2003年12月，臺灣佛光大學文學系專任教授、世界華文文學研究中心創辦人楊松年在他的〈評析世界華文文學作品的意義──《跨國界詩想：世華新詩評析》序〉中則這樣描述：「全球的華文文學，可以分成好幾大塊：中國大陸是一塊，港、台、澳是一塊，美、加是一塊，歐洲是一塊，東南亞又是另一塊，近年來由於中國大陸、香港移民的增加，澳、紐華文文學又形成新的一塊。」

最新的也許也是最權威的認同可以從中國世界華文文學學會會長、暨南大學教授饒芃子和中國世界華文文學學會副會長、中國社科院教授楊匡漢兩人共同主編的《海外華文文學教程》一書中看到。這本於2009年7月由暨南大學出版社出版、作為中國大陸大學

教材的新書目錄如下：第一章　海外華文文學概論；第二章　東南亞和東北亞華文文學；第三章　北美華文文學；第四章　歐洲華文文學；第五章　澳大利亞華文文學。研究者當然要把全書仔細閱讀，但這個目錄，多少也可以讓人不言而喻了。

　　各種觀點或有差別，但都把澳華文學視為新崛起的一個板塊，這一點應該說是沒有疑問的。事實上，這二十年來，除了各種叢書、選集外，澳華作家詩人評論家各自獨立出版的大大小小的專集或合集也有五百來部了，題材五花八門，體裁包括長中短篇小說、新詩、古典詩詞、散文、隨筆、雜文、報告文學、文學評論和理論研究、電視劇本、游記、傳記，等等，其中有不少值得注意的作品。筆者為此編製了〈澳華文壇作者作品一覽表〉。至今一覽表已有一萬六千多字，收編了六百多位澳華作者及他們的作品。由於篇幅關係，以下只略提迄今已經出版的可以歸為澳華文學的長篇小說類別：

　　早期的包括：黃惠元（黎樹）的《苦海情鴛》（香港新亞洲公司印刷，1985年5月）；黃玉液（心水）的《沉城驚夢》（香港大地出版社，1988年）和《怒海驚魂》（美國新大陸叢書出版，1994年）；劉觀德（劉白）的《我的財富在澳洲》（《小說界》1991年3月號；上海文藝出版社，1991年）；李瑋的《遺失的人性》（北京出版社，1994年）；劉澳（劉熙讓）的《雲斷澳洲路》（《四海》雜誌1994年第6期；北京群眾出版社，1995年）；麥琪的《魂斷激流島》（四川人民出版社，1995年）；畢熙燕的《綠卡夢》（華夏出版社，1996年）；英歌的《出國為什麼》（中國作家出版社，1998年1月）；歐陽昱的《憤怒的吳自立》（墨爾本原鄉出版社，1999年）；閣立宏的《兩面人》（臺北皇冠出版社，1999

年）；劉澳的《蹦極澳洲》（群眾出版社，1999年）……等等。

　　二十一世紀開始以後出版的包括：顏鐵生《蕭瑟悉尼》（人民文學出版社，2000年）；齊家貞的《自由神的眼淚》（香港明報出版社，2000年5月）和《紅狗》（香港五七學社出版公司，2010年3月）；英歌的《紅塵劫》（2001年）；麥琪的《愛情伊妹兒》（長江文藝出版社，2002年1月）和《北京胡同女孩》（北京光明日報出版社，2003年1月）；汪紅的《極樂鸚鵡》（廣州花城出版社，2002年9月）；江鍵寧的《夜如曇花》（作家出版社，2003年1月）、《暗香浮動》（春風文藝出版社，2004年5月）、《悉尼陽光下的夢魘》（春風文藝出版社，2005年5月）和《鴿子不愛飛》（春風文藝出版社，2006年9月）；畢熙燕的《天生作妾》（上海文藝出版社，2003年2月）；陸揚烈的《墨爾本沒有眼淚》（香港語絲出版社，2003年10月）；曾凡的《一切隨風》（北京知識出版社，2003年7月，署名「榛子」）和《在悉尼的四個夏天》（大連知識出版社，2005年7月）；劉澳的《澳洲黃金夢》（群眾出版社，2004年3月）；杜金淡的《游龍記》（澳洲鴻運海華出版有限公司，2004年7月）；梧桐的《暗香》（長江文藝出版社，2004年11月）、《浮動》（時代文藝出版社，2006年5月）和《少妻》（時代出版傳媒股份有限公司，安徽文藝出版社，2009年10月）；海曙紅的《在天堂門外——澳洲老人院護理日記》（澳洲鴻運海華出版有限公司，2005年12月）和《水流花落》（悉尼國際華文出版社，2006年11月）；楊恒鈞的《致命弱點》（香港開益出版社，2004年）、《致命武器》（香港開益出版社，2005年）和《致命追殺》（香港開益出版社，2006年）；唐予奇《世紀末的漂泊》（天津百花文藝出版社，2006年1月）；袁紅冰的《文殤》（博大出版社，

2004年11月）、《自由在落日中》（博大出版社，2004年11月）、
《金色的聖山》（博大出版社，2005年3月）和《回歸荒涼》（自
由文化出版社，2007年11月）；沈志敏的《動感寶藏》（上海人民
出版社，2006年6月）和《墮落門──沉淪澳洲的中國男人》（台
灣釀出版公司，2011年7月）；大陸的《悉尼的中國男人》（湖北
人民出版，2006年7月）；楊植峰的《梨香記──我在悉尼的非常
情殤》（內蒙古人民出版社；團結出版社，2007年1月）；儲小雷
的《無可歸依》（羊城晚報出版社，2007年2月）；鐘亞章的《活
在悉尼》（珠海出版社，2008年）；陳振鐸的《流淌的歲月》（中
國科學文化音像出版社，2008年）；夏兒的《望鶴蘭》（上海文藝
出版社，2008年3月）；止止《悉尼塔的約定》（中國友誼出版公
司，2008年4月）；逸陵（原名丹妮）的《人聲鼎沸》（北京出版
社，2009年2月）；伊零零零的《虎年虎月》（雲南人民出版社，
2010年3月）……等等。

　　澳華文學新崛起當然有跡可尋。有興趣的研究者或者可以參
看筆者最新出版的《他還活著：澳華文壇掠影第一集》一書，特
別是作為附錄收到書中的資料：〈追尋「新大陸」崛起軌跡──
為深入研究澳華文學提供一些線索〉（此文最初是從拙作《崛
起的新大陸──澳華文學的粗線條述評》開頭第一節改寫而成，
而後者曾作為2007年12月1日在悉尼舉辦的「澳華文學：現狀及
未來走勢」學術研討會參考和評論的背景資料。）研究者可以看
到，今天澳華文學這塊「新大陸」的崛起，正是表明世界華文文
學興旺發達的一個現象。

三、落地生根，開花結果：世界華文文學發展之道

世界華文文學如何興旺發達？這是一個很值得探討的問題。

按一些論者的觀察，世界各國華文作家，處於一種「雙重身份」的糾葛中，既要在族群中峭拔出來，卻又盤根於族群的腳下。在這種心態下寫就的作品，多為體驗與傾訴在「兩難」處境之中個人與族群的痛苦，面臨著一個弱勢族群所不得不面對的華族文化的「失根」與「失我」問題。如時任廣東社科院文學研究所所長鐘曉毅在2001年8月悉尼國際華文文學研討會上就作了這樣的描述（見她提交研討會論文〈世界華文文學格局中的澳華文學〉）。的確，一些「海外」作家心中或多或少存在著一種「無根」的感覺。或者，就像不少「海外」華文作家很形象的自我描述那樣：得到「天空」，卻失去「大地」。

但是，這種感覺並非正確。甚至中國著名作家莫言也對這種感覺不以為然。2001年3月，他到加拿大訪問時，看到一些華裔作家頻頻談到那種「無根」的感覺，樣子都很有些痛苦，就指出，什麼作家不能離開自己的祖國啦，不能脫離熟悉的生活啦，雖然是一種流行的說法，聽起來似乎滿有道理，但並不準確，尤其是並不一定對每一個人都準確。文學史上許多名著都是作家在祖國之外的地方寫出來的，為什麼到了交通如此發達、通訊如此便捷的現代，離開了祖國反而不能寫作了呢？莫言說，其實決定一個作家能不能寫作，能不能寫出好的作品的根本不是看他居住在什麼地方，最根本的是看他有沒有足夠強大的想像力。如果他具有足夠強大的想像力，不管在世界什麼地方，也完全可以寫他的溫州、杭州、廣州什麼的──想像力應該比互連網要快得多！莫言當時還說，要對自

己的創作充滿信心。「既然對自己的創作充滿信心，自然也就不存在『無根』的問題。」（莫言，〈寫作就是回故鄉──評張翎小說《交錯的彼岸》〉）。

事實上，到了今天，許多出色的華文作家已經擺脫那種「無根」感覺。他們更早已不是於梨華、聶華苓、白先勇……他們那個「無根的一代」了。他們的作品在題材立意上已經逐漸擺脫了遊子思鄉、生存壓力和文化衝突的巢臼，更多地把關注點放在超越地域超越國家超越種族的人性關懷、普世價值上，並已逐步開花結果。記得2003年8月，筆者也作為一員的「海外作家訪華團」在中國大陸參觀訪問的時候，一路上也對如何為世界華文文學定位等問題交換意見。這個話題我們在第一站廣州時也與國內的同行討論過，在最後一站北京時甚至向有關官員反映過，並得到極好的回應。8月29日，時任中國國務院僑辦副主任、中新社社長劉澤彭先生在釣魚臺宴請訪華團時，熱情洋溢地說：中國人移民外國，過去被認為是拋棄祖國，很不光彩，這個看法完全是錯誤的，中國人到外國發展正是表現中國人的開拓精神，這是大好的事情，越發展越好，越發展越應該鼓勵贊揚！這當然也應該包括華文文學創作。

到了今天全球化的時代，顯然，過去一百多年來海外華人傳統的、正宗的、不容置疑的「落葉歸根」的思想意識現在已經發生了幾乎可以說是顛覆性的改變，因為他們的生存狀態已經發生了巨大的變化。與此相應，過去華文作家在作品中所流露所傾訴的那種情慘慘悲切切難以自拔的「遊子意識」，現在已經明顯地與時代與當今天下大勢脫節，事實上也已經在今天有分量的作品中退位。現在不管是海外華人生存之道還是世界華文文學發展之道都應該是──而且已經是──「落地生根，開花結果」。

　　世界各國華文作家如何「落地生根」？要開什麼樣的「花」結什麼樣的「果」？這些都是很有趣也很有意義的題目。本文後面也會涉及。我在不少華文作家的作品中，也已經看到了一些香花碩果包括一種拒絕狹窄守舊、追尋廣闊拓展的情懷與美感。這裏我倒想起一位華文文學研究權威。他談到美國華文作家時，認為他們為中國人而寫，以中國人為讀者對象，「與中國文學就沒有太大的差異了」。這個「無差異」論太離譜了！抱著這樣的觀點與態度來「研究」世界華文文學，真是天曉得！一位美國的評論家就說，他這個結論完全是謬論。從另一方面說，有志向有抱負的「海外」華文作家，亦需要調動一切文學技巧並以自身思想情操所達到的高度，寫出和中國「國內」的文學藝術有所「差異」的更為傑出的作品，以為世界華文文學添磚加瓦，做出貢獻。

四、單向回歸還是多元升華？發展世界華文文學需要處理好它與中國傳統的關係

　　講到這裏，自然要涉及關於繼承與創新、傳統與現代這些人們已經討論了很多而且還在討論研究的問題。筆者今天之所以要談這些問題，還因為有論者這樣描述現今世界華文文學的狀況：「正當中國某些標榜先鋒的作家和學者熱衷於在西方文化中淘金的時候，海外華文文學卻正在悄悄地向中國傳統文化回歸，無論從內容到形式，從藝術構思到表現技巧，都體現了中國傳統文化的特點。」還說：「這種潮流還剛剛在興起，但很快會變成一股熱潮。」

　　筆者覺得這不啻是一廂情願的天方夜譚！瞭解世界華文文學歷史和現狀的人都可以證明：事實上世界上根本沒有這樣一股總體性

的「熱潮」或「潮流」，特別是在所謂「正當中國某些標榜先鋒的作家和學者熱衷於在西方文化中淘金的時候」。這種以回歸傳統與否作為著眼點的論述肯定會歪曲整個華文文學世界豐富多彩的面貌，特別是當審視的範圍也包括這幾年很引起注意的所謂「新海外文學」或「新移民文學」的時候。

關於海外華文文學與中國傳統文化的關係，周策縱教授生前提出「雙重傳統」的觀念。所謂雙重傳統是指「中國文學傳統」和「本土文學傳統」。他認為，各地華文文學一定是溶合這兩個傳統而發展，即使在個別實例上可能有不同的偏重，但不能有偏廢（周策縱：〈總評辭〉，頁359）。鍾玲教授也指出，一個好的作家作品中會吸收、融鑄多元的文化傳統，因為在現實中沒有一種文化是完全單一的，因為任何人所處的社會不時都在進行多元文化的整合，有的是受外來的文化衝擊，有的是社會中本土文化之各支脉產生相互影響而有消長。作家的作品必定反映這些多元文化之變化。另一方面，有思想的作家必然會對他當時社會的各文化傳統作選擇、作整合、作融合（參看鍾玲2002年5月在非洲華文作協文學年會的專題演講：〈落地生根與承繼傳統──華文作家的抉擇與實踐〉）。

不少作家也從他們各自文學創作實踐總結出可貴的經驗。如白先勇有一句話講得很清楚，在處理中國美學中國文學與西方美學西方文學的關係時，應該是「將傳統溶入現代，以現代檢視傳統」（袁良駿：《白先勇論》，臺北爾雅出版社，1994年，頁352）。哈金則說得很形象：「抵達遠比回歸更有意義。」（〈哈金訪談：一個厨師藝術家的畫像〉，明迪譯，《中國藝術批評》網，2008年10月4日）這句話所深含的意義當然不只在具體的生活選擇上，更

體現在文學精神層面上。高行健關於傳統則這樣說：「誰不在遺產中生活？包括我們的語言，沒有傳統文化哪來的你？問題在於怎樣做出新東西豐富它，這才有意思。」（見葉舟：〈高行健追尋不羈的靈魂〉，香港《亞洲週刊》，2000年7月23日）這真是一句畫龍點睛的話：做出「新東西」來豐富傳統──這才是問題的關鍵，「這才有意思」。筆者也和新加坡詩人學者王潤華教授交換過意見。有論者企圖以他和淡瑩的例子來說明所謂的背叛和回歸。的確，如評論所說，他們許多作品非常優秀，富有禪理神韻。但是，如果因此說他們的詩是傳統的，還不如說是現代的，或者說既古典又現代，是傳統與現代的融匯。他們的詩作並不存在回歸不回歸傳統的問題。優秀的東西一般都有某種超越性。

其實，所有的傳統，都是當代的傳統；所有的傳統，都不是單純的凝固不變的東西，其本身就像一條和時間一起不斷推進不斷壯大的河流。比如說，我們說「傳統」當然是站在今天的角度以現代的眼光所看到的幾千年來發展到今天的傳統，大大超越了例如漢朝人或清朝人當時所講的發展到漢朝或清朝的傳統。在這個意義上，傳統也在更新，包括傳統本身的內涵和人們對傳統的認識和應用。

在這個檢視過程中我們會以現代文明的標準發現傳統中哪些是糟粕應該拋棄和批判，哪些是精華可以繼承和發揚。這包括對某些論者最熱衷於宣導的儒學儒教的態度。再進一步說，即便我們接受了自己文化傳統中那些精華也還是不夠的，同時我們也要借鑒學習其他文化包括西方文化中那些優秀的東西。所以，應該說，無論從創作實際或是理論取向來看，整個世界華文文學與中國傳統文化的關係都不是單向回歸而是多元升華，這裏面甚至還會出現一個從母文化過渡到異質文化的過程──東西方兩類文化

在不斷碰撞、交融和互補中產生變異，顯示出「第三類文化」的
鮮活生命力。而這，正是當今世界各地華文作家為了建構華文文
學世界應有地位正在做出的努力。

五、創意動力的泉源：邊緣性與流亡話語

本文開頭第一節論述華文文學世界多元文學中心問題時說
過，某個「中心」相對另一個「中心」大可能是「邊緣」。相對於
（或站在）中國這個大中心來說，散布於世界各地華文文學多元中
心都可以說是或遠或近的邊緣。有論者說，一提邊緣，就給人一種
屈辱的感覺，一種從屬的感覺，一種被擠壓的感覺，一種被忽視
的感覺。但是，相反，許多學者、作家、文化人，對「邊緣性」
有完全不同的感覺和看法。例如，現在臺灣任教的新加坡詩人學
者王潤華教授就認為，今天世界文化與文學藝術主要是流亡者、
移民、難民所建構。以美國今天的學術、知識與文學界思想的主
要潮流為例，因為美國成為早期法西斯與共產主義的難民與其他
政權的異議分子巨大「難民營」，這些人的創新的邊緣思考，突
破了許多文化概念、文學書寫模式。而像後殖民理論、魔幻寫實
主義，則是來自被西方殖民過的地區。他指出，整個二十世紀的
文學，簡直就是ET（extraterritorial） 文學，一向被邊緣化，但目
前已開始引起中心的注意了。歐洲重要的文化霸權中心決定的諾
貝爾文學獎，近年來多數頒給第三世界作家，如馬奎斯（Gabriel
Marquez，1982）、索因卡（Wole Soyinka，1986）、高行健
（2000）、奈保爾（V.Naipaul，2001）及柯慈（John Maxwell
Coetzee，2003）等，這表示邊緣性作家在全球化與本土性的衝

擊中，他們邊緣性的、多元文化思考的文學作品，逐漸被世界認識到是一種文學新品種，其邊緣性，實際上是創意動力的泉源。（見王潤華，〈《他還活著：澳華文壇掠影》序〉，臺北秀威資訊科技股份有限公司，2010年9月）

　　這裏涉及到「流亡」這個許多學者都感興趣的大話題。劉小楓在〈流亡話語與意識形態〉（網絡）一文中，開宗明義指出，流亡是人類文化的一個維度，一種獨特的話語形式以至一種人的生存方式或臨界處境。早在人類精神文化的第一個繁榮期，流亡話語就已經突出地呈現出來：荷馬史詩《奧德賽》以流亡為主題；《聖經》舊約全書整個來說是流亡話語的結集；屈原的《離騷》可視為第一部漢語流亡文學作品；而孔夫子則把流亡視作一條在道不顯的時代的生存之道。流亡話語伴隨著人類精神文化的發展，正如流亡伴隨著人的存在，直到今天，不僅未曾減少，反而更顯突出。

　　根據高行健等作家的體驗，「流亡」，或「逃亡」，有三層含義；第一層是政治的逃亡；第二層是一種精神上的逃亡，逃避現實社會；第三層是哲學意義上的逃避，拒絕歸屬某種意識形態。逃亡歸根結底是求生，求自由，尋求自我，而且還得逃避自我。而這自我一旦醒覺了的話，最終總也逃脫不了的恰恰是這自我，這便是現時代人的悲劇。（高行健，〈關於《逃亡》〉，《沒有主義》，香港天地圖書有限公司，2000年，頁184）

　　離開故土是外在的流亡；如果不認同於社會總體言說又不願意離開故土，就只好內在流亡。內在流亡現象比外在流亡要廣泛得多，許多文學家、哲學家更寧願承受內在流亡的磨難。此外，劉小楓認為，還有語言、精神、文化、個體（ontological person）本身的流亡，可稱之為本體論的流亡（exil ontologique）。本體論的流

亡則無從逃避。這是哲學意義上的流亡，像前所說的逃避無法逃避的自我。海德格爾曾用「無家可歸」的仿徨來標識整個世紀的存在症狀，「無家可歸」的處境就是流亡。由於是個體存在性的，因此不難理解，何以整個世紀某些重要的哲學家、神學家、詩人、小說家、藝術家、音樂家的精神意向都是流亡性的。卡爾・巴特和海德格爾均頗為入迷的「途中」概念以及昆德拉小說中的性漂泊主題是很好的例證。值得進一步考慮的是：也許人本來就沒有家，家園只是一個古老的臆想觀念，人永遠走在回家的途中──舊約創世紀早告訴過這一點，而人過去總以為自己在家，二十世紀的思想不過重新揭開一個事實而已。

撇開以上的哲學追尋，這裏還有一個誰放逐誰的問題。十六、七年前，離開中國文壇中心的劉再復對這個問題作了很多思考。他提出「文學對國家的放逐」的命題。當作家確認自己是個體情感本位者，他便把國家從「至高無上」的位置上放逐出去，拒絕國家概念作為一種先驗認識主宰與整理個人的特殊體驗。這樣，「國家」在文學創作中就不是個體經驗和個體語言的主導話語，而是被作家以各種方式處理的客體。劉再復說，對於這種放逐，可以用某種現實的價值尺度加以批判，但是，在文學領域上，則不僅無可非議，而且是文學獲得形而上品格所必須的（見劉再復，〈文學對國家的放逐〉，《放逐諸神》，香港天地圖書有限公司，1994年）。

人們談「流亡」，常常更多地談及黑暗的一面，即「失去了什麼」。但其實，對一個華裔作家來說，更有另一面：漂泊使他們獲得了什麼？例如，寫作「個人化」、「客觀化」便是漂泊生活的大收穫，對整個華文文學的成熟大有好處。一個充份意識到自我的總在流亡（外在或內在）的華裔作家，與中國與中華文化是什麼關係

呢？這可借用一位波蘭作家的話：「我就是波蘭文化。」他的中華
意識就在自己身上。其流亡，正是精神結構的漂移，是文化的漂移
與延續，是退回自身，退回到完全個體的美學立場。劉再復考察高
行健，就得出這樣的結論。

　　今天，許多論者大概都會同意高行健以及其他一些作家的這個
觀點：剝掉從「革命現實主義」到「後現代」光怪陸離的言辭轟炸
和幻象，文學其實從未離開「真實」它這個古往今來的立足點。真
實是文學的生命。而且，真實不僅僅是文學的價值判斷，也同時具
有倫理的涵義──真實是作家的倫理。如果說，作家應該作為一個
歷史的「見證人」，這個「見證人」為了真實，便要超越政治，成
為人類的第三只眼，凌駕在眾生態之上，也包括凌駕在作家自己之
上。正是在這一點上，邊緣作家具有得天獨厚的優勢。愈是有距
離，反而能觀察得更深入。作為邊緣作家，遠離政治權力，置身於
所謂「正統」文化之外，看世界時便能善於將事物互相參考比較，
具有雙重的透視力（double perspective），避免孤立、片面、歪
曲，能夠做到真誠、真切、真實。由於這個優勢，正如不少論者指
出，兩岸四地的作家之外，其他區域還有很多流亡者、移民、難
民不斷建構新的中華文化與文學藝術，不斷出現優秀的作家與文
學作品，甚至每年最佳的華文小說、詩歌、或戲劇，不見得一定
出自中國大陸和臺灣。但是，當前許多華人似乎只注意世界華人經
濟的崛起以及各國華人社群生活的改善，缺少關懷與注意世界各國
華人的文化／文學的建構。如果這種狀況得到改善，我們的世界華
人文化／文學將更受到應有的重視與承認，建構華文文學世界應有
地位指日可待。

六、世界主義、普世價值：世界華文文學的立足點

　　世界華文文學怎樣「落地生根，開花結果」，怎樣顯示出「第三類文化」的鮮活生命力，可能還會碰到一個一些人會認為是棘手的問題──那就是一個華文作家應該抱持什麼樣的世界觀什麼樣的價值觀。

　　這也是散佈於全世界各個角落的華人華裔包括華裔作家安身立命的問題。筆者不由得想到一百一十多年前，梁啟超在太平洋途中（當時他自日本乘船到夏威夷遊歷），感懷身世，寫下這樣一段話：「余鄉人也，九歲後始游他鄉，十七歲後始游他省，了無大志。憒憒然不知有天下事。曾幾何時，為十九世紀世界大風潮之勢力所顛簸、所衝擊、所驅遣，使我不得不為國人焉，不得不為世界人焉。」（梁啟超，〈《汗漫錄》序言〉）今天是二十一世紀，全球化的大趨勢極之明顯，我們──特別是作為華裔作家的我們──是否更應該做一個世界人並以此使我們當下的生活更具有可信度呢？我們似乎不必在「原鄉」「異鄉」的觀念中糾纏，不必為「在家」「不在家」或「有家」「沒有家」的感覺所困擾而不能自拔，不必因為「土地家園」不是「終極家園」而極度懷疑而灰心喪氣。這些糾纏、困擾、懷疑，為文學創作提供無限的思考和想像空間，但作家作者作為一個「世俗」的人，應該有平常心也應該擁有積極的人生觀和廣闊的歷史哲學視野。筆者進而認為，對於我們世界各地的華文作家來說，世界主義、普世價值理念應該是我們所抱持的世界觀、價值觀，或者說，世界主義、普世價值理念是世界華文文學最合適的立足點。

　　筆者在其他文章中論述過，中國當代文明的每一個進步，從最

廣泛的視野來看，其實都是人類所共同創造共同擁有的普世價值的
勝利。正如中國溫家寶總理在2007年2月發表的〈關於社會主義初
級階段的歷史任務和我國對外政策的幾個問題〉一文中所說：「科
學、民主、法制、自由、人權，並非資本主義所獨有，而是人類在
漫長的歷史進程中共同追求的價值觀和共同創造的文明成果。」溫
總理在2007年3月16日兩會記者會上，重申上述2月份個人署名文章
的觀點，聲明中國願意實行開放政策，學習世界上一切先進的文明
成果。

　　2008年5月7日，中國胡錦濤主席在完成訪日的「暖春之旅」
時，與日本首相一起簽發了〈關於全面推進戰略互惠關係的聯合
聲明〉。這份文件也明確地向全世界宣布：中國與日本雙方「為
進一步理解和追求國際社會公認的基本和普遍價值進行緊密合
作」。

　　「普世價值」這個概念已經在中國大陸普遍而且正面論述和應
用了。雖然這是近年的事，但關於普世價值的論斷也可從馬列家譜
查其來源。縱覽馬克思、恩格斯著作，我們可以知道，馬、恩當年
也高度評價過歐洲資產階級高舉「民主、法制、人權、自由、平
等、博愛」的旗幟反對和摧毀封建專制、封建等級制度的歷史意
義。有識之士指出，溫家寶總理關於民主、法制、人權、自由、平
等、博愛的範疇是有普世價值的論斷，具有重大的實踐意義。中國
的制度建設，應著眼著手於此，中國的文化重構，也應著眼著手於
此。事實上，胡錦濤主席在上述《聲明》中已經表明，中國要「進
一步理解和追求國際社會公認的基本和普遍價值」而且為此要與外
國「進行緊密合作」。這也是近三十年中國大陸改革開放的一個歷
史成果。

　　但是，很奇怪，只要說到普世價值，一些人便要暴跳如雷。這幾年一直到現在，中國學術界思想界不斷爆出論爭，2008年就有一個稱之為「南北戰爭」的論戰。反對的人一口咬定普世價值就是西方價值美國價值，完全無視對方明明白白清清楚楚說普世價值是人類共同創造的文明成果，其中包括中華文明東方文明。他們甚至居然敵視溫家寶總理關於普世價值的論述。筆者在這裏想指出，他們這種「敵視」，弄不好便會進而不但在理論上也會在實踐上敵視全世界生活在「資本主義」社會的五千萬華人華僑，包括其中的華裔作家。

　　所謂普世價值中的「價值」一詞，遠遠不單是指事物的效用；更是指「社會倫理道德標準」。事實上，在全球化趨勢不斷加強的當今世界，提出「普世價值」的理念，有利於不同文化之間搭建溝通的橋梁和對話的平臺。試問：如果沒有一些普世價值為人類共同珍惜，共同追求，又如何解釋提出「同一個世界，同一個夢想」這個北京奧運精神？至於說世界主義、普世價值理念是我們移民文學華文文學的立足點，起碼是因為由此可找到我們華裔作家生活其中天天接觸並要打交道要在文學中有所表現的不同文明之間的最大的「公約數」。這涉及到愛國主義及它與世界主義的關係等問題。比如我們澳大利亞華人華裔作家，愛國主義包括愛我們的祖國現即祖籍國。祖籍國是一個血緣的、地理的、文化的概念，而非一個政治概念，對祖籍國的愛是一種血脉傳承的永遠無法更變的大愛。但同時，我們很多華人既然已經成為澳大利亞的公民，享受了這個國家給你的福利、權利，那就要盡到公民的義務，要對這個國家有所貢獻。因此，對我們這些生活在澳大利亞或其他國家的華人來說，愛國主義在我們身上就會體現出兩個內容來──我們既愛自己的祖

國，也要熱愛我們當下生活的國家。而同時實現這兩種愛國主義並讓它們融合、升華的最佳途徑就是抱持世界主義抱持普世價值。而且，即使從國家政治層面上來講，這兩種愛國主義與筆者提倡的普世價值、世界主義也應該是融合的，相通的。

悉尼華文作家協會副會長、中國大陸著名網絡作家楊恒均博士在北京的《天益網》（即現在的《愛思想網》）發表過一篇文章，題為〈海外華語作家不應該是弱勢群體〉。正如標題所示，中國大陸現在爭論的很多東西都是在先進國家二十年前甚至五六十前早就蓋棺論定的，也是被幾千萬海外華人華僑親眼見證了的，那麼海外華語作家就應該理直氣壯地指出，到底是誰在阻擋中國的進步和發展？！華人華僑，華裔作家，心系祖國，其關心將意義非凡。

關於這些問題，莫言以「共同立場」「普遍人性」的言說明確地表達他的觀點。今年6月25日，他做客廣東東莞莞城「文化週末大講壇」，以「文學照進人生」為題做主題演講。在多年寫作歷程裏，莫言對於中國當代文學有著自己感悟。莫言表示，過去我們當代文學政治意向太重，作品裏的人物形象大多趨於扁平化，因此很難產生一流的作品。莫言表示，近年來中國當代文學開始向外推介，但中國當代文學想要獲得國外讀者青睞，必須打破過去侷限的立場，站在人類共同的立場上，去表現普遍人性。真正世界性的文學作品必須表現普遍的人性，才能引起世界各地讀者的共鳴。

所有真正有抱負有作為的作家必須站在人類共同的立場上；所有真正世界性的文學作品必須表現普遍的人性。對世界華文文學來說，這當然更是應有之義。世界主義、普世價值理念有助於世界華文文學「落地生根，開花結果」，顯示出「第三類文化」的鮮活生命力；有助於散佈於全世界各個角落的華人華裔包括華裔作家安身

立命；也有助於他們正面影響祖籍國的進步和發展。其意義可以遠遠超過文學的範疇。

七、結束語：從世界華文文學到華文世界文學

　　1983年，美華作家木令耆在編完《海外華人作家散文選》（香港，三聯書店，1983年10月）以後，曾發過感嘆。她說，很可能現今的歐美華人作家是歷史上畸形發展現象。在中國歷史上從未有過海外華人作家的傳統，現今的海外華人作家很可能是「前不見古人，後不見來者」時代的孤兒，也就只有去「念天地之悠悠，獨愴然而涕下」了。在1993年召開的一次有關座談會上，香港嶺南學院梁錫華教授也曾作了一個「海外華文文學必死無疑」的預言。

　　他們當年是有感而發。但現在，二十年三十年過去，世界華文文學不但沒有死亡，而且更為生機蓬勃。前文所舉的許多例子，都是很好的證明。筆者身在悉尼，也感受到華文文學的蓬勃發展。

　　世界華文文學的遠大前程及其重要作用不可低估。不容置疑，中國文學對中國以外的華文文學的影響十分巨大深遠。但發展到某階段時，影響會成為雙向的，雖然可能還是差別很大。

　　例如，美國華文文學在過去幾十年對臺灣文學就產生了巨大的影響，甚至許多研究者把它看成臺灣文學的一部分（把臺灣文學分為「戰鬥文藝」、「現代文學」、「鄉土文學」、「海外文學」、「後現代文學」這些階段和派別），把許多臺灣出身（在台出生或在台讀過書）的美國華文作家看成臺灣作家。

　　至於世界各地華文文學對中國大陸文學走向的影響，由於種種原因（主要是政治原因，也由於中國大陸文學太龐大了），多年來

好像還未曾有過十分明顯的證據或對證據的研究。但是，最近出現一些令人矚目的跡象。如在中國世界華文文學學會會刊《華文文學》2010年第6期上，出現由劉再復主持的「高行健專輯」，很讓人眼前一亮。在這個專輯中，大面積發表了以下文章：劉再復〈十年辛苦不尋常——高行健獲獎十周年感言〉〈當代世界精神價值創造中的天才異象〉〈走出二十世紀——《高行健論創作》序〉以及他整理的〈高行健近十年著作年表及獲獎項目〉；劉再復、潘耀明的《高行健研究叢書》總序〉；楊曉文的〈試驗著是美麗的——論高行健〉；高行健的〈文學的見證——對真實的追求〉〈作家的位置——台大講座之一〉和〈藝術家的美學——台人講座之四〉。

在這之前，在2010年第4期的《華文文學》中也有一個「劉再復專輯」，發表了劉再復的〈靈魂的對話與小說的深度〉和〈論文學的超越視角〉；劉再復、李澤厚的〈個人主義在中國的沉浮〉；劉再復、吳小攀的〈關於文學與思想的答問——劉再復採訪錄〉，以及林崗的〈《劉再復文學評論選》序〉。在2010年第5期的《華文文學》中有「李澤厚專輯」，除李澤厚論述哲學美學思想文章外，發表了劉再復〈用理性的眼睛看中國——李澤厚和他對中國的思考〉和〈海德格爾激情〉。

這是一個非常可喜值得稱讚的跡象！筆者收到第4期《華文文學》時就高興地和朋友說，看到劉再復的專輯，感到很欣慰。我前些年寫過對劉再復以及他的好朋友高行健的評論，在國內就很難通過……。想當年，還不是文章能否「通過」這麼簡單。這是小事。記得「六四」之後，中國大陸有關當局曾對劉再復和李澤厚進行過全國性的大批判；2000年高行健獲得諾貝爾文學獎後，有關當局又對高行健加以攻擊和詆毀。只不過是前幾年，國內有學者僅僅由於

在研究中引用劉再復、高行健等人言論，便被定性為「錯誤的政治
傾向問題」，被嚴加懲罰！

這真是罪過。高行健獲獎，這是華文文學的光榮，對他的成
就絕對應該給予高度的評價。正如現在「高行健專輯」的「編者
按」指出：高行健除了用法語寫作三個劇本之外，其他十五個劇
本和長、短篇小說以及散文、詩歌、理論文章均是華語寫作。因
此，他是華文文學第一個榮獲諾貝爾文學獎的當代作家。高行健
除了具有雙語寫作的特點之外，更重要的特點是全方位創作。他
不僅是一個小說家、戲劇作家，而且是個導演和畫家。尤其值得
注意的是他在八十年代初就以《小說技巧初探》一書引發了一場
全國性的討論，這之後他又不斷地進行美學和文學理論的探索，
先後出版了《沒有主義》《另一種美學》《論創作》《論戲劇》
等多部文學藝術論著。這些論著既有自己的創作經驗，又有對於
文學藝術的真知灼見，很值得華文作家借鑑……高行健的華語作
品已翻譯成三十七種文字，影響極為廣泛，對此重要的文學藝術
存在我們應當認真面對。

劉再復在〈當代世界精神價值創造中的天才異象〉中告訴我
們：高行健是在我們這一代人中出現的一個天才，一種精神價值創
造的「異象」，一種超越時代的「個案」。他扎根中國文化，對中
國文化做出卓越貢獻；又超越中國文化，創造具有普世價值的人類
文化新成果；他立足文學創作，創造出長篇小說的獨一無二的新文
體；又超越文學創作，贏得戲劇試驗、繪畫試驗、電影試驗、藝術
理論探索等全方位的成功，從而為當代人類智慧活力作了有力的證
明。他全方位藝術試驗背後的哲學思考與思想成就，既有現代感，
又衝破「現代性」教條。通過文學藝術語言表達，實現了對三大時

髦思潮的超越，成為另類思想家的先鋒。

對高行健如此重要的文學藝術存在，中國大陸文學界當然應當認真面對，並借鑒其文學藝術的真知灼見。而除了高行健之外，一切華文文學的成就都應該認真面對和借鑒。正如許多研究者所言，由於世界各國華文作家所處的特殊地位和所具有的獨特優勢，華文文學作為中外文化、東西方文化的交匯點，有可能因中國傳統文化與異質文化嫁接而孕育出有別於中國文學的文學精品，世界華文文學的確可以獲得有時甚至出乎意外的成就。這些優秀作家的具有獨特風格的文學精品是華文文學世界的共同財富，遲早會反哺於中國大陸文學。它們的豐富性和多樣性，肯定有助於中國大陸文學的表現力，起碼為文本背後民族精神的探索形式提供了難得的參照。它們對於中國大陸文學邁向世界，一定將起到很好的促進作用。

這種發展勢頭使筆者禁不住對「世界華文文學」補充一個解釋：這個詞除了指全世界各個國家用華文創作的文學作品以外，應該還有另一個含義，就是「用華文創作的世界文學」，即是指那些得到全世界各國公認的、成為全人類精神文明寶貴財產的傑出的華文文學作品。我相信，這種堪稱之為「世界文學」的精品肯定越來越多。這就是我所說的從「世界華文文學」到「華文世界文學」的發展前景。

對於此一發展前景，我們應以欣喜的心情關注之。建構華文文學世界應有地位也需要這種欣喜、期盼的心情與樂觀、堅定的信念。當然，更需要大家親力親為，為世界華文文學添磚加瓦，作出貢獻。

2011年2月27日初稿

6月26日修訂於悉尼

　　說明：本文一些表述也可見諸於筆者曾發表的其他拙文，並正面或反面參考世界各地論者的某些觀點。

語言文學類　PG0676

海這邊，海那邊
——世界華文女作家掠影

作　　者/何與懷
責任編輯/孫偉迪
圖文排版/譚嘉璽
封面設計/蔡瑋中

發 行 人/宋政坤
法律顧問/毛國樑　律師
印製出版/秀威資訊科技股份有限公司
　　　　114台北市內湖區瑞光路76巷65號1樓
　　　　電話：+886-2-2796-3638　傳真：+886-2-2796-1377
　　　　http://www.showwe.com.tw
劃撥帳號/19563868　戶名：秀威資訊科技股份有限公司
　　　　讀者服務信箱：service@showwe.com.tw
展售門市/國家書店（松江門市）
　　　　104台北市中山區松江路209號1樓
　　　　電話：+886-2-2518-0207　傳真：+886-2-2518-0778
網絡訂購/秀威網絡書店：http://www.bodbooks.com.tw
　　　　國家網絡書店：http://www.govbooks.com.tw
圖書經銷/紅螞蟻圖書有限公司
　　　　114台北市內湖區舊宗路二段121巷28、32號4樓
　　　　電話：+886-2-2795-3656　傳真：+886-2-2795-4100

2011年11月BOD一版
定價：360元
版權所有　翻印必究
本書如有缺頁、破損或裝訂錯誤，請寄回更換

國家圖書館出版品預行編目

海這邊, 海那邊：世界華文女作家掠影 / 何與懷著. -- 一
版. -- 臺北市：秀威資訊科技, 2011.11
　　面；　公分. -- (語言文學類；PG0676)
BOD版
ISBN 978-986-221-871-6(平裝)

1.海外華文文學 2.女作家 3.文學評論

850.9　　　　　　　　　　　　　　　100022025

讀 者 回 函 卡

感謝您購買本書,為提升服務品質,請填妥以下資料,將讀者回函卡直接寄
回或傳真本公司,收到您的寶貴意見後,我們會收藏記錄及檢討,謝謝!
如您需要了解本公司最新出版書目、購書優惠或企劃活動,歡迎您上網查詢
或下載相關資料:http:// www.showwe.com.tw

您購買的書名:＿＿＿＿＿＿＿＿＿＿＿＿＿＿＿＿＿＿＿＿＿＿＿＿

出生日期:＿＿＿＿＿年＿＿＿＿＿月＿＿＿＿＿日

學歷:□高中 (含) 以下　　□大專　　□研究所 (含) 以上

職業:□製造業　□金融業　□資訊業　□軍警　□傳播業　□自由業

　　　□服務業　□公務員　□教職　　□學生　□家管　　□其它＿＿＿＿

購書地點:□網路書店　□實體書店　□書展　□郵購　□贈閱　□其他

您從何得知本書的消息?

　□網路書店　□實體書店　□網路搜尋　□電子報　□書訊　□雜誌

　□傳播媒體　□親友推薦　□網站推薦　□部落格　□其他＿＿＿＿＿＿

您對本書的評價:(請填代號　1.非常滿意　2.滿意　3.尚可　4.再改進)

　封面設計＿＿＿　版面編排＿＿＿　內容＿＿＿　文╱譯筆＿＿＿　價格＿＿＿

讀完書後您覺得:

　□很有收穫　□有收穫　□收穫不多　□沒收穫

對我們的建議:＿＿＿＿＿＿＿＿＿＿＿＿＿＿＿＿＿＿＿＿＿＿＿＿

＿＿＿＿＿＿＿＿＿＿＿＿＿＿＿＿＿＿＿＿＿＿＿＿＿＿＿＿＿＿＿＿

＿＿＿＿＿＿＿＿＿＿＿＿＿＿＿＿＿＿＿＿＿＿＿＿＿＿＿＿＿＿＿＿

＿＿＿＿＿＿＿＿＿＿＿＿＿＿＿＿＿＿＿＿＿＿＿＿＿＿＿＿＿＿＿＿

11466
台北市內湖區瑞光路 76 巷 65 號 1 樓

秀威資訊科技股份有限公司　　　收

BOD 數位出版事業部

· ·

（請沿線對折寄回，謝謝！）

姓　　名：_____　年齡：_____　性別：□女　□男

郵遞區號：□□□□□

地　　址：_____

聯絡電話：(日) _____ (夜) _____

E - m a i l：_____